스토리, 스토리텔링, 스토리디자인

이 도서의 국립중앙도서관 출판시 도서목록(CIP)은 e-CIP 홈페이지(http://www.nl.go.kr/cip.php)에
서 이용하실 수 있습니다. (CIP제어번호 : CIP2010003436)

스토리
스토리텔링
스토리디자인

한강희

Story
Storytelling
Story Design

푸른사상
PRUNSASANG

콘텐츠에서 스토리로, 스토리에서 스토리텔링으로

사람은 태어나면서부터 죽을 때까지 수많은 이야기 속에 둘러싸여 살아간다. 사람이 '만물의 영장'으로 불리는 이유는 이야기를 통해 듣고, 말하고, 쓰기 때문이다.

최근 들어 이러한 이야기성(Narrative), 이른 바 '스토리텔링(Storytelling)'이 기업의 마케팅에 도입돼 상품을 시장에 알리기 위한 효율적인 방법으로 활용되고 있다. 상품이 어떻게 소비자와 긴밀한 연관을 갖는지에 대해 스토리가 개입된 것이다. 스토리텔링은 상대방에게 부담을 주지 않으면서도 목표를 성취할 수 있는 길을 터주기 위한 효율적인 브랜드 커뮤니케이션 도구에 해당한다. 브랜드와 관련된 실제 스토리를 여과 없이 보여줄 수도 있고, 신화 · 소설 · 게임 등에 나오는 스토리를 가공하거나 패러디하기도 하는 등 상품 자체를 설명하기보다는 상품에 담긴 의미나 경험적 이야기를 제공함으로써 소비자와 교감하는 감성 마케팅 활동에 해당한다.

문화관광콘텐츠에 스토리텔링이라는 의장을 입히는 작업은 구미 · 유럽 선진 관광국들은 이미 양적으로 충분하면서도 질적으로 세련되게 진행하고 있다. 선진국의 관광 행태는 신화적 모티브에서 역사적 설화로, 사실에서 출발하여 감성 어필로, 생태자연에서 친화체험으로 진화하고 있다. 텍스트 자체에서 출발해 콘텍스트를 지향하고 있는 것이다.

∥ 책을 펴내며 ∥

　　본서에 게재한 스토리텔링에 관한 논문은 이야기가 있는 '관광명소 만들기 프로젝트'를 구현하면서 스토리텔링을 이론적으로 정립하고, 확장하려는 노력의 일환으로 기획되었다. 즉 관광 마케팅 추세를 반영하여 뉴 투어리즘(New Tourism) 시대에 걸맞은 관광 스토리텔링을 실현하는 데 목표를 두고 쓰였다. 외래 관광객들이 좋아할 수 있는 관광명소의 가치를 매력적으로 설명하기 위한 스토리보드를 구비하고, 스토리텔링을 구현하자는 데 취지가 있었다. 궁극적인 목표는 방문객의 감성에 호소하여 재방문과 체류를 유도하기 위함이다.

　　주지하다시피 스토리텔링은 선진 관광대국에서는 이미 방문자와의 간극을 좁히고 매력물과 매력지를 활성화하는 최적의 도구로 사용되고 있다. 세계 국립공원 제1호는 미국 서부에서 캐나다 접경에 이르는 로키 산맥의 지류에 위치한 '옐로스톤 내셔널 파크(Yellow-stone National Park)'이다. 그곳은 신이 부여한 태고의 생태환경을 방문객들에 파노라마처럼 펼쳐 보이는 명승지로서, 인디언의 역사에서 현재에 이르기까지, 봄에서 겨울까지의 사계를 시간과 장소에 따라 고스란히 감상할 수 있다. 그런데 거기에는 반드시 스토리텔링 가이드북이 제시되어 있다. 관광객에게 재미와 흥미를 주고, 이익과 감동을 선사하는 스토리 디자인이 개입된 스토리텔링이 여정의 동반자가 되고 있다.

한국 근현대 소설론에서 시작한 공부길이, 학위에 이르러서는 정작 비평론 영역으로, 그리고 고향 인근의 삶터에 착지하여서는 지역 사우 詞友들의 격려에 힘입어 어쭙잖은 시론으로, 다시 학제적 융·복합이라는 시의時宜나 명분에 편승하여 그럴듯한 화두가 되고 있는 '스토리텔링'으로 변신을 거듭해왔다. 게다가 서사의 영역인 스토리텔링─내러티브를 문화관광 안내해설의 범위로 원용해보겠다는 아전인수를 감행하였다.

좋게 말해 관심의 범위를 넓혀온 셈이지만, 부끄럽고 어설픈 일임에 틀림없다. 짐작컨대 천학비재淺學非才란 이를 두고 하는 말이다. 하지만 나는 나만큼의 내 안에 머무를 수밖에 없으므로 독자 여러분의 꾸짖음을 감내할 밖에, 어찌할 도리가 없다. 부디 넉넉한 질정을 바란다.

마지막으로 인문학 분야 전문 출판사로서 짧은 시기에 견실한 이정표를 세워나가고 있는 푸른사상사 한봉숙 사장님께 깊은 감사를 표한다. 아울러 김세영 편집장님을 비롯, '시퍼렇게 생각이 살아 숨 쉬는' 푸른사상사의 눈 밝은 에디터들에게도 고마움을 전한다.

2010년 9월
가을로 접어드는 추월산에서 담양호를 바라보며
墨磨齋主人 韓康熙 謹識

문화유산콘텐츠와 스토리텔링 연구 시론

효율적인 문화유산 안내해설을 위한 방법론적 모색

문화유산콘텐츠와 스토리텔링 연구 시론

효율적인 문화유산 안내해설을 위한 방법론적 모색

1. 콘텐츠, 문화콘텐츠, 문화관광콘텐츠

금세기 들어 문화정보환경이 급속도로 변화하고 있다. 바야흐로 '콘텐츠(메시지)가 곧 미디어' 인 시대에 살고 있는 것이다. 이 양자의 관계를 두고 언급된 기존의 명제는 '메시지는 미디어다', '미디어는 메시지다', '미디어는 콘텐츠다' 라는 다소 '미디어' 쪽에 무게중심을 둔 내용이 주류였다. 하지만 최근 들어 삶의 질이 '문화' 라는 외형적 형식을 두르게 되면서 '콘텐츠' 의 중요성이 부각되고 있다.[1]

사실 미디어와 메시지(콘텐츠)는 한 동전의 양면을 이루는 불가결한 관계라 규정할 수 있다. 21세기 지식정보화사회, 인터넷·모바일 시대

---

[1] 콘텐츠의 가치는 일정한 과정을 거치면서 값이 매겨지는데 이를 '콘텐츠 가치사슬' 이라 규정한다. 일반적으로 콘텐츠 가치사슬은 ① 기획 단계 → ② 제작 단계 → ③ 서비스액션 단계 → ④ 고객 인터액트 단계 등 4단계로 설정된다.

에 들어서 이 두 가지 핵심 기제는 새로운 시대를 돌파할 수 있는 대안으로 그 위력이 가공할 만한 수준에 이르고 있다. 양자는 '돌이킬 수도, 막을 수도 없는' 동시대 주요 화두가 되고 있다.[2]

'문화콘텐츠'[3]는 단순히 문화흐름을 지칭하는 용어가 아니라 경제 성장으로 나아가는 도정인 '문화콘텐츠산업'을 의미하는 광범위한 개념으로 변용되었다. 이는 사회문화적 발전은 물론 경제 효과에 문화지식이 외생적 변수가 아닌 내적 성장 동력으로 기여하고 있음을 대변하는 것이다.

현재까지 정리된 문화콘텐츠에 대한 일반적 개념과 정의, 속성과 범위에 관한 이해는 문화콘텐츠와 관련된 저작물 중 엔터테인먼트와 산업적인 요소가 강화된 콘텐츠, 게임, 애니메이션, 만화, 음악, 영화, 드

---

2 '미디어는 메시지'라고 규정한 마셜 맥루한의 개념은 금세기 들어 불가피하게 수정을 강요받고 있다. 이는 앨빈 토플러, 니컬러스 네그로폰테, 피터 드러거, 노먼 촘스키, 더글러스 러시코프 등 미래학자들의 일관된 주장이다. 이미 토플러는 2003년 서울 방문 시 "아톰에서 비트로 변화하는 추세는 돌이킬 수도 없고 막을 수도 없다", "인터넷을 지배하는 자가 세상을 지배할 것이다. 현 세대는 낡은 문명의 마지막 세대이자, 새로운 문명의 최초의 세대이다. 이는 '제3의 물결' 중 첫 단계인 디지털 혁명에 불과하다"라는 메시지를 내놓은 바 있다. 특히 콘텐츠는 디지털·인터넷 시대의 개화와 더불어 원활한 소통적 장치에 편승해 다양하게 복제, 변주되면서 산업적 측면의 프로듀싱 솔루션으로 변모하고 있다. 한강희, 『소통과 성찰의 상상력』, 시와사람, 2003, 25~35쪽 참조.

3 문화콘텐츠산업에 대한 교육적 관심과 연구 성과를 구체적인 학제로 처음 도입한 신광철은 '문화콘텐츠'는 디지털문화시대에 인문학의 역할이 '문화표현'을 넘어 '문화창출'이라는 개념으로 확장된 개념으로 '이해'와 '표현'에 대한 강렬한 의지를 내포한다는 점에서 순수인문학과 대응하는 '응용인문학', '통합인문학'의 성격을 지닌 것으로 파악하고 있다. 아울러 이의 발전적 추세인 '디지털문화콘텐츠'는 문화예술과 과학기술 환경의 통합적 변화로서 하드웨어→소프트웨어→콘텐츠웨어→아트웨어라는 패러다임의 전환(Paradigm Shift)을 가속화하고 있다고 진단한다.

라마, 광고 등의 장르를 포괄하며 아날로그콘텐츠와 디지털콘텐츠를 포함하는 것으로, 예술적인 성취보다는 콘텐츠 자체의 재미를 추구하는 경우가 많으며 스토리디자인도 재미 위주로 재편되는 경향 정도로 요약할 수 있다.

그런데 우리의 경우, 문화콘텐츠가 수익 지향형 사업으로 구체적인 모습을 갖추기 시작한 것은 1990년대 후반이지만 공식적으로는 이를 관장하는 정부 기구인 문화산업지원센터가 설립되면서부터다.[4] 이후 한국문화콘텐츠진흥원으로 명칭을 달리하면서 해외시장 진출과 문화콘텐츠 창작역량 강화를 두 축으로 우리의 역사·전통·풍물·생활·전승·예술·향토지리 등 다양한 분야에 걸쳐 전통문화 원형을 디지털콘텐츠로 제작하여 창작 소재로 제공하고 창작활동을 지원하는 사업을 추진하고 있다. 이러한 동력(dynamics)과 시너지(synergy)는 민간 부문으로 이어져 문화정보 지식들이 개별적인 놀이나 교육 프로그램 정보에서 에듀테인먼트(edutainment) 차원으로 확대재생산되는 추세다.

현 정부 들어서도 여타 부문과는 달리 문화콘텐츠 부문만은 위축되지 않고 조직적이며 체계화하는 움직임이 감지된다. 즉 조직 통폐합 및 정비를 통해 몇몇 개념을 변경, 수정하고 예산투자도 확대하고 있다.[5] 한국문화콘텐츠진흥원, 한국방송영상산업진흥원, 한국게임산업

---

4 2000년 12월 문화관광부 산하에 문화산업지원센터가 설립되었고, 2001년 3월 동 기관에 73개사가 입주했고, 8월에는 재단법인 한국문화콘텐츠진흥원으로 명칭을 바꿔 오늘에 이르고 있다. '진흥원'의 설립 목표는 기존의 문화콘텐츠산업을 총괄적으로 관리하고, 취약한 업계를 효율적으로 지원하며, 관련 신종 산업을 육성하고, 우리 문화 원형에 기초한 콘텐츠를 개발함으로써 문화강국으로서 국가경쟁력을 일신하려는데 있다고 명시돼 있다.

5 2009년도 문화관광부 예산 중 콘텐츠산업 육성 예산은 2,421억 원 규모로 이는 2008년에 비해 910억 원이 늘어난 규모다. 게다가 기존의 문화산업 5대 강국이란

진흥원 등 3개 기관 역시 한국콘텐츠진흥원으로 통합하려는 움직임을 보이고 있다. 디지털콘텐츠 영역으로 분류됐던 게임, 가상현실, 콘텐츠 보호 유통, U-러닝, 영상 뉴미디어, 가상현실, 창작공연, 전시, 융·복합, 공공 서비스 등을 통합하려 하고 있다. 문화기술(CT) 부문을 구체화한 문화기술연구원 설립도 추진하고 있다.[6]

이러한 흐름은 양질의 문화콘텐츠 생산이 산업적 측면과 관광적 측면에서 매출신장을 동반할 수 있다는 전제가 있기에 가능한 것이다. 더욱이 콘텐츠 활용의 생산적 지향축인 브랜드 가치, 브랜드 네이밍, 브랜드 파워를 구축시켜 문화 브랜드를 창출하려는 전략이 내재돼 있다. 때문에 많은 국가들은 문화콘텐츠 부문을 국가산업의 기간산업으로 정하고 콘텐츠의 양적 확대와 질적 상승을 위해 부심하고 있다.[7]

그런데 문화콘텐츠의 컨셉 설계는 기업이 브랜드 이미지를 높이기

개념을 세계 5대 콘텐츠 강국이라는 방향으로 가닥을 잡고 문화관광부 소관인 문화콘텐츠 부문과 정보통신부 소관인 디지털콘텐츠 부문을 콘텐츠라는 단일한 개념으로 통합을 서두르고 있다.

6 김영주, 「남도 콘텐츠 산업의 미래」, 『대동문화』, 2009. 1, 26~27쪽. 여기서는 이른 바, 4차원적 미디어 융합 체계로 불리는 기술융합(텍스트, 오디오, 사진, 동영상 등 신호처리), 조직융합(신문, 방송, 통신의 합병과 연합), 사용행태융합(수용들의 통합이용) 등을 기제로 하게 될 것이다.

7 일례로 동북아시아 3국의 경우를 살펴보자. 가장 일찍 문화산업으로 빛을 본 일본은 미국에 이어 세계 2위의 문화콘텐츠 강국으로 게임, 애니메이션, 캐릭터, 만화 등에서 높은 경쟁력을 보이고 있다. 대표적인 성공사례인 〈포켓몬스터〉는 150마리의 '귀여운 괴물들'을 만들어 세계 어린이들의 마음을 흔들어 놓았다. 롤플레잉 네트워크 게임으로 시작한 이 게임이 일본 경제에 파급한 효과는 한화 20조 원에 육박한 것으로 알려진다. 중국의 최근 문화산업 연평균 성장률은 14.9%로, 전체 경제 성장률 8.5%를 크게 상회하는 것으로 파악된다. 한국의 경우는 가요, 드라마, 영화 분야에서 두각을 나타내고 있다. 우리 영화의 수출실적은 2002년에 1,495만 달러였는데, 2005년도엔 6천만 달러로 3백%를 상회한 것으로 파악되고 있다. 이 역시 한류 열풍의 효과로 상승세를 보인 것이라 이해할 수 있다.

위해 전략적으로 실행하는 광고 컨셉 창출과 유사한 과정으로 이해할 수 있다. 즉 콘텐츠 컨셉이 잘못 설계될 경우 사용자·소비자에게 만족감을 주지 못하고 외면당하는 것은 물론 브랜드 이미지에 막대한 타격을 미치게 된다. 때문에 콘텐츠 설계는 테마 지향뿐 아니라 상품성을 감안한 디지털화 과정, 시각화 전략 등이 충분히 고려되어야 한다.[8]

문화유산을 위시한 문화관광콘텐츠 역시 생산의 원리와 방법, 프로그램의 기획과 전략은 같은 범주에 있다고 할 수 있다. 특정 관광지에서 외래 내방객의 방문을 재방문으로 유도하고 체류형으로 묶어내려는 노력은 관광 매력물에 담긴 정체성, 즉 전통과 체험을 내방객과 조화롭게 교감하려는 이야기의 장에서 찾을 수 있다. 여기서 관광 주체와 객체 사이의 '아비투스(habitus)'를 떠올릴 수 있다. 문화를 향유하는 계층 속에 내재된 주관적 성향, 즉 아비투스의 속성과 그 방향을 시의적절하게 읽어내는 힘은 다문화, 다매체로 융합이 일어나는 문화교류시대에서 경쟁력을 선점하는 주요 코드가 될 수 있다.

왜냐하면 '객관적으로 형성된 문화구조는 내적으로 구조화된 주관적 성향을 생산하거나, 또는 그에 영향을 미치고, 그렇게 내재화되는 아비투스의 경향에 의해 구조화된 문화적 행동을 낳게 되고, 그것은 다

---

8 이러한 컨셉 설계를 위해 보편성과 효율성을 잘 살려낸 모델로 그레마스(Algirdas Julien Greimas)의 의미생성모델을 원용할 수 있다. 그레마스는 담론(텍스트, 이미지, 영화, 광고, 콘텐츠)의 의미가 생성과 서사성에서 근거하며 콘텐츠의 대중화와 세계화를 한 축으로, 콘텐츠의 원형보존과 산업화를 다른 한 축으로 유기적인 연관을 이룬다고 설명한다. 이 이론에 의하면 문화콘텐츠의 의미생성모델은 3단계의 구조로 1단계는 영화, 애니메이션, 드라마, 캐릭터 등 비주얼 이미지가 동반된 표층구조로 나타난다. 2단계는 이야기성이 동반된 서사적 스토리텔링으로, 3단계는 문화원형과 원형 코드가 내장된 심층구조로 자리하는 것으로 제시되고 있다. 백승국·김영순, 「문화콘텐츠 기획을 위한 문화기호학적 방법론」, 『문학, 문화, 그리고 콘텐츠』, 국제어문학회, 2006. 봄, 18~19쪽.

시 객관적 문화구조를 재생산하게 되는 순환의 고리로 이어지기' 때문이다.[9] 즉 문화관광해설사가 고객인 관광객에 문화관광 매력물에 담긴 이야기성을 효율적으로 매개, 전달하여 소구력을 제고하기 위해서는 스토리텔링(storytelling)[10]에 관여하는 다양한 층위에 대한 이해가 요청된다.

이에 본고는 문화콘텐츠와 맞짝을 이루며 최근 유행 담론으로 부상한 '스토리텔링'이 게임 MMORPG, 애니메이션, 테마파크, 캐릭터 상품, 광고디자인, 음악, 영상 등 제 분야에 촉매 역할을 하고 있음에도 불구하고 여전히 불모의 영역으로 남아 있는 문화유산콘텐츠 분야에도 접목하여 전통문화유산과 관광 매력물을 활성화하는 서사 기제로서의 가능성을 모색해보는 시론적 성격으로 기획된 것이다. 여기서는 문화콘텐츠의 생산과 유통이라는 사회과학적 지평을 모색하기보다는 문예이론으로서 스토리텔링이라는 기호서사의 특질을 콘텐츠 활성화 기제로서 어떻게 작동할 수 있는 지에 관해 초점을 모으고자 한다.

2. 이야기와 서사, 스토리텔링과 스토리디자인

폴 리쾨르(Paul Ricoeur)에 의하면 '이야기란 인간의 경험을 언어적 서술적인 방식으로 형태를 부여하는 것'이다. 즉 인간은 경험을 통해

---

9 이러한 이유로 피에르 부르디외(Pierre Bourdieu)는 일정한 사회 속에 내재한 언어를 이해하기 위한 해독력, 감상력, 공감능력의 활용이 문화자본력과 직결된다고 설파하고 있다. 정봉석, 「문화콘텐츠산업과 스토리텔링」, 『녹색의 땅, 전남으로 초대』, 전라남도, 2007. 12, 28~29쪽.
10 본 논문에서 등장하는 '스토리텔링', '스토리텔러', '스토리보드'라는 용어는 대체로 '관광 스토리텔링', '관광 스토리텔러(문화관광해설사)', '관광 스토리보드'라는 맥락(context)에서 사용하고자 했다.

존재를 체험하게 되는데, 살아 있는 존재 체험에 관한 이야기는 삶의
의미를 새롭게 하는 데 기여한다. 특히 인간 욕망의 범주인 돈(Money),
명예(Fame), 권력(Power), 사랑(Love), 생명(Immortality) 등이 개입할 때
자연스레 흥미성이 극대화한다. 이러한 조건을 배경으로 등장인물이
이끄는 주제(Controlling idea)와 이를 방해하려는 반주제(Counter idea)가
충돌하는 양상을 보이며 흥미성이 배가되는 바, 이는 인간 욕망의 두
가지 부면을 대변하는 것에 다름 아니다. 요컨대 스토리 가치(Story
Value)가 높은 이야기는 인간이 가진 세속적 욕망 사이의 갈등이 두드
러지게 나타나는 것으로 전개된다.

특정 텍스트를 해석한다는 것은 그 텍스트 내에서 작품의 구조화를
지배하는 내적 역동성을 찾아내는 것으로 간주할 수 있다. 이는 텍스
트를 넘어 텍스트가 가리키는 세계, 텍스트가 담고 있는 세계를 독자
적으로 재구성하는 것에 다름 아니다.[11] 요컨대 이야기는 인간이 세계
를 인식하는 근본적인 방식으로, 다양한 매체를 통해 표현된다. 모든
서술 행위는 일종의 담론(Discourse)으로 이야기된 시간성과 이야기 행
위 자체에 걸리는 시간성을 가지는 이중구조로 구성된다. 한편 스토리
는 전체 줄거리라는 의미로 통용되는 바, 여기에다 플롯을 덧붙이면
담론이 된다. 이러한 담론의 특성에 반해 스토리텔링은 이야기에 참여
하는 현재성, 현장성을 더욱 강조한 개념이라 할 수 있다.[12]

---

11 폴 리쾨르 저, 김한식 · 이경래 옮김, 「서문」, 『시간과 이야기 2』, 문학과지성사,
   2001, 13쪽 요약, 6~9쪽. 리쾨르는 시간성과 서술성의 상호관계를 바탕으로 시
   간에 관한 논의를 시작하여 경험이 갖는 시간적 성격을 역사와 허구에 공통된 지
   시 대상으로 다루고 있다.
12 폴 리쾨르 저, 김한식 · 이경래 옮김, 「서문」, 『시간과 이야기 1』, 문학과지성사,
   2001, 13쪽 요약.

한편 서사(Narrative, Narratology)는 시간의 선후관계가 있는 사건의 연쇄에 의한 이야기다. 일반적으로 소설에서의 서사를 의미하는 데, 이는 '스토리와 담론의 구조'로 돼 있다. 즉 서사는 이야기와 담화를 포함한 개념으로 전체성, 변형, 규칙성을 가진다. 엄밀히 말하자면 이야기가 서사적 표현의 내용이라면 담화는 표현의 형식에 해당한다. 서사는 넓은 의미에서 스토리, 담화, 이야기가 담화로 변하는 과정을 모두 포괄하는 개념이다.[13]

스토리가 여러 과정을 거쳐 결말에 이르는 잘 짜인 이야기인데 반해, 내러티브는 내레이터에 의해 구술된 테마 스토리에 해당한다. 흔히 서사로 통칭되는 내러티브는 기존의 허구적 이야기라는 개념 규정을 넘어 사실적인 구조에 이르는 요소를 포함한 이야기 구조로 확장돼 통용되고 있다.

특히 이야기의 생성 과정 및 행위적 측면을 강조할 경우, 스토리텔링이라는 용어가 사용된다. 스토리텔링은 어떤 이야기를 들려주는가에 있는 것이 아니라, 특정 이야기를 보다 효율적으로 전달하기 위해 어떤 매체와 결합하고, 그 매체와 어울리는 이야기로 가공하느냐에 달려 있다. 즉 '내러티브'의 동사형이 갖는 함의가 '관계 맺다'로 해석되는 것처럼, 부분과 전체, 처음과 끝이 일관된 논리성을 가지고 매

---

13 서사구조는 이 두 요소가 스토리 라인을 형성하며, 다른 스토리들이 덧붙여지며 한 편의 복합적인 이야기로 완성된다. 즉 스토리텔링이 서사로서의 필요충분조건을 갖추기 위해서는 줄거리가 있는 이야기(최소 스토리, 플롯이 개입된 텍스트), 관찰과 시선(카메라 아이, 화자와 청자), 인물(등장인물의 내면적 성격과 외면적 성격, 행동, 환경, 말투), 사건과 현실(사건의 제시 및 설명, 사건의 주변, 사건과 현실, 인물과 사건의 전형성), 이야기 전달 과정(화자와 청자의 역할)이 요청된다. 한강희, 「언제나 문제는 스토리텔링이다」, 『그늘과 상처의 미학』, 시와 사람사, 2008. 10.

체의 형태에 따라 다양하게 변주되거니와 담화자의 취향에 맞게 적절
히 취사선택할 수 있다.

결국 스토리텔링이란 청자에게 조리 있게 이야기를 들려주는 방식
이다. 스토리텔링이란 '스토리'와 '텔링'의 '이야기하기'의 합성어에
해당한다. 이때 '텔링'은 개인의 상상과 욕구를 드러내며 '효과적인,
강력한, 인상적인'이라는 의미를 내포한다. 즉 스토리텔링은 스토리를
효과적이고 인상적으로 드러내는 개념이다. 인물·사건·배경이라는
구성요소를 가지고, 시작·중간·끝이라는 시간적 연쇄에 의해 기술
된다. 사실에 의거하거나, 혹은 사실에 의거하지 않은 꾸며낸 이야기
일 수 있고, 단편적·무시간적·논리적 지식과 정보전달을 기초로 연
속적·시간적·경험적·흥미적 이야기로 얼개를 갖추면 된다.

그런데 기획과 전략이 담긴 스토리텔링은 독자대중의 눈높이와 기
대수준을 고려해야 한다. 동일한 소스를 다양한 층위에 맞추는 신축성
도 발휘할 수 있어야 한다. 스토리텔링이 관광 부문과 접점을 형성하
며 시너지를 동반할 수 있다는 기대는 여기서 비롯된다.

하나의 사례를 들어보자. 절집의 법당에 이르는 여러 개의 문을 통
과하는 과정을 스토리텔링이라는 기법에 실어보자.[14] 절집에 이르는
문들은 제각각 의미를 가지고 있으며, 또한 법당 역시 명칭에 걸맞은
의미를 담고 있다. 절집에 들어서면 첫 번째 문으로 기둥 하나만 세운

---

14 박영호, 「절을 찾아서」, 『답사, 이것만은 들고 갑시다』, 영한, 1999. 8, 2~7쪽 참
   조. 최근 한국관광공사가 스토리텔링을 관광콘텐츠와 접목시켜보려는 시도로 기
   획 출간한 단행본으로 임동헌의 『한국의 길, 가슴을 흔들다』(랜덤하우스코리아,
   2007. 7.)와 배연형, 서희원의 『한국의 소리, 세상을 깨우다』(랜덤하우스코리아,
   2007. 7.)가 있다. 전자는 신경림, 김주영 등 시인과 소설가 15명과 함께하는 색
   다른 여행 이야기 형태로, 후자는 해남 땅끝마을에서 서울에 이르는 2백여 년간
   의 우리 전통 소리의 여정을 기록한 것이다.

일주문이 자리한다. 이는 세상의 찌든 때를 벗고 깨끗한 마음으로 들어서라는 한 마음을 뜻한다. 일주문을 지나면 금강문에 이른다. 금강문은 두 구의 금강역사가 등장하는 데, 이는 시작과 끝, 생성과 소멸은 분리개념이 아닌 공존을 상징하며 절집에 이른 속세인에 힘과 용기를 제공한다. 이 문을 지나면 사천왕문에 이른다. 사천왕은 지국천왕, 광목천왕, 증장천왕, 다문천왕을 지칭하는 데 불국정토의 동서남북을 이들이 지키며 잡귀를 물리치는 역할을 한다. 사천왕문을 넘어서면 흔히 해탈문이라 불리는 불이문에 들어서게 된다. 불이는 둘이 아니라는 말로, 만남과 이별, 시작과 끝, 삶과 죽음을 비롯하여 세상사가 둘이 아니라는 뜻이다. 세상의 일이 둘이 아니라 하나임을 깨닫는 순간, 해탈의 경지에 다다름을 뜻한다. 이렇듯이 절집의 문에도 스토리텔링 개념을 부가하면 그 의미를 배가, 확장시킬 수 있다.

하나의 완벽한 스토리보드를 경영 전반에 도입한 경우로 영국 프로축구 프리미어 리그에서 축구의 전설을 쌓아가고 있는 '맨체스터 유나이티드(Manchester United, 약칭 Man-U)' 팀을 꼽을 수 있다. '맨유'는 축구에 스토리를 엮어 경기장이 아닌 '꿈의 극장(theatre of dream)'을 경영한 사례에 해당한다. '꿈의 극장'이란 명칭은 전용 구장인 올드 트래포드(Old Trafford)의 실제 브랜드 슬로건이다. 인구 40만 명에 불과한 맨체스터에서 경기마다 7만여 명의 관중이 올드 트래포드를 가득 메우는 이유는 무엇일까. '맨유'가 프리미어 리그 챔피언, 유럽 챔피언, 세계 챔피언으로 등극하며 팬들에게 감동적인 신화와 꿈을 제공한 저변에는 그들 나름의 철저한 스토리디자인이 개입돼 있기 때문에 가능했다. 이들은 '맨유'라는 강력한 브랜드에 스토리를 결합함으로써 경제 불황에도 사람들이 축구를 기피하지 않고 오히려 지친 마음을 달래기 위해 축구를 즐겨야 한다는 전략을 구사하고 있다. '맨유'는 스토리를 구체적인 상품으로 연결하는 프로그램도 마련하고 있다. 예를 들면 관객들은 선수가 돼 체험 투어를 한다. 호나우두, 루니, 박지성이 앉은 자리에 앉아 보고, 녹음된 관중의 환호에 맞춰 유니폼을 입고 선수가 돼 입장해보기도 한다. 선수들의 방송 인터뷰 장소, 기자회견장, 원정팀 대기실 등 관련 장소로 투어링하기도 한다. 여기에는 전·현직선수가 등장하기도 하고, 휴식 시즌에는 홍보를 극대화하기 위해 월드 투어를 한다. 경기전엔 관중에게 최근의 이슈를 정리한 잡지, 『유나이티드 리뷰(United Review)』를 판매한다.

잡지엔 매호 선수 개개인의 프로필과 통계자료를 활용해 흥미 있는 이슈를 제공한다.[15] 커뮤니케이션 전략도 남다르다. 자체 방송국에서는 하루 18시간의 프로그램을 전 세계 42개국 1억 4천 명의 시청자에게 공급한다. 홈페이지는 영어, 스페인어, 독일어 외에 한국어, 중국어, 일본어 버전을 운영하고 있으며 온라인 쇼핑몰과 커뮤니티도 만들어놓고 있다. 이렇듯이 '맨유'는 광범위한 커뮤니케이션을 통해 스토리보드를 만들어가며 세계 전역의 팬을 확보하고 있다.

한편 스토리텔링의 장르는 비교적 다양한 범위에 걸쳐 있다. 민담·

---

15 예를 들어 박지성 특집에는 박지성이 2007~2008년 선발 출장한 14경기에서 '맨유'는 한 경기도 지지 않았을 뿐만 아니라 실점이 평균 0.14점(총2점)에 불과했다는 사실을 팬들에게 상기시키며 흥미성을 유발한다. 결코 시즌 한 골에 불과한 '행운의 사나이'가 아니라는 스토리를 만들어 제공한다. 스포츠에서 흥미를 유발하는 절대적인 요소인 숫자 지표를 적극적으로 스토리화한 경우다. '맨유'가 왜 전설의 팀인지에 대해서는 오랜 경력을 가진 선수인 긱스가 21년을, 스콜스와 네빌은 19년째 뛰고 있다는 사례를 덧붙이기도 한다. 이외에도 축구 박물관, 캐릭터 상품, 각종 시설 이용에도 철저히 스토리라는 의장을 씌우고 있다. '맨유'의 로고 타이프, 엠블럼, 컬러를 동원해 의류는 물론 휴대전화, 액세서리, 인형, 학용품까지 마련해 놓고 있다. 『조선일보』, 2009. 3. 7, C5면 요약 및 참조.

전설·신화·동화 등의 문학 언어로 된 서사뿐만 아니라 영화·텔레비전 드라마·뮤직 비디오·만화·게임·광고 등 비언어적 서사형태도 포함된다. 요컨대 스토리텔링은 음성과 행위를 통해 청자에 전달되는 소통행위로서 사건 있는 줄거리, 사고와 인식의 주체보다는 표현중심 담론(Discourse), 서사 내용을 그 요건으로 한다.

문화관광콘텐츠에 스토리텔링이라는 기제를 도입, 활용하려는 전제는 관광 매력물에 대한 이미지는 정해진 규격이 아닌 관광객들의 생각이 총체적으로 반영돼 담론화한다는 사실에서 출발한다. 관광객의 기대와 만족도에 의해 매력물의 가치가 달라질 수 있음을 염두에 두어야 한다. 대다수 관광객은 여행 전에는 스토리 네트워크(미디어 스토리, 구전 스토리)를 통하여 대상지(대상물)를 가체험하고, 이 가체험에 관광 스토리 체험이 보태지고, 관광 후에는 스토리가 강화돼 하나의 커뮤니티를 형성하게 된다. 즉 관광 매력물은 관광객의 성향과 기호에 부합한 스토리를 갖추고 있어야 소구력을 가질 수 있다.

이때 관광 스토리텔링을 구현하는 요소로는 대화·목소리·숙어·문법·텍스트 등이 있다. 그런데 문화관광콘텐츠를 스토리텔링으로 설계하기 위해서는 스토리 그 자체에 관한 것도 중요하지만 콘텐츠의 장르가 지닌 고유한 특성을 잘 살려내야 하며, 문화관광해설사 등 스토리 구성자의 독특한 스타일도 반영되어야 한다. 특히 스토리보드는 독자 혹은 관객이 작품에 개입할 수 없는 경우가 대부분이기 때문에, 구성물 전체가 하나의 완결된 구조로 관광객을 몰입시킬 수 있게 구성해야 한다.

한편 최근 정보 패턴의 실시간화, 디지털 기기의 보편화에 따라 텍스트 작성과 커뮤니케이션의 효율을 극대화한 디지털 스토리텔링이 좋은 대안으로 부상하고 있다. 디지털 문자는 멀티미디어로 구현되기 때문에 구술과 문자문화의 단점을 극복하고 장점을 수용할 수 있는 이점이 존재한다. 일반적으로 구술문자가 다중매체를 통해 즉각적으로 구현되면서 발신자와 메시지의 보존이 불가능한 반면, 문자중심의 문화는 정밀성과 축적성이라는 장점이 있지만 추상적으로 전달된다는 한계가 있다.

요컨대 한 명의 관광해설사가가 불특정한 다수의 관광객에게 서사라는 이야기하기의 기본형을 중심으로 말투·몸짓·표정을 이용하여 반응과 참여를 이끌어내는 선형적 서사구조로 진행하는 것이 기존의 이야기 형식이었다면, 디지털 미디어를 통한 이야기하기는 반드시 한 명의 화자가 아닌, 여러 명의 화자를 상대로 이야기에 대한 댓글, 이어 말하기, 동시에 말하기 등 다양한 형태로 개입할 수 있다는 특징이 있다. 즉 제작 과정에서 원래 텍스트가 다양하게 변주, 확장되는 현상을 자연스럽게 받아들일 필요가 있다. 하나의 콘텐츠가 여러 매체의 콘텐츠로 변주되면서 문화상품을 복제하는 방식은 부문 간 융합(Convergence)의 시대에 하나의 흐름으로 간주되고 있다.

3. 문화유산 안내해설의 효율적 기제로서 스토리텔링

인간은 문화 없이는 살아갈 수 없고, 인간 없는 문화란 존재할 수 없다. 즉 문화는 인간집단에서 나타나는 상이한 생활양식의 총체로 규정된다. 그런데 인간문화의 진보는 문화적 상징성을 통해 이해, 표현되면서 이뤄진다. 이 중 관광과 여행은 문화적 상징성을 추구하는 대표적인 행위에 해당한다. 관광과 여행의 내구가치이자 잉여가치는 경험이나 추억으로 나타나게 마련이다. 인류학자 타일러(Tylor)는 문화를 두고 지식, 신앙, 예술, 법률, 도덕, 관습, 그리고 사회의 한 구성원으로서의 인간에 의해 얻어진 다른 모든 능력이나 관심들을 포함하는 복합적 총체로 규정하고 있다.[16] 이러한 문화상징은 이해와 표현을 통해 하나의 동질적 커뮤니티를 구성한다. 여기서 이해와 표현의 효율적 기제가 '이야기' 행위로서 대변되며, 이를 스토리텔링의 진행 과정으로 이해할 수 있다.

인간은 '이야기하는 존재(Homo narrans)' 다.[17] 최근 몇 년 사이 이른바, '이야기' 성(Storytelling)에 관한 활용의 폭이 마케팅에 도입되는 등 넓어지고 있다. 여기에는 관광 매력물(Tourism Attractives)이 가진 스토리에 감성구조가 보태지면서 관광객 유인에 도움이 될 수 있다는 판단이 전제돼 있다. 관광지에 대한 막연한 기대와 설렘이 현지 체험과 짜임새 있는 스토리텔링으로 이어지면 단순한 관광이 아닌 관광의 가치와 의미를 새롭게 발견하는 계기로 작용할 것이라는 믿음에 가치를 부여한 것이다.

요컨대 스토리텔링은 상호작용 원리에 입각, 관광객과 지역주민이 공동으로 감성적 가치체계를 구축하는 기제로서 관광지가 가진 스토리 속에 관광객의 '개인적 연관'을 의미화하는 게 요체다. 기존의 안내·해설 프로그램을 스토리텔링 체제에 맞춰 개발해, 외래방문객들에게 무엇을 해설할 것인지, 어떻게 설명할 것인지, 지역 대표 매력물

---

16 손대현, 「문화관광의 개안」, 「관광상징주의와 기호의 계층구조」, 『관광론－관광학 어떻게 볼 것인가』, 백산출판사, 2000. 3, 131～138쪽 참조.

17 '호모 나랜스(Homo Narrans)'는 라틴어로 '이야기하는 사람'이라는 뜻으로 미국 영문학자 존 닐(John D. Niels)이 『호모 나랜스』(1999)에서 처음 소개한 단어다. 그는 이 책에서 '인간은 이야기하려는 본능이 있고, 이야기를 통해 사회를 이해한다'고 말한다. 최근 제일기획은 '디지털 호모나랜스와 스토리텔링'이라는 제목의 보고서를 내고 "스스로 콘텐트를 생산하고 퍼나르는 데 익숙한 네티즌을 사로잡으려면 기업광고의 스토리텔링 기법이 바뀌어야 한다"고 강조한다.

에 어떠한 가치를 부여하고 감상의 초점을 맞출 것인지는 '지속가능한 관광 상품'으로서의 영속성을 담보하는 필요충분조건에 해당한다.[18]

여기서 사용하는 관광 스토리텔링이라는 개념은 기존의 문화유산 안내·해설보다 세련되고 확장된 개념이다. 관광 매력물을 둘러싸고 스토리, 스토리텔러(해설가·안내자), 관광객이 공동의 체험과 추억 관리를 통한 상호교섭을 통해 의미체계를 구축해나가는 과정이기 때문이다. 특히 스토리텔링이 문화관광 해설도구로서 적용 가능한 도구로 정합성을 가지려면 이 세 가지 조건이 상호교섭할 수 있을 때다. 최근 들어 이 특징은 디지털 매체의 발달로 하이퍼 텍스트적 성격을 드러내며, 자율적인 대화방식, 즉 커뮤니티로서의 능동성을 지향하고 있다.[19] 이러한 조건을 바탕으로 고정된 형식이 아닌 다양한 층위간의 상호작용을 통해 끊임없이 새로운 버전을 만들어내는 유연성, 신축성, 탄력성이 있어야 한다.

이때 관광 스토리텔링이 지향해야 할 형태는 안내해설의 효율성·흥

---

18 관광 매력물에 아이덴티티를 부여할 무게중심은 매력물, 지역주민(스토리텔러), 관광객이 공동으로 만드는 가치체험의 장인 스토리텔링을 통해서 가능하다. 스토리텔링은 관광객에게 매력물을 연결하는 커뮤니케이션 도구인 동시에 관광지의 보존관리를 위해 유용한 도구인 것이다. 4차 산업인 문화관광산업이 우뚝 서기 위해서는 향토축제 개발, 문화유적지 원형보존과 발굴 투자, 문화재 보존관리, 문화이벤트 계발 등이 뒤따라야 가능하다. 이때 수반되는 스토리텔링 개념은 경제적 부가가치 창출이라는 관점과 의식적 전환이 동반된 형태다.

19 스토리텔링의 구체적인 특징은 다음과 같이 요약할 수 있다. ① 감성적, 순간적, 즉흥적, 동시적, 현재적인 말하기의 속성을 강하게 드러낸다. ② 시작, 중간, 끝이라는 연속성을 드러낸다. ③ 인간이라면 누구나 하고 싶어하는 개인의 경험과 체험을 중요시 여긴다. ④ 수동적인 즐거움을 넘어 능동적인 즐김(jouissance)을 지향한다. ⑤시각, 청각, 촉각 등 총체적인 감각을 지향한다. 이재복, 『녹색땅 전남으로의 초대』, 대동문화재단, 2008. 12, 참조.

미성·창의성, 다양한 매체와 상호작용 주도(OSMU : One Source Multi Use), 안내해설자-관광객-지역주민의 감성적 가치 체계 구축, 문화-역사자료의 발굴과 재해석 등을 떠올릴 수 있다.

이러한 기제와 도구가 효율적으로 실현되면 문화관광이 인간의 정신세계와 물질세계 전반에 관여하며 삶의 질을 개선하는 데 기여할 것이다. 일반적으로 '문화관광'의 초점은 인간이 역사와 함께 과거, 현재를 살아오면서 파생시킨 문화적 양식, 문화적 상징 등 정신적·물질적인 경험을 도모하고 거기에서 상대적으로 자기 문화를 보존, 전승해야 할 당위성을 느낌으로써 지역문화와 국가·민족 문화의 발전을 도모하는 데 두어지는 것으로 규정되고 있다. 한국관광공사는 "문화적 동기를 가지고 전통과 현대의 다양한 문화를 적극적으로 체험하는 특정 관심 분야 관광의 일종"이라고 문화관광을 정의한다. 기존의 '보는 관광' 차원에서 한 걸음 더 나아가 '체험하는 관광'을 강조하고 있다.[20] 이를 좀 더 넓은 의미에서 파악하자면 문화관광은 개인의 새로운 지식·경험·만남을 증가시켜 문화수준을 향상시키는 등 인간의 다양한 욕구를 충족시키는 지고지순한 정신적, 육체적 행위에 해당한다.

특히 '문화관광'은 문화 다양성에 관한 이해를 가져오며, 이질적 문화에 대한 거부감을 덜어주는 요소로도 작용한다. 이를테면 전통적 경관과 생활양식을 보존하려는 축이 있다면 다른 한편에선 경제개발과 생활수준 향상에 목적을 두게 되는 '문화접변' 현상[21]이 발생할 수 있

---

20 김세천 외, 「문화관광의 개념과 영향」, 『문화로 보는 관광학』, 소화, 2002. 10, 26~28쪽.

21 '문화접변(acculturation)'이란 두 문화가 장기간 상품과 아이디어의 교환·접촉에서 오는 것으로 이 교환과정은 '강한 문화'가 '약한 문화'를 지배하기 때문에 형평과 균형을 이루지 못한 상태를 지칭한다. 한국관광공사, 『관광용어사전』, 1984, 참조.

고, 이러한 현상이 극단적으로 흐르게 되면 '문화마찰', '문화 중층화' 현상으로까지 비약할 수 있다. 스토리텔링은 이러한 한계와 난점을 극복, 해소하는 데 일정하게 기여할 수 있다.

이는 스토리텔링이 관광객에게 방문지에 대한 정보를 알려주는 데 그치지 않고 일련의 호기심을 자극하여 주의를 환기시켜 그들이 접하고 있는 문화재나 자연경관 등 관광환경에 대해 올바른 인식과 교육적 가치를 부여하는 '에듀테인먼트(edutainment)'로서의 속성을 가지고 있기 때문이다. 즉 스토리텔러와 관광객의 상호작용을 구체적으로 도식화하면 관광객이 방문하는 관광지에 대하여 인식능력 · 감상능력 · 이해능력을 돕는 단계, 자원관리의 목적을 달성하는 단계, 관리당국에서 진행하는 프로그램에 대한 대중의 이해를 촉진하는 단계 등 일련의 단계를 거치며 교감하기 때문이다.[22]

이러한 단계를 거치며 관광자원을 가치 있게 하는 결정 요인인 접근성(accessibility), 매력성(attractiveness), 이미지(image), 관광시설(tourism facilities), 하부구조(infrastructure) 등이 명료화하게 된다. 이때 관여하는 스토리텔링은 직접 해설담화나 설명담화를 통한 인적 해설이라는 속성을 가지므로 '어떤 활동을 대상으로 하는가', '대상 지역의 성격은 어떤가'에 초점이 모아져야 하며, 그 대상이 어떤 집단인가에 따라 프로그램의 성격과 내용도 달라져야 할 것이다.

주지하다시피 이상적인 형태의 스토리보드, 스토리텔링이 구현되기 위해서는 관광객과의 교감에 성공해야 한다. 스칸디나비아 항공사의 사장이었던 얀 칼존(Jan Carlzon)은 이를 '진실의 순간(moment of truth)'

---

22 서철현 외 지음, 「관광자원 해설 기법의 분류, 관광자원의 특성과 가치결정 요인」, 『관광자원해설론』, 대왕사, 2002, 32쪽.

이라 명명했다. 이 개념은 '고객이 어떤 사업 국면에 접하고, 그 접촉에 근거하여 해당사가 제공하는 서비스와 제품의 질에 대해 고객의 의견이 진정으로 형성되는 순간'을 의미한다.[23] 이는 스토리텔러가 관광객과 '라포(rapport)'를 형성해 친숙해져야 텍스트로서 스토리보드가 가치를 발현할 수 있는 것이다. 여기에는 텍스트의 교시성, 계도성이라는 교육적 국면이 내포돼 있다. 이런 점에 비춰 스토리보드 작성 시 틸든(Tilden)의 지침은 경청할 만하다.[24]

이상에서 거론한 내용을 정리해 문화관광해설가로서 스토리텔러가 스토리보드라는 텍스트를 통해 스토리텔링되는 과정을 도식화면 다음과 같다.

발신자	전달경로	수신자
↕	↕	↕
판매자——(기호화)—— 광고/인적판매/홍보/판매촉진——(해석)——표적 구매자		

---

23 최태광, 「투어가이드론」, 「성공적인 안내지침」, 「고객과 친숙해지기」, 『관광가이드실무론』, 백산출판사, 2003. 2. 여기서 필자는 관광가이드로서 스토리텔러는 지도자, 교육자, 홍보가, 주인의식 가진 자, 통합조정자로서의 역할에 있다고 규정하고 있다. 스칸디나비아 항공사는 이러한 개념에 의지해 고객을 무관심으로 대하기, 따돌리는 행동, 냉정하게 대하기, 모자라는 사람으로 취급하기, 규정에 얽매여 로봇처럼 일하기 등 기존의 나쁜 관행과 결연히 선을 긋는 등 서비스를 개선할 수 있었다.

24 위의 책, 91~92쪽 참조. 틸든의 지침에는 △여행객의 개성이나 경험과 관계가 있는 것을 제시하라, △정보제공을 기초로 하되 그 이상을 지향하라, △안내는 기술적 속성을 가지므로 교육적 효과를 동반하라. 하지만 가르치기보다는 자극하는 데 골몰하라, △안내해설은 부분에 얽매이기보다 전체를 지향하라(고객도 전체 고객을 대상으로 하라), △대상에 맞는 안내해설이 되어야 효과가 배가된다 등이 포함되어 있다.

여기서 발신자는 관광 매력물을 판매하는 판매자로서 스토리텔러이고 수신자는 매력물을 표적 구매하는 자로 관광객에 해당한다. 스토리보드의 요건은 전달 경로인 광고, 인적 판매, 홍보, 판매촉진이라는 행태로 나타난다. 그런데 여기서 주목해야 할 것은 괄호로 묶여진 '기호화', '해석'에 있다. 기호화는 상징체계인 말과 행동으로 스토리텔러에 의해 구현되며, 해석은 스토리텔러의 사고와 가치체계의 발현으로 의미화한다. 따라서 '기호화'와 '해석'의 실질적 주체에 해당하는 스토리텔러가 가진 '시니피앙'과 '시니피에'는 매우 중요한 요건이라 할 수 있다. 문화관광유산, 관광 매력물의 진정한 가치체계를 규정하고 의미추출을 위해서는 스토리보드에 대한 과학적이고 합리적인 수준의 지침이 구비돼야 함은 물론 스토리보드에 대한 서사론적 접근과 이해가 심층적으로 요청되는 대목이다.

맥켄넬(Dean MacCannel)이 이해한 '관광 매력물 = 기호(의미관계)' 등식은 이러한 점을 구조주의적 입장에서 파악한 것이다. 즉 관광 매력물은 의미작용을 통해 형성돼 나간다는 것이다. 그는 관광에서 이러한 의미작용이 일어나는 과정을 다섯 단계로 설정하고 있다. 다섯 단계를 거치며 관광 대상물은 단순한 매력물로서의 단계를 넘어 그 지역의 정체성을 결정짓는 역할을 하게 되는 것이다.[25] 이러한 의미화 과정을 시간성과 연관한 종단적 입장과 공간성과 관련된 횡단적 방식을

---

25 김세천 외, 「문화관광의 개념과 영향」, 『문화로 보는 관광학』, 소화, 2002. 10, 63쪽. 1단계는 대상물을 연구하여 심미적·역사적 가치를 부여하는 단계이며, 2단계는 대상물을 명소로서 격상하여 경계적 장치를 하는 단계이고, 3단계는 단순한 보호가 아니라 신성한 것처럼 느끼게 만드는 단계다. 4단계는 신성한 대상물을 복제하여 유포하는 단계이며, 마지막 5단계는 유명인의 이름을 대상물에 부여하며 신성도를 제고하는 단계다.

감안해 하나의 완결된 스토리보드로 구현할 수 있을 것이다.

요컨대 관광 스토리텔링을 활용하는 궁극적인 목표는 문화의 고유성 및 특이성, 역사적 지식, 지역에 대한 이해, 볼거리와 체험 등 문화유산 및 관광 상품의 가치를 제고하며 관광콘텐츠의 개발 및 확대재생산에 있다. 한편 지역간 연계 관광을 유인하여, 방문자 이해를 진작하여 경쟁력을 갖춘 고부가가치 산업으로 성장하는 데 기여할 것이라는 판단이 전제돼 있다.

4. '스토리텔링'과 문화관광산업

스토리텔링은 문화상품을 광고하는 효율적인 기제로도 작동하거니와, '네티즌 = 호모 나렌스(Homo narrens) = 스토리텔러' 등식으로 변용할 수 있다. 특히 디지털스토리텔링은 최신이 스토리텔링 형태라 할 수 있다. 삼성전자가 한 가수를 등장시켜 지펠 냉장고의 CM송 광고를 내보내기 전에 미리 판도라 TV 등 주요 동영상 포털사이트에 띄워 네티즌들의 궁금증을 유발한 사례가 그것이다.[26] 이는 '디지털스토리텔링'이라는 새로운 형태로서 '호모 나렌스' 역할을 극대화한 것을 증명해 보이고 있다.

이러한 기업광고의 기법으로서 '디지털스토리텔링'의 특징은 이야기를 끝맺는 방식이 아닌 '하면 되고' 식으로 일정 분량만을 제작하면서, 동영상의 화질이나 편집 수준을 일반 네티즌이 만든 것처럼 해서

---

26 「되고송처럼 호모나랜스가 제품 홍보한다」, 『중앙일보』, 2008. 9. 25, E3면. 이 지면에서는 기업광고의 새로운 화두로 떠오른 디지털스토리텔링의 최근 흐름에 관해 소상히 밝히고 있다.

호기심을 자아낸다. 즉 기존의 아날로그 방식으로 기업 상품을 일방적으로 광고하는 것은 큰 효과가 없다고 판단하고 소비자들이 친숙하게 브랜드와 이야기를 나눌 수 있는 열린 구조의 스토리텔링을 지향하는 것이다. 이렇듯이 디지털스토리텔링은 소비자들이 원하는 공간에서 자발적으로 이야기를 만들어나가고 소비자의 일상 속에서 브랜드 이야기를 자연스럽게 녹여나가는 형태다.

새 세기 들어 영화·드라마·애니메이션·캐릭터 디자인·컴퓨터 게임 등 문화산업이 중심이 된 '한류 열풍'은 다소 높낮이가 있긴 했지만 국가 이미지와 경쟁력의 핵심 요소로 부상했다. 인류문화의 보편적 심성이 스민, 한국에서 만들어낸 인류사적 서사 원형이라 평가받고 있는 것이다. 한국 특유의 문화적 감수성인 '한류'가 세계 문화의 보편적 감수성으로 자리하고, 기존의 일방적 수용과 소비에서 문화 창조와 수출의 주역으로 등장한 것은 서구일변도의 제작 문법이 보여준 폭력성과 선정성과는 다른 아시아적 가치인 유교 정서와 감수성으로 순화된 세련성, 미국·일본 위주의 문화 선진국에 대한 혐오 정서 등에서 기인한 바 크다.[27]

요컨대 스토리텔링은 본질적으로 이야기성을 담보해야 하기 때문에, 그 외연을 확대하여 산업적, 상품적 측면이 부각되려면 재미와 경험이 생명이며, 뻔한 스토리가 아니어야 하고, 멀티채널을 활용하여,

---

27 문화산업을 통해 고양되고 있는 '한국적 가치'는 글로벌 시대를 사는 한민족의 경쟁력으로 자리하는 정신적 상품에 해당한다. 그 선두에 영화와 드라마가 있다. 한국적 감수성을 탁월하게 영상화한 〈대장금〉과 〈왕의 남자〉, 이산과 분단의 아픔과 슬픔을 세계적 차원으로 승화한 〈공동경비구역〉, 〈쉬리〉, 〈실미도〉, 〈태극기 휘날리며〉, 〈웰컴투 동막골〉은 기존의 배급 시스템과 스타배우 기용, 장르의 공식을 뛰어넘었기에 흥행 성공작이 될 수 있었다.

스토리문화를 창출하는 데까지 나가야 한다.[28] 그 기제의 핵심적 요건은 소비자에게 꿈과 감성을 제공하는 것이기 때문이다. 미래학자 랄프 옌센의 진단에 의하면 '신화와 이야기를 바탕으로 형성되는 감성과 꿈이 지배하는 세상이 될 것'이라며, 미래에는 이야기와 꿈이 부가가치를 만들며 이를 통해 새로운 시장이 형성된다는 것이다. 때문에 소비자들의 라이프스타일을 지배하며 소비문화를 만드는 유명 브랜드 이면에는 항상 이야기가 있다고 파악한다.

주지하다시피 스토리텔링은 음성과 행위를 통해 청자에 전달되는 소통행위로 사건 있는 줄거리, 사고와 인식의 주체보다는 표현중심 담론(Discourse), 서사 내용(Story)을 요건으로 한다. 특히 이야기 속에 교육과 계몽, 오락과 흥미가 개입되는 서사성을 활용할 때 가치를 극대화할 수 있다. 물론 여기엔 민담 · 전설 · 신화 등 문학 언어로 된 서사뿐만 아니라 영화 · 텔레비전 드라마 · 뮤직 비디오 · 만화 · 게임 · 광고 등 비언어적 서사형태도 포함할 수 있다. 요컨대 스토리텔링은 인간 삶의 본질적 요소이면서 사물을 아름답게 보고 즐길 수 있는 커뮤니케이션 도구이자, 이야기가 담화로 변화하는 과정에서 사람과 사물의 관계를 형성하는 창조적인 활동이다.

스토리텔링의 이러한 특성은 관광분야에도 적용 가능하며 관광 활성화를 진작할 것으로 예측된다. 관광 스토리텔링은 발신자로서 스토리텔러인 문화관광해설사와 수신자로서 외래 방문객인 관광객을 대상으로 관광명소를 효율적으로 매개하는 상호작용을 고양하는 데 초점이 두어진다. 즉 관광명소의 가치나 의미를 스토리보드에 체계적으로

---

28 박정현, 「이야기로 승부하는 스토리텔링 마케팅─스토리텔링 마케팅 성공적인 전략」, LG경제연구원, 2006.

재구성하여 새로운 볼거리를 만들어 산업적, 상품적 차원의 관광 목적을 구현하는 데 기여할 수 있다. 이때 스토리텔링은 스토리보드로 구현되는 데, 특정 지역과 특정 주민에 쉽게 다가가 문화할인율[29]을 낮게 하는 기제로 효율적으로 작동할 수 있다. 즉 지역민과 상호작용 방식인 '문화접변', '문화표류', '문화교류'를 통해 접촉 빈도 및 재방문, 영속성, 전통성 등을 다양하게 변주할 수 있다. 일반적으로 관광지는 관광객의 요구를 만족시키는 데 주력하므로 관광객의 태도와 가치관을 수용하게 되고 관광객의 문화를 닮아가게 마련이다.[30]

좀 더 구체화하자면 문화관광 안내해설도구로서 스토리텔링을 활용하게 되면 주변 관광지와 연계한 지역 이미지 제고, 관광객의 감성과 체험을 자극한 재방문, 관광자원의 재해석으로 인한 자원개발 효과, 관광자원 및 문화유적 보호 등에 직접적으로 기여할 수 있다.

---

29 '문화할인율'이란 특정 문화의 산물이 다른 문화로 이입하게 될 때 언어, 문화, 관습의 차이로 인한 수용 격차를 설명하는 커뮤니케이션 용어다. 다른 문화에서 수용이 어려울수록 '할인율이 높다'고 하고, 수용이 쉬울수록 '할인율이 낮다'고 지칭한다.

30 관광경영연구회, 「관광과 문화」, 『관광의 이해』, 학문사, 2002. 2. 여기서 필자는 '문화접변'은 이질적인 두 문화가 일정 기간 접촉하면서 차용과정을 통해 유사한 모습을 띠는 것으로 파악한다. '문화표류'는 지역주민이 관광객과 접촉하는 동안 관광객의 요구에 부응하기 위해 일시적·표면적으로 지역 문화가 변화하는 것을 의미하며, '문화교류'는 관광을 통한 접촉으로 사회·국가 간 편견을 제거할 수 있고, 상호이해를 증진시켜 긍정적인 사회변화를 추구할 수 있다고 제시하고 있다.

서사 기제로서 '스토리텔링'의 '문화관광' 적용 가능성

서사 기제로서 '스토리텔링'의 '문화관광' 적용 가능성

1. 콘텐츠는 메시지다 : 텍스트에서 콘텍스트로

많은 미래학자들은 21세기 지식정보화사회를 두고 '미디어 스페이스(media space)', '데이타 스페어(data spare)'라고 규정한다. 마셜 맥루한(Herbert Marshall Mcluhan)의 '미디어(midium)는 메시지(message)'라는 언명 이후, '메시지는 미디어'로의 과정을 거쳐, 이제 '콘텐츠(contents)는 미디어'로 변신하고 있다. 이러한 정보사회의 급속환 환경 변화에 대응해 디지털미디어시대가 요구하는 창의적 지식인이란 이른 바, '시스템 엔지니어(system engineer)', '콘텐츠 프로듀서(contents producer)'를 지칭한다 해도 과언이 아니다.[1]

이는 기존의 '문화콘텐츠'라는 어의가 창의성과 혁신적 사고에 기반

---

1 한강희, 『소통과 성찰의 상상력』, 시와사람사, 2003. 3, 1장 참조.

하여 상품성을 추구하는 도정인 '문화콘텐츠산업'으로 변화하고 있음을 의미한다. 이러한 흐름은 경제 효과에 정보와 지식이 외생적 변수가 아닌 내적 성장동력으로 기여하는 것을 대변한다. 이렇듯 콘텐츠에 대한 인식은 금세기 들어 하나의 '문화현상'으로 부각되고 있다.

그간 문화콘텐츠에 관한 개념으로 콘텐츠·디지털문예콘텐츠·인문콘텐츠·문화콘텐츠·문화기술·문화산업이란 용어가 생겨났다. 일반적으로 디지털 기술을 담는 그릇으로 형식에 치중하면 디지털콘텐츠, 내용을 위주로 하면 문화콘텐츠, 내용창작물과 방향성을 염두에 두면 인문콘텐츠라 정의하고, 이런 문화적 내용을 담는 기술을 문화기술(CT)이라고 규정하고 있다. 실례로 한국문화콘텐츠진흥원은 설립 이후 해외시장 진출과 문화콘텐츠 창작역량강화를 두 축으로 우리의 역사·전통·풍물·생활·전승·예술·향토지리지 등 다양한 분야에서 우리 문화원형을 디지털콘텐츠로 제작하여 창작소재로 제공하고 창작활동을 지원하는 사업을 추진하고 있다.

그런데 여기서 간과해서는 안 될 것은 우리 문화의 정체성과 관련한 학문적이고 객관적인 연구가 선행돼야 이 사업도 영속성을 지닐 수 있다는 점이다. 문화콘텐츠사업이 과도하게 상업적인 목적으로 흐를 경우 우리 문화의 본질이 왜곡되고, 사업의 생명력도 담보할 수 없게 된다. 따라서 상업적 편향의식을 경계하고 한국학이라는 학문적 기초를 세운다는 방향 위에서 수행돼야 한다는 의견이 설득력을 얻고 있다.[2]

문화콘텐츠산업에 대한 교육적 관심과 연구 성과를 구체적인 학제로 처음 도입한 신광철은 '문화콘텐츠'는 디지털문화시대에 인문학의 역할이 '문화표현'을 넘어 '문화창출'이라는 개념으로 확장된 개념으

---

2 한영우, 『한국학 발전방안에 관한 연구』, 교육인적자원부, 2002, 148쪽 참조.

로 '이해'와 함께 '표현'에 대한 강렬한 의지를 내포한다는 점에서 순수인문학과 대응하는 '응용인문학', '통합인문학'의 성격을 지닌 것으로 파악하고 있다. 아울러 이의 발전적 추세인 '디지털문화콘텐츠'는 문화예술과 과학기술 환경의 통합적 변화로서 하드웨어→소프트웨어→콘텐츠웨어→아트웨어라는 패러다임의 전환(Paradigm Shift)을 가속화하고 있다고 진단한다. 즉 다양한 문화정보 지식들이 단순한 정보에서 교육에 오락이 가미되는 형태의 에듀테인먼트 차원으로 재창조되고 있음을 간파하고 있다.[3]

콘텐츠를 산업적·비즈니스적 측면에서 이해할 때, 콘텐츠는 그 상위 텍스트인 콘텍스트(Context)에 전략과 경영이라는 의장을 입힌 상품 내용에 해당한다. 콘텐츠는 미디어플랫폼(Media-platform)을 통한 서비스로서 프로바이더와 콘텐츠 고객, 의뢰인이 만나면서 관계를 형성한다. 여기서 말하는 문화콘텐츠는 온·오프라인에서 유통되는 유형·무형의 서비스가 포함되며 '추후 저작권을 주장할 수 있는 모든 종류의 원작'(Contents goods)에 해당한다.

한편 콘텍스트는 콘텐츠의 힘을 반감하거나 증폭하는 또 하나의 요소다. 즉 앞뒤 관계 맥락에서 바라본 효용적 측면(Contextual effect)에 해당한다. 쉽게 말하자면 콘텍스트는 콘텐츠에 화장을 해주며, 결국 텍스트를 편성→편집→포장→마케팅→사후 관리하는 경영능력(Business competence)을 내포한다. 결국 콘텐츠는 콘텍스트와 결합하여 콘텐츠 값으로 자리하는 것이라 이해할 수 있다.[4]

콘텐츠의 가치는 일정한 과정을 거치면서 값이 매겨지는 데 이를 가

---

3 신광철, 「인문학과 문화콘텐츠」, 『국어국문학』 143집, 2006. 9, 229쪽 요약.
4 심상민, 『미디어는 콘텐츠다』, 김영사, 2001. 12, 16~17쪽 요약.

치사슬이라 할 수 있다. 콘텐츠 가치사슬은 ① 기획 단계→② 제작 단계→③ 서비스액션 단계→④ 고객 인터렉트 단계로 설정할 수 있다.[5] 이러한 '커뮤니티'를 문화관광적 측면의 생산 및 유통과 관련하여 도표화하면 다음과 같다.

콘텐츠 유통	복합 중개 ↑ 단순 중개	콘텐츠 제조 및 판매	
		단순 공급→고부가가치 공급	
		④콘텐츠신디케이트 (관광관련사간 공동경영)	③콘텐츠복합그룹 (예 : 한국관광공사)
		②콘텐츠플랫폼 (인터넷 통한 관광 매력물 홍보)	①콘텐츠프로듀서 (지자체, 여행사, 호텔, 리조트 등 관광상품 제작사)

〈콘텐츠 커뮤니티와 유통 흐름도〉

　문화관광콘텐츠 역시 위의 표에서처럼 비즈니스를 영위하며 수익을 창출하는 방식은 콘텐츠를 제작하는 측면과 유통하는 측면으로 분류할 수 있다. ①은 콘텐츠 제작능력을 보유하고 있어 재정지원이 뒷받침될 경우 원소스－멀티유스를 실현할 기회요인이 강한 파트다. 하지만 마케팅 능력, 시장적응 능력, 전문 경영 능력 등 유통서비스 부분이 취약한 구조를 갖고 있다. 관광산업을 직접적으로 운영하는 주체를 대입해볼 수 있다. ②는 중개형 포털 미디어로 광대역 서비스를 할 수 있는 장점이 있으나 콘텐츠의 가치평가, 단순중개로 인한 저마진이 단점으로 지적된다. 사이버 관광쇼핑몰이 여기에 해당한다. ③은 콘텐츠 제작과 보급 능력을 보유, 온·오프라인을 통해 다양한 서비

---

5 위의 책, 99~102쪽 요약.

스를 제공하는 등 커뮤니티 활용도 및 글로벌리제이션을 실현하는 대안으로 떠오르고 있다. 하지만 콘텐츠 생산비용과 양질의 여과 작업이 관건이다. 행정적 입장에서 관광산업 부문을 독려하는 축이다. ④는 콘텐츠 제작능력은 미흡하나 수집, 판매 및 유통의 강점을 지닌 윈윈(win-win)시스템이라 할 수 있다. 관광 종사자 간 효율성을 극대화하는 라인이 여기에 해당한다. 하지만 최종 소비자·공급자 간의 갈등 요인이 나타날 우려가 있다.[6]

위에 제시된 모델은 스토리텔링 기법을 활용한 문화관광콘텐츠 홍보 및 유통을 활성화하는 기폭제로서의 가치가 있다. 위 표를 통해 확인할 수 있는 사실은 커뮤니티와 유통과정에서 콘텐츠가 소기의 목적을 달성하기 위해서는 다양한 고객층의 니즈(needs) 부응하는 맞춤형 콘텐츠를 창출할 수 있어야 하고, 제 값을 받을 만한 품격성을 구현해야 하며, 이른바 원소스-멀티유스(OSMU)에 초점을 맞춰 리폼·재활용·멀티활용 방안을 강구해야 하며, 디지털정보화 추세에 발맞춰 웹(web)상-비주얼 프로그램으로 가동해야 하며, 전략적 업무제휴인 동맹(Alliance), 신디케이션(Syndication)을 '블루오션'으로 활용할 여지가 있다. 우리의 경우 한국관광공사가 그 몫을 감당하고 있지만 고객 유인의 효율성을 극대화한다는 측면에서 지자체나 민간이 묶는 형태도 상정할 수 있다. 지자체의 유사 부문·민간 동종 부문이 지역·상품·가격대·고객 성향별로 정보를 공유·판매하는 프랜차이스(Franchise) 성격도 효율을 높일 수 있다. 이는 네트워크를 활용한다면 관광 매력물의 생산성을 극대화하는 최적의 장치가 될 것이다.

---

6 위의 책, 134쪽 재인용.

2. 문화콘텐츠와 스토리텔링 :
내러티브에서 스토리텔링으로

사람은 태어나면서부터 죽을 때까지 수많은 이야기 속에 둘러싸여 있다. 이야기를 듣고, 말하고, 쓰면서 인간관계를 형성한다. 이때 이야기는 시작과 끝을 가진 줄거리가 있다. 인간이 '만물의 영장'으로 불리는 이유는 서사(Narrative)의 틀 거리를 기반으로 하는 스토리텔링(Story-telling)이 있기 때문이다.

이야기는 인간이 세계를 인식하는 근본적인 한 가지 방식으로, 다양한 매체를 통해 표현된다. 모든 서술행위는 일종의 담론으로 이야기성을 가진다. 스토리(story)는 허구로 구조화하기 이전에 전체 줄거리라는 의미로 통용된다. 여기에 플롯을 덧붙이면 담론이라 부를 수 있다. 서사란 시간의 선후관계가 있는 사건의 연쇄에 의한 이야기라고 했을 때, 사건의 수와 시간의 선후에 의해서 최소한의 사건으로 구성된 이야기로 구성할 수 있다. 이를 '최소 스토리'라 정의할 수 있는 데, 이는 상태적 사건과 행동적 사건의 반복교체를 의미한다. 즉 서사구조의 형성은 이 두 요소가 스토리 라인을 형성하며, 주위의 다른 스토리들이 덧붙여지면서 한 편의 복합적인 이야기로 완성된다.

그런데 스토리텔링은 디지털 매체를 기반으로 하는 이야기 장르에서 흔히 사용하는 말로 이야기에 참여하는 현재성, 현장성을 강조한 확장된 개념이다.[7] 스토리텔링이 서사로서의 필요충분조건을 갖추기 위해서는 줄거리가 있는 이야기(최소 스토리, 플롯이 개입된 텍스트), 관찰과 시선(카메라 아이, 화자와 청자), 인물(등장인물의 내면적 성격과 외

---

7 최혜실, 『문화콘텐츠, 스토리텔링을 만나다』, 삼성경제연구소, 2006. 10, 13~15쪽.

면적 성격, 행동, 환경, 말투), 사건과 현실(사건의 제시 및 설명, 사건의 주변, 사건과 현실, 인물과 사건의 전형성, 판타지 효과), 이야기의 전달 과정(화자와 청자의 역할, 빈곳과 내면화, 비선형성)이 구비돼야 한다.[8] 스토리는 주인공과 플롯을 갖추고 여러 과정을 거쳐 결말에 이르는 잘 짜여진 이야기인데 반해, 내러티브는 내레이터에 의해 구술된 이야기 테마 스토리에 해당한다. 여기서는 광의의 의미로 양자를 동의어로 사용하고자 한다.

이야기 · 스토리 · 서사는 서구와 일정한 차별성을 가진 것으로 보인다. 디지털 서사가 서구에서는 하이퍼텍스트나 웹 아트 같은 기술형 서사를 주목한 반면, 우리는 온라인 게임 서사로 대표되는 체험형 서사에 집중되고 있다. 이러한 현상은 우리의 온라임 게임 산업이 세계 최고의 수준을 보여주며, 초고속 인터넷의 광범위한 보급을 말해준다. 이는 달리 말하자면 디지털 서사를 가장 이상적으로 펼칠 수 있는 장이 마련된 것으로 이해해도 무방하다.[9]

---

8 위의 책, 63쪽 참조. 한 예로 미국 프로 풋볼에서 일약 스타덤에 오른 피츠버그 스틸러스 소속 한국계 선수 하인즈 워드를 떠올릴 수 있다. 그는 "나는 아시아계 미국인과 흑인계 미국인으로서 두 가지 문화의 장점을 취할 수 있었다. 이는 행운이었고 축복이었다. 어머니께서는 항상 내가 한국인의 혈통을 갖고 태어난 게 큰 행운이라는 사실을 일깨워주었다."고 말한다. 그는 어머니가 실천적으로 보여준 희생정신 · 겸손 · 자긍심 · 사랑 등을 '한국적 가치'라 호명한다. 이런 덕목을 통해 자신이 크게 성장할 수 있었으며 자신의 아들에게도 이 가치가 전달됐으면 하는 바람을 갖고 있다고 말했다. '한국적 가치'란 70~80년대에 등장한 아시아적 생산 양식의 가치를 극대화한 형태라 해도 과언이 아니다. 한편 많은 학자들이 '아시아적 가치'란 20여 년에 걸쳐 독자적으로 고도 경제성장을 이룩한 한국 · 홍콩 · 대만 · 싱가포르 등 동아시아 '네 마리 용'의 탄생의 원인을 인치와 인정仁政에 바탕을 둔 아시아의 뿌리 깊은 유교적 정서에서 찾고 있다.

9 이용욱, 「디지털 시대, 문학연구 방법론의 새로운 모색」, 『국어국문학』 143집, 2006. 9, 207쪽.

사실 스토리텔링이란 원래 문학에서 나온 용어로 조리 있게 이야기를 들려주는 방식이다. 설득력을 높이기 위해서 서사라는 의장을 입히는 것이다. 다시 말해 기-승-전-결, 초장-중장-종장, 발단-전개-갈등-파국-결말 등 일정한 줄거리에 재미와 정보, 윤기 나는 삶의 지혜를 얹어놓으면 그만이다. 즉 사건에 대한 진술이 지배적인 담화양식이다. 구체적으로 스토리·담화·이야기가 담화로 변하는 과정의 세 가지 의미를 포괄하는 개념이다.

스토리텔링은 인물·사건·배경이라는 구성요소를 가지고, 시작·중간·끝이라는 시간적 연쇄로 기술되는 특징이 있으며 화자와 주인공 같은 인물의 형상을 통해 사건을 겪은 사람의 경험을 전달한다는 점에서 단순한 정보와 구별된다. 양질의 스토리텔링은 청자의 눈높이와 기대수준을 고려한 이야기로 동일한 소스를 여러 맥락에 맞추는 유연성을 발휘할 수 있어야 한다. 최근 디지털스토리텔링, 게임스토리텔링, 영화스토리텔링은 이런 기법을 최적화하려는 데 주안하고 있다.[10]

최근 스토리텔링이 기업의 마케팅에 도입되고 있다. 마케팅에서 상품을 시장에 알리기 위한 방법으로 상품이 소비자와 어떠한 연관을 가질 수 있는지, 어떻게 소비자를 설득할 수 있는지에 초점이 맞춰지고 있다. 스토리가 개입된 광고로 활용되고 있는 것이다. 자본이 개입된

---

10 최예정·김성룡 공저, 『스토리텔링과 내러티브』, 글누림, 2005. 11. 이는 구술성과 문자성의 차이로 설명할 수 있다. 구술문자가 다중매체를 통해 즉각적으로 구현된다면 문자중심의 문화는 정밀성과 축적성을 생명력으로 한다. 하지만 구술문화는 발신자와 메시지의 보존이 불가능하고, 문자문화는 추상적으로 전달되는 한계를 안고 있다. 디지털문자는 멀티미디어로 구현되기 때문에 구술과 문자문화의 단점을 극복하고 장점을 동시에 수용할 수 있다는 이점이 존재한다. 즉 과학적 합리성에 의한 텍스트 작성과 커뮤니케이션의 효율을 극대화하기 위해서는 디지털스토리텔링이 최적의 대안이 될 수 있다.

경직한 분위기를 흥미 있는 이야기 구조로 풀게 되면 효과가 배가된다
는 데 논리를 맞추고 있다. 스토리텔링은 상대방에게 부담을 주지 않
으면서도 문제에 쉽게 접근하는 길을 터주기 위한 효율적인 커뮤니케
이션 도구에 해당하거니와 엔터테인먼트, 사이버커뮤니티, 에듀테인
먼트 부문에서 가장 효율적으로 이익성 가치로 환원되고 있다.

　서사형식의 원형질인 스토리텔링은 장르간 공통점을 취하면서도 매
체의 특성 차이로 형식상 다르게 나타난다. 인쇄매체에서는 문학이 되
고, 영상매체에서는 영화로, 디지털 매체에서는 게임 등 디지털서사가
된다. 이때 전통적인 스토리텔링 종사자들은 원래 텍스트가 OSMU로
문화상품의 핵심을 이루며 확장돼 가는 현상을 불가피하게 받아들여야
한다. 하나의 콘텐츠가 여러 매체의 콘텐츠로 변주되면서 문화상품을
만들어내는 이 방식은 융합과 통합의 시대에 문화콘텐츠산업의 존재방
식을 규정하기 때문이다. 소설『해리 포터』의 경우, 시나리오 각색을 통
해 애니메이션·게임·캐릭터·테마파크 등 다양한 문화상품을 만들어
냈다. 이때 매체의 특성을 잘 아는 스토리텔러가 필요하다. 특정 스토리
의 장르별 특성이 매체 변화를 겪으면서 달라지는 차이를 인지할 수 있
게 해야 한다.

　문화산업과 문화콘텐츠는 기호학적으로 분류화하자면 거시콘텐츠
와 미시콘텐츠로 나눌 수 있다. 이는 영화, 애니메이션, 드라마, 캐릭
터디자인, 뮤지컬, 대중음악, 관광상품을 문화콘텐츠 표층구조 속의
웹상 시각기호와 채널(비주얼 이미지)을 설정하는 단계, 서사 프로그
램, 설화(신화, 전설, 민담)를 문화콘텐츠 서사구조 속의 다양한 이야
기로 구성하는 단계, 실용성과 오락성의 코드인 문화콘텐츠 심층구조
속의 핵심가치를 드러내는 단계로 체계화할 수 있다. 이는 좀 더 구체
적으로 원형보존 → 콘텐츠의 산업화 → 콘텐츠의 대중화 → 콘텐츠의

세계화로 도식화할 수 있을 것이다.[11]

결국 스토리텔링은 어떤 특별한 것이 아니라 인간 삶의 한 방식으로 자연스럽게 발전해오면서 시대 정서에 부합해 새로운 이슈로 떠오른 것이다. 최근 스토리텔링이 핵심 과제로 부각된 것은 디지털 기술의 표현형식으로 제공된 문화콘텐츠가 문화산업으로 빛을 보게 된 결과다. 즉 스토리텔링은 모든 문화산업의 수반되는 필요충분조건에 해당한다.

스토리텔링은 이야기를 들려주는 활동, 이야기가 담화로 변화하는 과정에서 사람과 사물의 본질에 대해 스토리가 개입되면서 이를 재편하는 창조적인 활동으로 확장된다. 민담·전설·신화·동화 등의 문학 언어로 된 서사뿐만 아니라 영화·텔레비전 드라마·뮤직 비디오·만화·게임·광고 등 비언어적 서사형태도 포함된다. 요컨대 스토리텔링은 음성과 행위를 통해 청자에 전달되는 소통행위로서 사건 있는 줄거리, 사고와 인식의 주체보다는 표현이 중심이 된 담론, 서사의 내용 자체 등을 그 요건으로 한다.

지금까지 텍스트 중심의 서사학에서 주로 구술적 측면을 지칭하는 의미로 스토리텔링이라는 용어를 사용했다면, 디지털 미디어의 출현은 이를 흔들어 놓았다. 디지털 미디어를 통한 이야기하기는 반드시

---

11 백승국, 「문화콘텐츠 기획을 위한 문화기호학적 방법론」, 『문학, 문화, 그리고 콘텐츠』, 봄 학술대회자료집, 2006. 5, 15~25쪽 참조. 그는 특히 그레마스의 기호 사각형을 원용한 문화관광콘텐츠를 독점성 스토리에 의한 가치, 전시 스토리에 의한 가치, 경제 스토리에 의한 가치, 계약 스토리에 의한 가치 등 모델로 분류하고 있다. 이는 언어적 통사에 의한 방법론으로 관광학계의 분류법과는 다른 면이 있으나, 문화관광 스토리텔링 콘텐츠 기획개발 사례분석과 프로세스 모형 설정의 잣대로 활용할 수 있다.

한 명의 화자가 아닌, 여러 명의 화자가 동시에 등장할 수도 있고, 한 명의 화자의 이야기에 대한 댓글, 이어 말하기, 동시에 말하기 등 다양한 형태로 화자가 개입하는 형태를 취한다. 화자와 청자의 구분이 무의미해졌다. 전통적 의미의 스토리텔링과 디지털 시대의 스토리텔링의 차이를 도표로 제시하면 다음과 같다.[12]

구성요소 / 형식	전통적 스토리텔링	디지털스토리텔링
매체	구술, 문자	디지털 미디어
화자와 청중	화자, 저자 1인 : 다수 청중	다수화자 : 다수 청중
서사구조	선형성	비선형성, 다기성
엔딩	종결성	개방성
구성요소	서사	서사, 비주얼, 음향의 결합
감각기관	청각, 시각	다감각성, 다매체성
전달방식	일방적	상호적

〈전통적 서사방식의 스토리텔링과 디지털 시대의 스토리텔링의 차이〉

한편 스토리텔링은 문화산업 분야 중 창작기술과 연관된 감성산업이다. 이때 창작기술이란 상품 기획에 관여하는 시나리오 작성 등 창작을 보다 효율적으로 수행하기 위한 기술을 의미한다.[13] 현재 디지털스토

---

12 송정란, 『스토리텔링의 이해와 실제』, 문학아카데미, 2006. 6, 참조.
13 황보택근, 「디지털 문화콘텐츠산업의 현황과 발전방안」, 『CT 비전 및 로드맵』, 2006. 4, 4~25쪽. 사실 초고속통신가입자가 1천1백만 가구로 보급률 세계 1위이며, 인터넷 이용자수는 3천만 명, 이동전화 가입자는 3천5백만 명을 상회하는 디지털환경에서 문화콘텐츠산업 부문의 문화기술은 핵심역량을 강화할 차세대 성장엔진이다. 게다가 기존의 퍼스널 컴퓨터, 네트워크 중심 사회가 문화기술에 대한 욕구 증대로 콘텐츠 중심 사회로 변화하고 있다. 문화산업이 인터넷 테크널러

리텔링 등 창작기술은 세계적으로 초보적인 단계다. 이들이 겨냥해야 할 부분은 실재감을 살린 객체, 위치별 카메라, 다양한 편집장면 연출, 확장자 제공 등이다. 이를테면 사용자가 간단한 줄거리를 입력하면 이야기를 자동생성해주는 기술 등이 요구된다. 이는 고도의 전문성을 요구하는 것으로 공통 기술, 기획 기술, 시나리오 기술로 분류된다. 공통기술은 전문지식 축적 · 지식감지 및 인지 · 자연어 처리 · 음성 및 제스처 인지 등으로, 기획 기술은 제안 내용을 효율적으로 구체화시키는 탬플릿 생성 · 스토리보드 제작 · 인터랙션 디자인 · 미디어 데이터 자동 분류 · 마켓 분석을, 시나리오 기술은 효율적인 시나리오 제작을 위한 취향 인지 · 서사자동 생성 · 감성 변환 · 상황 예측 기술 등이 있다.

요컨대 디지털 표현기술은 시각 · 청각 · 후각 · 미각 · 감성 및 촉각 · 뇌파 · 통합 기술을 통해 가상과 현실이 자연스럽게 융합되는 형식이다. 디지털 융합(Convergence)은 유통 기회를 확대함으로써 창구효과를 높일 수 있는 환경을 제공하면서 수직모델을 제시한다. 이 보고서에서 제시한 문화유산 기술이란 "문화 공간 내에 존재한 유형의 문화재와 문화 주체의 경험과 기억 속에 존재하는 무형의 문화재를 디지털 기술을 통해 가시화한 원형으로 복원, 재현, 체험하는 기술"로 규정하고 있다. 구체적으로 문화유산복원 시스템 · 문화유산 체험관 · 문화유산변환 솔루션 · 문화유산 통합관리시스템 구축이 목표로 제시되고 있다.[14]

지를 추동하는 견인차가 되면서 하드웨어간 디지털 컨버전스가 가속화하고 있다. 지상파 · 케이블 · 위성방송 · 가전제품 · 홈 네트워킹은 그 좋은 반증이다.

14 위의 책, 59~62쪽. 한편 문화콘텐츠진흥원(『CT 비전 및 로드맵』, 2005, 25쪽)은 CT비전 7가지 키워드로 창의성 · 세계성 · 미래성 · 향유성 · 경제성 · 수요성 · 선도성을 내세우며, 공통기반기술 · 산업 장르별 제작기술 · 공공기술로 나누고 있다. 문화관광콘텐츠를 스토리텔링으로 연계할 경우 직접적으로 간여하는 기술

차세대 성장동력인 인간의 감성과 상상력, 창의력이 문화기술과 병합해 만들어진 문화콘텐츠산업은 작품(개인, 전문 스튜디오, 프로덕션의 창작물 및 예술작업) → 상품(영화사, 방송국, 게임제작사 등 콘텐츠사업자) → 미디어 탑재(공중파 · 디지털 · 위성 · 유무선 · 게임 플랫폼 등 미디어시스템) → 전달(서비스 단계의 마케팅) 순으로 가치사슬의 단계를 밟는다. 문화콘텐츠산업이 일반 제조업에 비해 비즈니스시스템 과정이 다른 점은 단순한 연구개발이 아닌 기획이 수반되는 작품을 제작해야 한다는 점이다. 때문에 문화와 기술의 결합은 디지털시대, 문화콘텐츠를 성장시키는 기제임이 분명하다. 유비쿼터스는 시간과 장소를 초월하여 다양한 문화콘텐츠를 활용하는 최적의 장치가 되고 있으며, OSMU를 통한 고부가가치 창출 전략은 새로운 형태의 콘텐츠 발굴에 유용한 방략이 되고 있다.

이러한 분위기에 편승해 최근 국내 문화산업계의 화두는 어떻게 하면 '제2의 겨울연가', '제2의 대장금'을 만들어내 '한류열풍을 지속할 것인가'에 관심을 쏟고 있다. 해외에 상주하는 문화콘텐츠 관련 전문가들은 한국문화콘텐츠의 역할이 서구 문화를 동양적으로 소화 · 해석하는 '문화 필터'에 초점이 있다고 보고 어차피 수출을 해야 하는 부분인 만큼 현지 시장에 대한 전문성 확보 및 인적 네트워크 구축이 중요하다는 점을 강조한다. 이는 대학의 학과 운영, 정부 및 민간 차원의 노력으로 이어지고 있다.[15]

은 공통기반기술 : 창작기술 · 표현기술, 유통기술, 공공기술 : 문화유산기술 등으로 구분하고 있다.

15 「글로벌 리더 기르자―세계로, 세계로」, 『중앙일보』, 2006. 11. 3, 20쪽. 한국문화콘텐츠진흥원이 개설한 문화콘텐츠 집중과정(10회)은 문화콘텐츠 교육의 현주

3. 관광콘텐츠와 스토리텔링 : 스토리에서 스토리디자인으로

이야기가 주는 감동은 사람 사이의 관계를 지속시키며 몰입을 부추긴다. 그 형태가 최근 문화콘텐츠 산업의 흐름에 편승해 엔터테인먼트화하면서 활용의 폭이 넓어지고 있다. 문화콘텐츠의 산업화 측면인 엔터테인먼트는 텍스트를 대중문화의 장으로 유입시켜 오락과 수익이라는 양수겸장의 시너지를 획득하고 있다. 물론 국가 경제와 국가 브랜드 이미지 제고에 기여하기도 한다.

최근 관광 매력물에 대한 접근과 시각도 매력물이 가진 스토리에 감성이 있는 일정한 구조가 보태지면 관광객의 유인에 도움이 될 수 있다는 판단이 전제돼 이를 눈여겨보고 있다. 관광지에 대한 막연한 기

소를 보여주기에 충분하다. 2006년 하반기 교과과정을 살펴보면 콘텐츠산업 트렌드 · 법규 · 모바일 · 캐릭터 · 에듀테인먼트 · 애니메이션 · 음악 · 게임 · 문화기술 · 기획발상론 · 디지털콘텐츠 · 비즈니스전략 · 사업계획 수립 · 성공사례 분석 등으로 구성돼 있다. 최근엔 그 시각이 해외연수로 확산되고 있는 추세다. 2006년 문화산업 관련 해외연수 과정을 살펴보면 △한국문화콘텐츠진흥원의 서울대 문화콘텐츠 글로벌리더 과정 : 미국 뉴욕대 스턴 비즈니스 스쿨(6. 12 ~ 11. 9), 글로벌비즈니스 코스(미국 UCLA 익스텐션, 영국 본 머스 미디어스쿨, 일본 DCAJ, 중국 칭화대), △한국게임산업개발원의 와튼스쿨 전략경영과정(미국 펜실베이니아대 와튼 스쿨), 창의적 게임기획 및 제작과정(미국 카네기 멜론대 ETC), △한국방송영상산업진흥원의 일본 방송영상 비즈니스마케팅 과정(일본영상산업진흥기구) 등이 있다. 특히 한국문화콘텐츠진흥원이 2002년부터 5년째 진행한 해외연수 글로벌비즈니스 과정은 원래 최고경영자 과정과 중간관리자 과정으로 나누어 운영했으나 2005년부터 글로벌리더 과정으로 통합한 것이다. 이 과정을 종료한 후 2주간의 해외연수가 50% 국비 지원으로 이뤄진다. 현재까지 4백여 명이 넘는 문화산업계 관계자들이 미국 · 영국 · 일본 · 중국 문화산업계를 벤치마킹했다. 향후 장르를 세분화한 보다 치밀한 전략을 구상 중이다.

대와 설렘이, 관광지에 대한 현지 체험과 짜임새 있는 스토리텔링으로 이어지면 단순한 관광이 아닌 관광의 가치와 의미를 발견하는 계기로 작용해 마케팅 창출로 연결될 공산이 크다.

관광지가 가진 스토리 속에 관광객의 '개인적 연관'을 의미화한다면 이미 매력물은 성공적 이미지가 구축된 것과 다름없다. 기존의 안내·해설 프로그램을 스토리텔링 체제에 맞춰 개발해, 외래방문객들에게 무엇을 해설할 것인지, 어떻게 설명할 것인지, 지역 대표 매력물에 어떠한 가치를 부여하고 감상의 초점을 맞출 것인지는 관광의 지속가능한 계기를 마련할 수 있는 절체절명의 조건에 해당한다. 관광 매력물에 아이덴티티(Identity)를 부여할 무게중심은 매력물, 지역주민(Storyteller), 관광객이 공동으로 만드는 가치체험의 장인 스토리텔링을 통해서 가능하다. 스토리텔링은 관광객에게 매력물을 연결하는 커뮤니케이션 도구인 동시에 관광지의 보존관리를 위해 유용한 도구인 것이다. 스토리텔링은 상호작용 원리에 입각, 관광객과 지역주민이 공동으로 관광지에 감성적 가치체계를 구축한다.

문화관광유산은 시대와 장소를 초월하여 한 문화구조의 아이덴티티를 대변하기에 충분하다.[16] 관광의 제 구성요소에서 문화역사적 자원의 중요성은 아무리 강조해도 지나치지 않는다. 4차 산업인 문화관광산업이 우뚝 서기 위해서는 향토축제 개발, 문화유적지 원형보존과 발굴 투자, 문화재 보존관리, 문화이벤트 계발 등이 뒤따라야 가능하다. 이때 수반되는 스토리텔링 개념은 경제적 부가가치 창출이라는 관점과 의식적 전환이 동반된 형태다.

---

16 한국관광공사 한류연구팀, 『왜, 관광스토리텔링인가』, 한국관광공사, 2005, 1~5쪽.

관광 스토리텔링은 문화유산 안내·해설보다 확장된 개념이다. 매력물을 둘러싸고 스토리와 스토리텔러(해설가·안내자)와 관광객이 상호교섭을 통해 의미체계를 구축하기 때문이다. 상호교섭은 단순한 시간 때우기가 아닌 공동의 체험과 추억의 관리를 통해 새로운 감성 고리를 만들어가는 작용을 한다.

문화관광시대에 '블루오션' 영역으로 남아 있는 관광콘텐츠를 관광객에게 가장 효율적으로 홍보해 시너지를 동반하기 위해서는 '스토리'를 '관광'에 싣기 위한 치밀한 로드맵이 요청된다. 즉 스토리텔링이 실현되기 위한 다음과 같은 세부절차가 마련돼야 한다.

① 이야기(스토리) 발굴, ② 목표(타깃) 설정, ③ 이야기 주제(스토리 테마) 선정, ④ 매체 홍보 전략, ⑤ 스토리텔링 실행, ⑥ 실행 프로그램의 분석과 평가 등 여섯 가지 항목을 보다 세분화해 표준 모델을 구축할 필요가 있다. ①의 경우엔 사실에 근거한 기본 텍스트와 오락과 계몽이 가미된 변형 텍스트(주제, 내용, 어구)가 함께 기술돼야 한다. 이는 사실의 변조를 막되, 관광 매력물에 흥미성을 부가하는 것과 직결된다.[17]

스토리텔링의 중핵이라 할 수 있는 ①, ③, ⑤ 항목은 실행 프로그램의 경우에서도 중요하지만 평가 프로그램시 가중점을 부여해야 할 부분이다. 인터넷 검색창을 통해 추출할 수 있는 정보가 아닌 스토리텔러가 사실에 허구를 섞어 가공해야 하는 이야기 구조이기 때문이다. 공모전이라면 반드시 프리젠테이션을 통해 검증이 이뤄져야 할 부분

---

17 필자는 스토리텔링의 필요충분조건으로 여섯 가지 요소를 상정해 기본 모형을 제시한 바 있다. 이 부분은 향후 △시간 및 기간대, △장소 및 이동대, △연령 및 성별, △경유 및 체류 구분 등을 감안한 '표준 모델' 정립이 요청되는 부분이다.

이다. 예를 들면 실행프로그램의 경우 관광객의 다양한 성격을 고려한다면 모든 정보를 세분화한 방대한 양을 모두 적시할 수 없지만, 공모 프리젠테이션에서는 이를 세분화하면 스토리보드의 차별성이 확연히 드러날 수 있을 것이다. 예를 들어 '40대 연령층의 공무원과 교사로 구성된 중국 관광객을 위한 두 시간용 스토리보드'를 주문하는 식이다.

스토리보드는 일차적으로 무엇을 말할 것인가가 치밀하게 조사·정리돼야 한다. 스토리보드가 양적으로 충분히 채워져야 10분용, 30분용, 한 시간용, 두 시간용 등으로 고객의 상황에 맞게 편성할 수 있다. 하지만 이차적 요소인 어떻게 말할 것인가가 더욱 중요하다. 이른 바, 고객의 니즈에 부응하는 에듀테인먼트(edutainment, 에듀케이션과 엔터테인먼트의 합성어)적 요소가 적절하게 조화를 빚어야 성공적인 스토리보드가 나올 수 있는 것이다. 인터넷·지식정보화 시대에 방대하게 넘치는 자료를 취사선택해 적절한 의장을 입히는 일은 스토리텔러의 우열을 가리는 잣대가 된다.[18]

그런데 스토리텔링이 대상으로 삼을 관광 매력물로 지역 이미지를 긍정적으로 제고할 유명 관광 매력물도 있지만, 아픈 기억이나 역사를 반추하여 반성과 계몽의 계기를 취지로 한 무명 역사물도 있다. 이번 공모전에서도 아픈 역사를 반추하여 민족사를 선양하는 데 목표를 둔

18 스티븐 데닝, 안진환 옮김, 『스토리텔링으로 성공하라』, 을유문화사, 2006. 9, 80~96쪽 참조. 이 논문에서 데닝은 내러티브를 활용해 타인(고객)의 행동을 촉구하며 새로운 아이디어를 실행하는 방법으로 '스프링보드'(필자의 '스토리보드' 개념에 해당)를 작성할 것을 권유한다. 데닝은 스프링보드 스토리의 구성 요소로 분명한 목적, 적절한 사례, 해당 스토리의 사실성 여부, 시간과 장소 제시, 전형적인 주인공 만들기, 변화 아이디어 찾기, 반대사례 제시, 불필요한 세부사항 지우기, 긍정적으로 끝맺기, 변화 아이디어를 스토리에 연결하기 등을 제시하고 있다.

인천광역시 전적지, 남해안 거북선 크루즈, 공세리 성당, 서대문 형무소, 진주성, 판문점 등 역사물을 관광명소로 만들자는 제안이 나왔다.[19] 이 점도 '열려 있는' 관광 매력물로의 다양한 계발을 위해 향후 보완해야 할 부분이었다.

4. '관광 스토리텔링' 도입 의의와 향후 과제

문화의 세기로 일컬어지는 21세기에 접어들면서 '관광과 레저'가 특정 계층의 전유물이 아닌 시민의 일상적인 여가 형태로 자리 잡아가고 있다. 특히 우리의 경우 주 5일제 근무, 삶의 질 향상과 관련한 '여가 및 웰빙 선호' 가치관, 온라인 네트워크의 소통성에 기인한 양질의 속보성 정보, 1일 생활권 내의 교통 접근성이 관광 구매력을 비약적으로 증가시키고 있다. 이러한 분위기는 관광 판매자의 마케팅적 측면에서 접근하면 세련된 글로벌 문화상품을 만들어 지역 인바운드(In-bound)에 기여할 수 있는 절체절명의 기회 요인으로 간주된다.

이런 시점에서 최근 문화산업 분야 핵심 화두로 제기되고 있는 '문화콘텐츠'와 '스토리텔링'을 관광산업 활성화에 기여하고 관광소비의 구매력을 증진시키는 활로 모색의 지표로 삼는 것은 유용한 접근방법(R&D)이 될 수 있다. 특히 '스토리텔링'은 관광객의 방문을 독려하는 '원천 기제'이자, 재방문을 유인하는 '성장 엔진'이 될 가능성이 크다. 관광상품(매력물, 매력지)이 관광소비자에게 어필하느냐의 여부는 스토리텔러의 짜임새 있는 스토리 실행이 근간이 되기 때문이다. 즉 '스토리텔링'은 새롭고 생소한 이야기를 쉽고 자연스럽게 전달하여 고객

---

19 한국관광공사 한류연구팀, 앞의 책, 참조.

이 열정적으로 행동을 취하도록 최적의 소통 도구다.

모두에서 제시한 바와 같이 오늘의 소비자는 상품과 서비스를 구매하기 이전에 그 내용물에 담긴 이야기까지를 구매하는 것으로 알려지고 있다. 이 어의에는 이야기에 실린 감성 터치가 삶의 활력을 부여하고 재미를 배가시키는 데 기여할 것이라는 진단이 내재돼 있다.

여기서는 본론에서 조사·분석한 내용을 근거로 현 단계 문화관광콘텐츠와 관광 스토리텔링이 지향해야 할 과제를 중심으로 정리하는 것으로 결론을 삼는다.

첫째, 문화관광콘텐츠의 스토리텔링을 구현하기 위해서는 기획 및 시나리오 창작 역량을 강화해야 한다. 이는 콘텐츠를 발굴하여 이를 스토리보드로 구현하는 기초적인 선행 과업이면서 가장 시급한 일이다. 이를 위해서는 기존의 문화유산 안내해설 위주의 양성 및 향상 교육과 병행하여 문화관광콘텐츠 창작 스토리텔링(약칭, 문화관광스토리텔링) 전문 아카데미가 운영될 필요가 있다. 이미 한국문화콘텐츠진흥원에서 실시하고 있는 영상·드라마·게임·만화·캐릭터 디자인 등 문화콘텐츠교육에도 문화관광콘텐츠(매력물, 매력지, 축제이벤트) 부문이 추가되면 좋을 것이다. 스토리보드가 가치와 품격을 갖출 경우엔 지적재산권의 효율적인 관리 시스템 문제도 보완돼야 한다.

둘째, 문화관광콘텐츠의 가치를 구현할 만한 스토리텔링의 표준모형이 설계·제작돼야 한다. 관광객의 다양한 니즈에 부응하는 맞춤형 표준모델이 요청된다. 해당 관광상품에 대한 콘텐츠가 만들어지면 고객별, 성별, 연령별, 성향별, 시간분량별, 여행 형태별로 스토리텔링(스토리보드)이 연출될 수 있을 것이다. 하나의 콘텐츠 텍스트를 만들어 종합적으로 관리하고 버전업한다면 고객 상황에 맞는 스토리보드가 구현될 수 있다. 여기에는 물론 스토리텔링에 대한 일반적인 이해

에서 전문적인 수준의 세부기술이 포함돼야 한다. 이는 콘텐츠의 품격을 높이는 일과 무관하지 않다.[20]

셋째, 뉴미디어 환경에 부응하는 대응력 있는 콘텐츠 솔루션을 구축해야 한다. 이른 바, 원소스 멀티유스를 활용하여 리폼(re-form)·재활용·멀티활용 방안을 강구해야 한다. 나아가 문화콘텐츠산업의 판로를 확장하는 기회 요소로서 '5 에니'(에니네트워크, 에니타임, 에니웨어, 에니싱, 에니디바이스)를 가능하게 하는 유비쿼터스가 실현될 수 있도록 한다. 좋은 소스를 니즈에 맞게 활용하면 최상의 콘텐츠로 거듭날 수 있다. 웹을 기반으로 한 인터넷·모바일 솔루션도 필수적인 항목이다. 한 편의 소설이 연극·다큐멘터리·입지전적 전기·영화·드라마 등으로 대박을 터뜨리는 경우를 볼 수 있다. 물론 원작보다 리메이크(remake)가 실속을 얻으려면 고도의 독자 분석과 각색脚色 스킬(skill)이 필요하다. 한편 실속 있는 콘텐츠도 시간이 흐르면 온라인 초기 화면에서 밀려나게 마련이다. 양질의 콘텐츠도 창고(arcave)에 사장될 수 있다.

넷째, 업종간 연계 네트워크를 구축하여 시너지를 도모해야 한다. 이미 설파한 '멀티유스'란 유기적이고 합리적인 비즈니스 체계를 구축하여 이익을 극대화하는 데 취지가 있다. 업종간 합종연횡은 부족한 노하우를 메워 글로벌콘텐츠를 만드는 데 결정적인 역할을 한다. 때문에 전략적 업무제휴(Alliance)와 신디케이션(Syndication)이 콘텐츠 시장의 블루오션으로 부상하고 있다. 일례로 교육과 문화의 합성 콘텐츠인 에듀테인먼트, 에듀컬쳐콘텐츠와의 제휴를 권장해볼 만하다.[21] 교육의

---

20 스티븐 데닝, 앞의 책, 참조.
21 현재의 교육 콘텐츠가 지식전달이라는 기능성에 치중해 지식 습득 행위를 단순

창의성에 주안한 이 콘텐츠는 예술이 가진 인문적·심미적·교육적 차원의 화해를 시도하는 개념으로 컴퓨터를 이용한 멀티미디어 학습 환경, 놀이와 결합된 실습 교육을 넘어 '교육 속에 깃든 문화'를 표방하고 있다. 이는 수용자에게 일방적으로 강요하거나 수용자를 소외시키는 콘텐츠가 아니라, 수용자를 적극적으로 '장' 속에 끌어들이는 스토리텔링의 상호작용 개념을 도입한 형태라 할 수 있다.

화시키고, 흥미 유발에 초점을 두고 놀이성을 지나치게 부각하는 태도에 대한 반성적 발상에서 나온 개념이다. 요컨대 에듀컬처콘텐츠는 창조지식 습득 행위를 얻는 과정으로서 콘텐츠와 수용자 사이의 상호성, 대화적 관계 형성을 중요시 여긴다.

서사 전략으로서 '스토리텔링'을 활용한 '관광 스토리보드'의 기획과 설계

서사 전략으로서 '스토리텔링'을 활용한 '관광 스토리보드'의 기획과 설계

1. 머리말 : '스토리텔링'의 '문화관광적' 도입과 활용

새 세기 들어 전례 없는 문화산업의 부흥에 편승한 '한류 열풍'이 국가 이미지 제고와 우리 산업 경쟁력의 핵심 요소로 부상했다. 이러한 흐름은 아시아권을 넘어 세계 전역으로 확산돼 명실상부한 글로벌콘텐츠 경쟁체제를 실감케 하고 있다.[1] 90년대 중반 이후 형성된 '문화콘

---

1 한국관광공사 한류연구팀, 『왜, 관광스토리텔링인가』, 한국관광공사, 2005. '한류'는 영화 · 드라마 · 음악 · 애니메이션 · 캐릭터 디자인 · 컴퓨터 게임 · 테마파크 등 문화산업 전반에 걸쳐 있다. 초기에는 주로 중국 · 홍콩 · 일본 · 대만 · 베트남 · 싱가포르 · 필리핀 · 말레이시아 · 인도네시아 등 아시아권에서 호응을 보였으나, 새 세기 들어 이집트 · 이탈리아 · 오스트리아 · 미국 · 캐나다에 이르는 등 구미, 유럽에까지 확산되었다. 여기서 문화관광콘텐츠는 문화콘텐츠의 하위 범주에 해당한다. 한국문화콘텐츠진흥원이 규정한 문화콘텐츠에 대한 세부 항목은 애니메이션, 만화, 음악, 디자인, 영상, 게임, 문화유산 등 이었다. 문화관광콘텐츠

"

텐츠'의 산업화 추세는 정부나 민간 부문 모두 단속적인 발전을 보여
왔다. 그 한 사례로서 최근 2009년 연말, '아이폰'의 국내 상륙과 할리
우드 3D 영화 〈아바타〉의 성공 등으로 입체영상에 대한 관심과 수요
가 늘고 있다. 이와 관련해 정부는 본격적인 해외시장 진출의 발판을
마련하고자 하는 취지에서 2013년까지 국내 컴퓨터그래픽(CG) 산업
육성에 2천억 원 이상을 투자하고, 1조 1천억 원 이상의 새로운 시장에
3만 명의 고용을 창출하겠다는 종합적이고 체계적인 CG산업 거대 육
성계획을 내놓고 있다.[2]

그런데 '한류 산업'의 저변에는 '문화상품으로서의 한류'가 인류문
화의 보편적 심성이 스며 있는, 이를테면 '인류사적 원형 서사'에 근접
하다는 추론을 가능하게 한다.[3] 즉 기존의 외래문화의 일방적인 수용

는 전통적으로 존재하는 문화유산과 현대적 의미의 산업적 콘텐츠인 관광상품을
포괄화하는 개념이다.

2 문화체육관광부 홈페이지 보도자료. '글로벌 시장 진출을 위한 CG산업 육성계
획'에서 아시아 최대 CG제작 기지화를 통해 약 3조 원으로 추정되는 할리우드
영화 CG시장의 10%를 수주하게 되면 한국영화 수출액의 12배 이상의 효과를 거
둘 수 있다고 밝혔다. 이와 관련, 구체적으로 △2013년까지 500억 원 규모의 CG
투자 펀드 조성, △CG 제작 활성화를 위한 원스톱 제작 시스템 구축과 실무 전문
인력 양성, △해외시장 진출을 위한 기반 마련, △범 부처간 협력 기반 마련 등 총
27개 이행 과제가 제시됐다.

3 단적인 사례로 '한국의 사계'를 시리즈 타이틀로 삼은 한 방송사의 〈봄의 왈츠〉
는 흥행에 성공한 〈가을동화〉, 〈여름향기〉, 〈겨울연가〉의 성과에 힘입었다. 즉 기
획 시점부터 이탈리아 · 오스트리아 · 캐나다 유관 부서에서 제작 지원에 나섰고,
실제로 해외 첫 로케이션을 오스트리아 잘츠부르크에서 실행했다. 이 계절 연작이
큰 호응을 얻었던 이유를 논문이 아닌 단평적인 글이긴 하지만 문화이론가 노트롭
프라이(Notrop Frye)의 원형 · 신화비평 이론에 기댄 시도도 있었다. 작품 내적 담
론분석에 의하면 '여름의 뮈토스인 로만스 → 가을의 뮈토스인 비극 → 겨울의 뮈
토스인 아이러니 → 봄의 뮈토스인 희극' 순환 구조라는 서사 전략에 입각해 인류
보편의 아키타이프(Archetype)이자, 미적 형식에 주목한 결과로 파악한 것이다.

과 모방에서 탈피하여 한국 특유의 문화적 감수성이 세계 문화의 보편적 감수성으로 자리하고, 문화상품 수출의 주역으로 등장한 배경에는 일반적으로는 기존의 자본력 위주의 제작 문법이 보여준 편협성과는 다른 아시아적 유교 정서에 의해 순화된 문화적 세련성이 소구력을 더한 것으로 이해할 수 있다. 물론 이 부분은 각종 통계 수치를 근거로 한 정량적 측정에 기초하면서 치밀한 정성적·질적 분석이 수반돼야할 사항이다. 즉 '한류'를 통해 한국적 감수성이 글로벌 문화혁명의 주류에 편입했다면, 이를 어떻게 지속적으로 발전시키고, 인류문화 창달에 기여할 수 있는가에 관한 논의는 국가적 어젠다(Agenda)에 속하는 문제가 되었다.[4]

문화산업에 대한 미증유의 부흥은 전통적인 민족문화의 창달이라는 측면에서 문화유산자원과 이를 뒷받침하며 당대적 관광산업수요를 추동하는 문화상품관광자원의 시너지가 동반돼야 지속가능한 문화관광의 활성화는 물론 미래비전을 담보할 수 있다. 이 두 가지 측면을 총괄하여 통칭한다면 '문화관광콘텐츠'라 이해해도 무방하겠다.

그런데 우리의 관광산업이 '한류'에 편승해 비약적인 성장을 거듭하면서도 최근 들어 불균형을 초래한 데는 그럴 만한 원인이 존재한다. 여기에는 내적 요인과 외적 요인이 겹쳐 있다. 관광수지가 불균형을 가져온 배경에는 내적 요인으로 관광자원 및 상품개발 미흡, 제조업

----

4 한류가 민족적 정체성을 넘어 아시아적 가치를 창출하고 인류사회가 요구하는 가치와 비전을 담보하기 위해서는 중세의 르네상스[인문주의]에 상응하는 '새 세기 문화부흥운동'에 초점을 맞춰야 할 것이라 일부 문화이론가의 진단은 꽤 설득력이 있다. 그 골자는 일방적인 문화수입국으로서의 전근대적 문화 패턴을 털어내고 우리 특유의 감수성을 항 보편의 정서로 승화하는 한편, 유럽과 미국 위주의 거대한 문화장벽을 허무는 계기를 만들자는 것이다.

등 수출산업 대비 조세부담 과중, 비자 정책, 가격 경쟁력 약화, 홍보 마케팅 부족, 투자 부족 등 정책적 측면을 꼽을 수 있다. 외적 요인은 홍보나 마케팅 부재에서 찾을 수 있는 요인으로 지리적 협소성, 분단 국가, 계절적 문제, 브랜드 이미지 불비, 유출 인구 증가, 낮은 인지도 등을 거명할 수 있다.[5]

여기서 필자가 주목하는 부분은 다분히 이념적, 정서적 측면에서 부수되는 '외적 요인'을 극복하여 관광 활성화를 촉발하고 마케팅 시너지를 극대화하고자 하는 데 있다. 문화관광콘텐츠가 구미 · 유럽 관광 선진국과는 달리 스토리디자인이라는 의장을 빌려 활성화하지 못한 작금의 현실에서 외적 한계 요인을 극복하기 위한 방법적 기제로 인문학적 기호 서사의 최신 담론으로 간주되는 '스토리텔링'을 도입, 활용하는 것은 시의적절한 방법적 접근이라 판단하기 때문이다. 그 본질은 '스토리텔링'의 내포와 외연에 오락과 흥미, 교양과 계몽이 개입하는 서사(Narrative)의 정신을 눈여겨 발견하고 이를 효율적으로 재구성하는 데 있다.[6]

---

5 김상태, 「국제관광, 균형화 방안은?」, 『한국관광, 재도약과 대안 모색 – 한국관광 정책토론회자료집』, 한국문화관광정책연구원, 2006. 10, 46쪽, 2005년 4월 문화관광부 인터넷 설문조사 결과 재인용. 이러한 불균형을 해소 · 극복하기 위해 정부는 관광인력양성 특화 프로그램, 관광개발 체계의 조정을 통한 자원의 매력성 증대, 세계적 수준의 관광자원 및 인프라 확충, 복합 다기능 미래형 관광레저도시 건설, 국제경쟁력 갖춘 광역권 특화 개발, 세계적 수준의 한국형 테마파크 개발 등 비전을 제시, 추진하고 있다. 즉 제도적인 뒷받침을 토대로 관계부처 간, 중앙과 지방간, 민관산학연 등 다양한 주체가 협치協治의 노력을 기울일 때 해당 관광 매력물(매력지)의 브랜드 아이덴티티가 확보될 수 있을 것이다.

6 백승국, 「스토리텔링 기호학의 이론과 방법론 연구」, 『문학 언어 연구의 지평 – 문학적 문법에서 소통까지』, 현대문학이론학회 제47차 전국학술대회, 현대문학이론학회, 2009. 12. 스토리텔링 기호학은 서사 기호학의 이론을 공간과 콘텐츠 연

여기에는 인간만이 가진 보편적 감성적 가치가 관광 소구력의 접점을 형성할 수 있으리라는 믿음이 개재돼 있다. 스웨덴의 코펜하겐 미래학연구소장인 랄프 옌센(Rolf Jensen)은 정보화 사회 연구 프로젝트인 '드림 소사이어티(Dream Society)'에서 '21세기에 새롭게 도래하는 시장은 신화와 이야기를 바탕으로 형성되는 감성과 꿈이 지배하는 세상이 될 것', '감성에 바탕을 둔, 꿈을 대상으로 하는 시장이 정보를 기반으로 하는 시장보다 더 커질 것이며, 감정을 대상으로 하는 시장이 물리적 상품을 대상으로 하는 시장을 능가할 것'이라 진단한 바 있다.[7] 기업과 시장을 주도하는 글로벌마케터가 되기 위해서는 스토리텔러(이야기꾼)가 필수불가결하게 요청되며, 이러한 선택은 성장의 조건이 아니라 생존의 조건이라는 메시지로 읽힌다. 스토리텔링이 개입하여

구에 주로 응용하고 있다. 좀 더 구체적으로 살펴보면 구조주의 서사 기호학이 이야기의 서사구조와 서사성에 대해 주목한 데 비해, 스토리텔링 기호학은 이야기의 '생성 과정(story-making)'과 '전달 방식(telling)'에 필요한 이론과 방법론을 제공하는 확장된 버전이다. 이 발제에서 백승국은 소쉬르의 기호이론에서 출발한 파리기호학파가 오프라인 공간의 연구 대상으로 도시, 테마파크, 박물관, 미술관 등으로 규정하고 공간 구조 분석과 개념 설계(Concept Design)를 위한 방법론적 툴을 제공하고 있다고 밝히며, 의미작용을 수행하는 주체와 오브제와의 상호작용을 최적화하는 스토리텔링 기반의 방문객 동선과 콘텐츠 전략 등을 언급하고 있다. 즉 교육과 엔터테인먼트 요소의 융합 콘텐츠로 배치되어 있는 박물관과 미술관, 테마파크 공간에서 주체는 감각을 매개로 다양한 기표들을 지각하고 인지하는 의미작용 과정에서 '스토리텔링의 효용성'을 역설하고 있다. 특히 관광콘텐츠의 스토리텔링 도입이라는 측면에서 보면, 그레마스의 공간문법을 서사이론으로 확장한 퐁타닐의 '공간의 의미'를 주목하게 된다. 퐁타닐은 이 논문에서 공간 텍스트의 핵심 요소를 미학과 감각 그리고 서사로 규정하고, 공간 주체의 미학 체험에서 서사와 감각의 상호작용 관계를 밝히고 있다. 즉 기호학의 스토리텔링 이론과 방법론을 응용한 공간연출과 콘텐츠 전략은 관광 스토리텔링에서도 유용한 기제가 될 공산이 크다.

7 최혜실, 『문화콘텐츠, 스토리텔링을 만나다』, 삼성경제연구소, 2006. 10, 1장 참조.

기존의 안내·해설 프로그램에 스토리텔링이라는 체제와 의장을 입혀 스토리보드 개발이 시급히 요구되는 것은 이 때문이다.

이미 스토리텔링은 문화콘텐츠의 기획 과정과 홍보 마케팅 과정에서 적극적으로 응용되고 있다. 디지털 기술 기반의 이미지와 스토리로 구성된 문화콘텐츠 영역에 효용성을 인정받고 있다. 특히 광고 디자인과 게임 구성에서 많은 시도가 있어 왔다. '문화기호들의 연쇄적 조합이 창출한 결과물로 커뮤니케이션의 다양한 채널을 통해 상업화할 수 있는 재화'인 문화콘텐츠는 디지털 환경 하에서 다양한 플랫폼으로 구성되거니와, 크게는 이미지와 스토리로 구성되며, 재미 코드는 무엇이고 즐거움을 유발하는 장치는 무엇인지 접근한다.[8] 즉 기호학적 차원에서 플랫폼의 특성을 고려한 문화콘텐츠의 컨셉 설계에서 몰입 효과를 유발하는 문화코드와 스토리텔링 장치는 무엇인지를 파악하는 데 주안한다. 본고는 이러한 요소들을 탐색하고, 기획하는 데 목표한다.

두루 알다시피 문화관광콘텐츠는 시대와 장소를 초월하여 한 시대 문화구조의 정체성을 대변하기에 충분하다. 특히 문화역사 자원의 중요성은 아무리 강조해도 지나치지 않는다. 많은 관광객들에 이탈리아 여행을 독려하는 것은 카프리 섬과 피자와 파스타가 아닌 고대와 중세

---

8 백승국, 위의 글 요약. 논자는 백승국의 "스토리텔링 기호학은 이미지텔링 (image-telling)과 내러티브 스토리텔링이라는 두 가지 차원에서 접근할 수 있다. 이미지텔링은 멀티콘텐츠를 구성하는 시각적 요소들이 만들어가는 이야기 장치가 무엇이고, 어떻게 전달되는지 소통차원에서 접근하는 것이고, 내러티브 스토리텔링은 이야기의 핵심 구조인 플롯과 테마를 구성하는 핵심 장치는 무엇이고, 이야기 생성과 전달 과정을 서사 기호학적 툴로서 접근하는 것"이라는 분류를 큰 전제로 삼는다. 요컨대 공간적인 의미의 관광콘텐츠와 안내해설 스토리라는 서사성을 통합해내는 과정으로서 스토리보드를 어떻게 작성하고 무엇을 진열할 것인가에 초점을 모으고자 한다.

가 살아 숨 쉬는 로마 전역에 산재한 유물이다. 프랑스를 이해하기 위해서는 세느 강이나 뒤퐁 요리가 아닌 루브르 박물관을 찾아야 한다. 박물관에는 '살아 숨 쉬는 역사적 현장의 스토리보드'가 원 텍스트로 진열돼 있기 때문이다. 관광 스토리텔링은 기존의 문화유산 안내·해설의 확장된 버전이라 할 수 있다. 관광 매력물(Attractives)을 둘러싸고 스토리, 스토리텔러(해설가·안내자), 관광객 3자가 상호교섭할 수 있는 의미 있는 연결고리로 기능한다. 스토리보드가 정기능을 발휘할 때 관광객은 단순한 시간 때우기가 아닌 공동의 체험과 추억 관리를 통한 '전혀 새로운 행태의 가치 있는 관광 패턴'을 창출하게 된다.

문화관광 시대를 선도하는 관광 스토리텔링을 구현하기 위해서는 기획 및 스토리보드(시나리오) 발굴 역량을 강화할 필요가 있다. 1997년 한국관광공사의 공모전을 필두로 많은 지역자치체에서 내로라하는 지역 단위의 문화관광콘텐츠(매력물, 매력지, 축제이벤트)를 대상으로 의미와 가치를 담보할 만한 표준모형 설계·제작에 부심하는 것은 매우 고무적인 일이다. 한편으로 관광객의 연령대, 시간대, 방문 성향, 외국어 버전 등 다양한 니즈(needs)에 부응하는 맞춤형 표준모델도 고려할 필요성이 있다. 뉴미디어 환경에 부응하는 대응력 있는 디지털스토리보드를 구축하여 이른 바, '원소스 멀티유스'를 활용하여 리폼·재활용·멀티활용방안도 강구해야 한다.

2. 스토리텔링과 스토리보드 :
스토리보드 설계 원리와 구현 방식

관광 스토리텔링에서 구체적인 스토리보드를 작성하고 실행하는 과정에서 스토리텔러가 착목해야 할 요건은 관광 스토리텔링이 본질적으로 담지하는 공간적 기호로서 이미지 요소와 시간적 지표로서 내러티브 스토리(이야기) 요소다. 프랑스 기호서사학은 이를 두고 전자는 이미지 스토리텔링(이미지텔링)이라, 후자는 내러티브 스토리텔링이라 명명하고 있다.[9] 스토리텔링이 서사에 의해 이야기를 서술하며 진행한다면, 이미지텔링은 직관에 의한 이미지를 통해 생성하는 스토리를 전달하게 된다. 이미지와 함께 그 이미지가 가지고 있는 서사를 같이 연동시켜 이미지의 정보를 저장하게 되는 것이다. 다시 말해 스토리텔링의 경우, 이야기를 전달하는 방식의 핵심은 스토리이고, 이미지텔링 역시 전달 대상인 이미지가 중심이 된다.[10] 따라서 이미지텔링과 내러티브 스토리텔링의 기호서사 특성에서 우리는 관광 스토리보드를 어떻게 디자인할 수 있는지에 관한 양자의 상호교호적인 이해를 바탕

---

9 백승국, 위의 글. 논자는 여기서 이미지텔링의 하이엔드(high-end) 기법이라 간주되는 대규모 다중 사용자 온라인 롤플레잉 게임(MMORPG ; Massive Multiplayer Online Role Playing Game)을 비롯한 여타 온라인 게임을 대상으로 이미지텔링과 내러티브 스토리텔링의 현재적 위상을 기술하고 있다. 여기서 이미지텔링은 가상현실(Virtual Reality)이나 증강현실(Augmented Reality)를 고양하며 새로운 공간을 창출해나가면서 이미지와 스토리가 강하게 융합하는 콘텐츠 양상을 보여주고 있는 것으로 파악하고 있다. 이미지텔링이 상상적 기표, 지표, 상징 등으로 게이머에게 상호작용을 유발하는 도상화 과정을 보여주고 있다면 내러티브 스토리텔링은 게임의 몰입과 상호작용성을 높이는 데 기여한다. 요컨대 스토리텔링과 이미지텔링, 그리고 이미지 스토리텔링 어느 한 쪽이 우선적인 관계를 맺는 게 아니라 상호 관계를 맺으면서 진행하는 것으로 보고 있다. 향후 스토리텔링 기호학의 이론과 방법론을 문화현상과 예술행위에 구체적으로 적용하기 위해서는 보다 심층적인 연구가 보안돼야 한다. 당연히 학제적 관점에서도 충분한 논의가 필요할 것이다.

10 롤랑 바르트, 김인식 역, 『이미지와 글쓰기』, 세계사, 1993, 재인용. 기호학적으로 이미지를 텍스트의 연장선에서 보고 이미지의 기호학적인 분석을 시도한 바르트는 이미지가 하나의 기호라고 파악한다. 따라서 이미지텔링 부면에서도 기호학적인 의미작용(semiosis)이 개입, 적용되며, 이미지텔링에서 발생하는 기호작용이 영향을 미치는 것으로 파악하고 있다.

으로 합리적인 시사점을 제공받을 수 있다.

특히 기존의 게임콘텐츠에 스토리라는 요소가 더해지는 경우에서 관광객이 스토리텔러에 의해 일정한 시간 계획(Span)을 소화하는 일정에 견줘 비유할 수 있다. 이는 양자의 오락성과 흥미성이 마케팅 시너지로 귀결하는 특성에 주목한 결과다. 즉 이미지텔링 차원에서는 시각적 요소들이 관광 매력물의 이미지를 형성하는 이야기 장치가 무엇이고 어떻게 전달되는지, 내러티브 스토리텔링 차원에서는 관광 매력물에 관한 스토리보드의 플롯과 테마를 구성하는 핵심 장치는 무엇이고, 이야기 생성과 전달 과정이 어떻게 펼쳐져야 하는 지에 관해 기호학적 툴에 의해 깊이 있는 시사점을 제공받을 수 있다.

관광 스토리텔링에 담아낼 문화관광자원의 매력요소는 문화의 고유성, 자원의 신기성 및 특이성, 사회·문화·예술 또는 역사적 지식과 지역에 대한 교육계몽성, 사실과 진실에 대한 이해, 볼거리와 체험 등으로 요약할 수 있다.[11] 특히 해설내용, 해설매체, 해설기법에 따라 만족을 느끼는 정도가 다르기 때문에 차별화한 해설방법의 필요성이 제기된다. 즉 관광자원의 매력 속성은 해설 내용의 가치성, 흥미성 등이 첨단매체(멀티미디어, 시뮬레이션, 시청각시설), 재현매체(모형기법,

---

11 안윤지, 「문화관광자원의 매력속성과 자원해설이 관광만족에 미치는 영향」, 동아대 경영대학원, 2003. 12, 112쪽 참조. 여기서 논자는 주류 연구인 숙박, 식음료, 교통 등을 배제하고 관광자원의 매력 속성만을 대상으로 해 진정한 관광자원의 가치를 인식하여 관광만족의 극대화를 가져다줄 수 요인이 매력자원과 자원해설에서 찾고 있다. 특히 그 매력 속성으로 문화관광자원의 고유성(전통문화, 풍속, 관습, 행사체험, 전통문화체험, 문화—예술체험, 예술문화접촉, 산업접촉), 교육계몽성(지식습득, 문화이해, 지혜터득, 전통문화 및 역사학습), 진정성(인물과 사건의 실제, 역사적 사실과 진실), 신기성(주제의 흥미, 독특성, 특이성, 진기성) 등을 도출하는 데 그 목적이 있다고 밝히고 있다.

실물기법), 일반매체(인쇄물, 시각매체) 등 매체에 의한 전달 방식과 해설기법에서 지향하는 가치성 요인 등과 어떻게 결합하느냐의 여부에 따라 관광자원의 가치를 지각하고 인식하는 수준이 달라지며 관광 만족도가 증대, 감소한다고 할 수 있다. 구체적으로 관광 매력물은 가이드 안내, 표지판, 축제, 공연 및 재현 프로그램, 시청각 해설, 멀티미디어쇼, 조명·음향을 활용한 전시 등의 매체를 통해 관광객에 다가가게 된다. 디지털 기술이 동반된 텍스트(원자료·가공자료), 오디오(음성·음악), 정지 이미지(사진·그림), 활동 이미지(비디오·2, 3차원 애니메이션) 등도 떠올릴 수 있다. 특히 디지털 기술은 전달자와 수용자의 상호작용성에 유념해야 한다.[12] 요컨대 관광콘텐츠의 매력 요인과 스토리텔링(해설) 사이에는 긴밀한 상호작용이 개입돼 있다.

관광 스토리텔링이 지향해야 할 특징적 요소는 대체로 문화관광해설사에 의해 주도되는 바, 이들은 관광상품(관광지)을 인식시키는 1차 전달자로서 안내해설에서 효율성, 흥미성, 창의성, 다양한 매체를 통한 표현, 매체와의 인터렉션(interaction)에 관여하게 된다. 즉 관광자원을 매개로 감성과 지식의 발현, 지역주민과 감성적 가치 체계 공동 구축, 관광지의 구비전승 역사 자료 탐색 등을 그 요건으로 한다.[13]

맥켄넬(MacCannel)은 관광객이 관광목적물에 접하며 매력물(매력지)을 지각(sightseeing)하면서 인지하는 과정을 명명하기, 구상을 통한 의미 부여하기, 간직화, 기계적 재생, 사회적 재생 등 5단계로 제시하며, '이야기성'은 마지막 단계에 관여한다고 밝히고 있다. 즉 마지막 단계

---

12 한국관광공사 한류연구팀, 앞의 글, 16쪽.

13 전남도립대학 문화관광정보센터, 조명환, 「문화관광해설사의 의미와 역할」, 한강희, 「문화관광콘텐츠와 스토리보드 작성」, 강영란, 「해설 프로그램 기획 및 해설기법 실무와 평가」, 『전라남도문화관광해설사 양성교육』, 전라남도, 2008.

에서 이야기가 덧붙여짐으로써 사소한 것까지도 관광 매력물이 될 수 있다는 가능성을 제시하고 있다. 하지만 맥켄넬의 5단계론 이후 많은 관광 이론가들은 모든 단계에서 이야기가 개입한다고 반박하고 있다. 즉 논의의 초점은 해설자의 스토리텔링이 관광자원을 매력물로 만드는 데 결정적으로 기여한다는 사실을 말해준다.[14]

스토리텔링을 활용한 관광콘텐츠 개발 및 홍보의 궁극적인 목표는 문화유산 및 관광 상품의 가치를 제고하는 데 있다. 구체적으로 관광콘텐츠를 확대하고, 재생산하며, 효과적으로 개발 방향을 제시하는 데 있다. 관광 스토리텔링은 기본적으로 방문자의 이해를 진작하여 지역 간 연계관광을 구현하여, 종국적으로는 관광객의 감성을 자극하여 체험을 확대하고 재방문을 유도하여, 문화관광자원 보존 및 개발은 물론 지역 이미지 제고를 통해 경쟁력을 갖춘 고부가 가치 관광산업으로의 성장에 기여하리라는 믿음이 전제돼 있다.

때문에 관광 스토리보드를 구성하기 위해서는 전문적인 수준의 세부사항이 포함되어야 하며, 당연히 치밀한 기획과 전략적 접근이 요구된다. 우선 기본적으로 고려해야 할 사항으로 분명한 목적, 적절한 사례, 해당 스토리의 사실성 여부, 시간과 장소 제시, 전형적인 주인공 만들기, 변화 아이디어 찾기, 반대적 관심 고려, 불필요한 사항 생략하기, 긍정적으로 끝맺기, 변화 아이디어를 스토리에 연결하기 등이 있다. 이 외에도 스티브 데닝이 주장한, △자연스러움과 완벽함의 결합을 위해 부지런히 연습해 머릿속에 스토리보드가 재현되게 하라, △이익을 얻지 못하면 흥미를 유발할 수 없으므로 반드시 고객의 이익에

<hr>

14 이순자, 「문화유산해설사의 역할이 방문객 만족과 재방문 및 추천의도에 미치는 영향」, 계명대 경영대학원, 2004. 12, 2쪽 참조.

초점을 맞추라, △수치를 통해 정확하게 정보를 제시하는 것보다 고객이 갖고 있는 시간과 공간에 요지를 전달하라 등의 지침은 관광 스토리보드 작성을 위해 염두에 두어야 할 요긴한 항목이다.[15]

이상의 사항을 고려하여 문화관광해설사(Story-teller)는 해당 관광콘텐츠에 대해 스토리보드를 효율적이고도 적절하게 작성해야 한다. 당연히 여기에는 철저한 기획과 전략 프로세스가 선행돼야 한다. 관광 매력물에 대한 스토리텔링은 스토리텔러가 스토리보드라는 네트워크를 통하여 관광객과 커뮤니티를 이루는 방식으로 다음과 같은 순차적 방식의 가설을 제시할 수 있다. 그 과정은 ① 대상목표 설정, ② 스토리 발굴, ③ 테마 스토리 초점화(자료 수집 및 선택), ④ 관광객 분석 및 스토리텔링 실행, ⑤ 매체 홍보 전략, ⑥ 실행 프로그램 분석 및 평가 등 다음과 같은 여섯 단계로 설정할 수 있다.[16] 이를 안내해설자와 관광 방문객 상호교호적인 도상화 과정으로 이해한다면 '의도(intention) → 집중(immersion) → 구조(structure) → 반응(response) → 보조(guidance)' 순으로 이해할 수 있다.

① 대상 목표 설정 : 관광객이 무엇에 관심하는가, 어떤 것을 요구하는가에 우선순위를 두는 단계다. 기본적인 스토리를 놓쳐서도 안 되지만 관광객에게 한정된 시간 내에 모든 것을 다 보여줄 수는 없기 때문에 가급적 지역 고유의 특징적인 면을 스토리텔링으로 연결해야 한다. 목표설정은 관광객의 목표 달성을 위해서 관광객이 관심, 성향, 관광

---

15 스티븐 데닝, 안진환 옮김, 『스토리텔링으로 성공하라』, 을유문화사, 2006. 9.
16 한국관광공사 한류연구팀, 앞의 글, 참조. 이 책을 비롯해 몇몇 단행본이 실행순서로서 5~6가지를 제시하고 있다. 이 순서는 이들 자료를 근거로 하고, 필자의 기존 성과를 집약하여 재정의 한 것이다.

목적물에 대한 지식수준 및 인지능력 등을 분석해야 한다. 이는 면밀한 자료조사를 통해 이뤄져야 한다. 전문적 식견이 필요한 경우에는 관계전문가의 의견을 청취해야 한다. 이때 스토리보드는 많은 문화예술 역사자료에서 산견되는 난해한 한자어를 쉬운 현대어로 표기하는 등 중학교 3학년에서 고교 1학년 수준에 맞는 평이한 문장과 어법으로 담아낼 수 있어야 전달력을 높일 수 있다. 일정 계획과 투어 코스 동선, 연령대, 관광 성향 등을 고려하는 것도 초기단계의 과업에 속한다.

② 이야기(스토리) 발굴 : 관광의 목표가 설정되고 나면 관광 매력물에 관한 스토리 목록을 작성해야 한다. 우선 매력물의 명칭·위치·특징·사진·그림·교통 등 기초 목록을 작성한다. 지역을 대표할 매력물(매력지)은 재방문을 유인하는 상품적 가치로 구현되기 때문에 필요충분조건에 포함시킨다. 매력물에 특별한 부가가치가 없을 경우엔 창의성과 상상력을 불어 넣어 스토리디자인을 연출해야 한다. 사실에 근거한 역사적인 부분은 반드시 포함시키고 관광객의 관심을 끌 만한 이야기를 발굴하는 데 주력한다. 매력물에 관한 흥미 있는 전설·설화·민담의 활용을 극대화하고, 에피소드·일화·유명인이나 전문가의 증언 및 찬사 등을 인용하면 매우 효과적이다. 스토리텔러는 완성된 스토리보드를 지참하여 관광객의 특성인 거주지·경유지·체류지, 여행목적, 소요시간, 기호, 교통편, 남녀노소(연령대), 국적(국내외 구분) 등을 고려해 신축적으로 활용한다. 즉 스토리보드는 1차적으로 '무엇을 말할 것인가'가 치밀하게 조사·정리돼야 한다. 양적으로 충분히 채워져야 10분용, 30분용, 1시간용, 2시간용 등으로 고객의 상황에 맞게 대응할 수 있다. 해설의 주제, 목표, 청중, 시간에 맞도록 스토리보드를 작성하고 문제점 등을 파악하여 보완하여 사전에 미리 반복·연습한다. 하지만 2차적 요소인 '어떻게 말할 것인가', '어떻게

전달할 것인가'가 더욱 중요하다. 이른 바, 고객의 니즈에 부응하는 엔터테인먼트적·에듀테인먼트적 요소가 적절하게 조화를 빚어야 성공적인 스토리보드로 이어질 수 있기 때문이다. 인터넷·지식정보화 시대의 방대한 자료를 취사선택해서 적절하게 디자인하는 일은 스토리텔러의 우열을 가리는 잣대가 된다.

여기서 '이야기 발굴'은 사실에 근거한 기본 텍스트와 오락과 계몽이 가미된 변형 텍스트(주제, 내용, 어구)가 함께 기술돼야 한다. 이는 사실의 변조를 막되, 관광 매력물에 흥미성을 부가하는 것과 직결되기 때문이다.[17] 이야기 발굴, 스토리 테마 초점화, 스토리 실행은 평가 프로그램 시 가중치를 부여할 부분이다. 인터넷 검색창을 통해 추출할 수 있는 정보가 아닌 스토리텔러가 사실과 경험에다 허구를 섞어 가공해야 하기 때문이다. 예를 들어 '40대 연령층의 공무원과 교사로 구성된 중국 관광객을 위한 두 시간용 스토리보드'라고 주문할 경우, 관광객의 다양한 성격을 고려한다면, 모든 정보를 세분화한 방대한 양을 스토리보드에 적시한다면, 일정 필요 부분만 발췌하여 발표한다면 스토리보드의 차별성이 드러날 수 있다.

③ **스토리 테마 초점화** : 관광 방문 관련자(주최측, 해설사)가 주체가 되고 이해 당사자들이 기획과정에 참여하여 감성적인 테마 메시지를 통해 관광의욕을 북돋운다. 하위 테마들은 메인 테마를 위해 전략적으로 활용한다. 이때 활용하는 스토리보드 서식에는 일련번호, 매력물(지)명, 매력물 관광 목표, 스토리 테마, 스토리 테마 목표, 해설방식

---

17 필자는 스토리텔링의 필요충분조건으로 여섯 가지 요소를 상정해 기본 모형을 설계했다. △시간 및 기간대, △장소 및 이동대, △연령 및 성별, △경유 및 체류 구분 등을 감안한 '표준모델' 정립이 필요하다.

선택, 매력물과 환경, 매력물과 관광객의 연관성, 인근 관광지, 관련 사진과 도표, 통계 등을 적절히 활용하면 좋다. 한편으로 방문객의 관광 목표(재미와 오락, 교양과 계몽 등)를 달성하는 데 반드시 필요한 내용인가, 주어진 시간 내에 소화할 수 있는가, 불필요하거나 장황하지 않은가, 요점은 절실한 것인가, 그 요점을 충분히 이해하고 있는가, 적절히 설명할 만한 자료를 예시하고 있는가 등을 고려해야 한다. 세부적인 고려사항으로는 매력물에 대한 지식과 정보, 매력물의 관심사를 통한 관광객 이득 요소, 관심과 테마 지향, 동선과 시간대 등이 있다.

④ **스토리텔링 실행** : 관광객의 에듀테인먼트 성향에 따라 적극적 실행과 소극적 실행 중에서 취사선택한다. 실행 과정에서 정서, 교육학습, 자원보존, 관광홍보 등 목표 지향점을 찾아본다. 미리 작성한 스토리보드를 통해 반드시 평이한 어법으로 전달하는 연습을 한다. 질문형식을 적절히 활용하는 것도 효과적이다. 실행화법으로 '특정한', '구체적인', '현실적인', '감명 주는', '친근한', '유머 있는', '활기찬', '변화무쌍한' 등의 관용적인 어법을 활용해 관광객의 주의와 관심을 끌 수 있을 것이다. 이와 함께 사례, 예증, 비교, 통계, 명사 및 전문가 의견 등으로 스토리보드에 적시된 자료의 신뢰성을 뒷받침해야 한다. 주어진 시간 내내 쉬지 않고 스토리보드 전체를 소화하려 하지 말고 적당한 휴식의 간격을 주면서 진행해야 한다. 관광객은 휴식과 레저를 위해 온 것이지 역사자료 공부를 하기 위해 방문한 것은 아니기 때문이다. 실행 단계의 담화구조는 처음엔 테마를 지향한 흥미 유인성에 두고, 해설 현장에선 사실－개념－예시－비교－유추를 동원한 매력물(매력지)정보에 관해 의미나 가치 부여하는 게 관례다. 그리고 방문 후엔 핵심적인 이야기를 재정리하며 마무리 단계에서 테마를 환류하면 좋다. 당연히 마무리 단계 이전에도 원만한 담화구조를 지속하기 위해 테

마 관련 이야기, 일화(에피소드), 설화(사람, 지명 등), 유명인 및 언론 호평, 다른 사례와 비교(우위), 시각자료 등을 활용할 수 있어야 한다.

⑤ **매체 홍보 전략** : 텍스트 · 오디오 · 비디오 · 멀티미디어 · 이미지 · 애니메이션에 의한 포지셔닝 전략을 목표로 감성모드 소구 전략을 기획할 수 있어야 홍보 시너지를 극대화할 수 있다. 스토리보드엔 매력물과 관광객의 상호작용을 위해 관광형태별로 매체 · 문구 · 삽화 · 디자인의 최적화를 지향한다. 이밖에 안내 해설 · 시청각 해설 · 책자 · 광고문구 · 통합 디자인 · 투어리즘 로드맵 · 이정표 · 진열장 · 투어리즘 센터 · 축제 이벤트 등을 활용하는 방안도 수립한다.

⑥ **실행 프로그램 분석 및 평가** : 분석의 대상은 실행과정까지의 스토리 개발 · 테마개발 · 목표설정 · 시장분석 · 홍보계획 등이 포함되어야 한다. 특히 관광목적에 맞는 스토리보드의 장르별 특징을 감안해 정성적 · 정량적 분석과 평가를 수행, 고객만족도를 분석한다. 분석 및 평가 지표는 향후 방문객을 유인하기 위한 개선 자료로 활용할 수 있게 철한다.[18] 문화관광에 참여하는 관광객은 문화에 대한 인식과 이해

---

18 전라남도 문화관광해설사양성교육, 『문화관광해설 진행요령—문화관광해설사 운영매뉴얼』, 전남도립대학 문화관광센터, 2000, 참조 및 요약. 특히 실행 프로그램의 분석 및 평가 단계에서는 기본적으로 인사하기—주의집중시키기—안내해설하기—마무리하기 순으로 이뤄진다. 인사하기는 문화관광해설사로서의 자신을 관광객에게 소개하는 것으로 해당 문화관광자원에 대해 전문적인 지식을 보유하고 있으며, 관광해설에 있어 유익하고 재미있는 내용을 전달할 수 있다는 인상을 심어주도록 한다. 주의 집중시키기는 관광객이 해설을 경청하는 조건을 만드는 과정으로 실제 있었던 이야기, 자원에 얽힌 유래, 질문, 통계, 유사한 것과 비교, 관광객 참여시키기, 관광해설의 중요성 등을 활용한다. 마무리하기는 해설내용 요약, 질의응답, 인상 깊은 정리 단계다. 안내해설하기에서 유의할 사항은 많이 말하지 않기, 의문문 등 다양한 어법의 구사, 간결한 문장, 강조와 인상적 표현 동원, 전문적 내용의 근거 제시, 자연스런 흐름 등에 신경을 쓴다.

능력이 높을 뿐만 아니라 전반적으로 학력이 높고 소득이 많으며 전문 직종에 종사하는 비율이 높다는 특성이 있다.

때문에 관광객들의 요구에 맞게 다양한 프로그램이 개발되어야 하며 관광객을 대상으로 정기적인 모니터링을 통하여 프로그램의 효율성을 제고하여야 한다. 이를 위해서 우선적으로 관광 스토리텔링 및 스토리보드를 객관적으로 평가할 수 있는 평가척도의 개발이 요청된다. 이는 해설 프로그램의 평가를 통하여 프로그램을 개선하고, 해설가의 자질을 키움으로써 자원해설을 더 효율적인 프로그램으로 개선할 수 있으며, 해설가 양성 및 교육 기초자료로 활용할 수 있기 때문이다.[19] 이러한 과정은 스토리텔러의 자질, 관광방문객의 이해도 제고, 짜임새 있는 스토리보드(스토리텔링) 설계, 제작 향상에 기여하게 된다.[20] 요컨대 관광 스토리텔링이 온전히 구현되기 위해서는 짜임새 있는 스토리디자인에 기초한 스토리보드가 구비되어야 한다.

---

[19] 안희자, 「문화 관광 해설지 프로그램의 평가척도개발」, 한양대 대학원 석사학위 논문, 2004, 268쪽.

[20] 위 논문, 69~70쪽 결론 요약. 논자는 문화관광 해설 프로그램의 신뢰도와 타당도 검증 과정을 통해 다음과 같은 평가척도를 도출하고 있다. △**스토리텔러 평가 요인** : 주제의 명확한 전달, 진행의 매끄러움, 대상지에 관한 지식, 적절한 해설내용 및 용어의 사용의 항목을 묶은 **이해 용이성 요인**, 일화나 이야기의 사용, 목소리, 방문객에 대한 통제, 질문의 사용, 방문객의 반응에 대한 관심으로 이루어진 **관심 요인**, 열정, 복장, 자신감, 친절감, 유머감각으로 이루어진 **태도 요인**, △**관광 방문객 평가 요인** : 문화유산의 가치 인식, 관람의 유익성, 문화유산에 대한 보전의식, 집중도, 더 많은 것을 보고 배우려는 **자원이해 요인**, △**스토리보드 평가 요인** : **내용 평가 요인**으로 지적욕구 충족, 교육성, 정확성, 명료성, 주제전달, 다양성, 흥미성. **구성 평가 요인**으로 참여 인원수, 시간, 해설 코스, 참여유도 항목.

3. 스토리보드와 스토리디자인 : 스토리보드의 기획 원리와 설계

관광 매력물에 대한 평가는 관광 방문객의 기대와 만족도에 의해서 결정된다. 즉 이미 정해진 규격이 아닌 관광객들의 생각이 총체적으로 반영돼 담론화한다. 관광객은 여행 이전에는 스토리 네트워크(미디어 스토리, 구전 스토리)를 통하여 가체험하고, 방문 관광시 스토리 체험 과정이 보태져, 여행 후에는 스토리가 강화돼 일종의 관광 커뮤니티를 구성하게 된다. 당연히 관광 매력물은 관광객에 부합한 스토리를 갖출 때 소구력을 가질 수 있다.

이때 스토리텔링을 구성하는 요소로 연설 · 대화 · 목소리 · 숙어 · 문법 · 텍스트 등이 있다. 즉 스토리보드를 활용한 안내해설은 말 · 몸짓 · 표정 등으로 대인접촉(대화)을 하는 한편 해설사의 감수성과 관광객의 이해 수준이 접점을 이루면서 감동을 유도하는 형태라 소기의 목표를 달성할 수 있다. 그렇기 때문에 전술했다시피 공식 · 비공식 담화를 통한 관광객의 성향(나이, 출신, 기대치, 호응도, 호불호 성향)파악, 전문자료 수집과 활용(여행 기초 정보, 지역 언론, 박물관, 향토사), 관광객과 관련 있는 주제의 취사선택, 담화구조 그려 보기 등이 뒤따라야 한다.

관광객에게 관광지(매력지)란 자신의 상상력을 확장할 공간적 대상으로 이 접점은 감성 체험을 통해 형성되어야 지속할 수 있다.[21] 고객

---

21 예를 들어 역사물의 경우, '역할 모델'을 통해 타임머신을 타고 역사속의 시공간으로 감성여행을 떠나야 접점이 형성될 수 있다. 한류 영상관광지에서 영상물 속의 명장면을 세트로 재현하는 것도 스토리의 감흥이 현장감으로 연결된 사례다.

과의 접점을 형성하고 기대와 만족도를 높이기 위해서는 관광 당사자 간의 역할을 재조정하고, 교양과 계몽이 기초가 된 에티켓과 매너를 비롯한 소양 계발, 테크니션 스킬(Technition Skill)인 해설 기법에 대한 섬세한 이해가 수반돼야 하는 것이다.[22]

관광콘텐츠 스토리보드를 구성하기 위해서는 크게 내용 요인과 형식 요인이 요청된다.[23] 내용 요인으로는 △스토리 관련 기초 정보 요약 : 역사 배경과 사실, 역사적 변모, 내용과 성격, 특징과 의의, △스토리 발굴과 줄거리 정리 : 새로운 자료의 발굴과 해석, 기존 자료의 분석, 기존 자료의 재해석, 기존 자료의 연관과 종합, 향토사가 및 인근 주민 증언 채록, 전문가 의견 정리, △테마 지향적 요소의 정리 : 문학적 요소(설화, 신화, 민담), 역사적 요소, 관광적 요소, 지역 고유성(장점) 정리, 감상 포인트(자연물 : 뷰포인트), △오락적, 흥미적 요소의 차용 : 담화기법 도입, 에피소드−찬사−언론호평 등 저널적 요소, 축제 및 이벤트 등 체험 요소, 살거리 및 즐길 거리 정리, 외부평가 및 관광객 호응도 반영(홈페이지 등 게시판 활용), △서비스적 요소 부가 정리 : 해당 관광지와 관련 있는 여행 길잡이 용어, 인근 연계 유명지 관광, 접근성 및 편익정보(교통과 숙식, 별미 맛집, 제철음식)제공 등

---

22 박석희, 『나도 관광자원 해설가가 될 수 있다』, 백산출판사, 1999. 10, 164~260쪽 참조. 여기서 논자는 문화관광해설가로서 스토리텔러가 가져야 할 역할, 소양계발, 해설기법에 관해 소상히 밝히고 있다. 특히 해설기법으로 감수성과 관광객의 이해 수준이 접점을 이루는 인적 기법(안내해설)과 비인적 기법(안내해설판, 표지판, 이정표, 매체활용 해설 기법, 모형·가상체험관·스크린·시뮬레이션·디오라마·애니메이션을 제시하고 있다.

23 필자가 이 '스토리텔링'이라는 서사 기제를 빌려 저술한 『푸르름을 보려거든 담양으로 오라』(대동문화재단, 2009)는 예의 내용 요인과 형식 요인을 고려하여 지역자치체 단위의 최초의 문화관광명소 스토리텔링 안내해설서이다.

이 있다.

형식 요인인 스토리보드 기술적인 문제로는 △ 쉽고 간결한 문체, △비주얼 도입 : 지도, 사진, 일러스트, 도표, 그래프, 각종 통계, 수치 등 활용, △쉬어가는 페이지 설정 : 쉼터, 유머, 여행 및 관광 아포리즘, 토막상식 등을 상정할 수 있다. 이러한 내용 요인과 형식 요인은 문화관광해설사인 스토리텔러의 전달 과정이 얼마만큼 효율적으로 실현되느냐의 여부에 따라 결정된다. 즉 전달하기란 말하기의 과정에 의해서 상호간에 효과적인 교환행위가 이루어지는 것이다.

관광 목적을 소망스럽게 달성하기 위해서는 내용 요인과 형식 요인이 효율적으로 연계하여 스토리보드(글쓰기)가 작성되고, 스토리텔링(말하기)이 이뤄져야 한다. 스토리텔링이라는 어의가 내포하는 바와 같이 관광해설에서 말하기는 핵심적인 요건이다. 화자는 자신의 생각을 명료화하고, 언어를 효과적으로 사용하며, 요점을 이야기하고, 편견을 버리며, 특히 청자를 고려하면서 말을 하는 것이 필요하다. 즉 좋은 전달자—화자—스토리텔러가 되기 위해서는 판단력과 재치, 확신, 폭넓은 관심, 독창력, 기억력, 수용력, 진실성 등을 갖추려는 노력이 필요하다.[24] '말하기—전달하기의 언어구조주의적 방법적 접근'을 의사소통적 측면과 상호주의적 관점에서 찾는다면 '화자와 청자 간에 상

---

24 이재승, 「말하기의 유형과 말하기에 대한 관점」, 「쓰기과정에서의 자동성과 통제성」, 『국어교육의 원리와 방법』, 박이정출판사, 2002. 3, 155~158쪽 참조. 그린느(Greene)와 피터(Petter)는 대화능력을 증진하기 위해서는 청자의 적절한 반응이 대화를 촉진하고 풍성하게 하며, 상호 관심 있는 주제에 대해 상호작용이 있어야 하며, 비형식적인 대화에서도 예의를 갖춰야 하며, 자신에 대해 책임질 줄 알아야 타인에 대해 긍정적이고 수용적인 태도를 갖고 진실하게 대해야 하며, 공격적인 태도를 취하지 않고 친근감 있게 이야기해야 한다는 점을 역설하고 있다.

호간의 이해를 돕는' 점에서 그 속성이 찾아질 것이다.[25]

　물론 말하기의 선행 단계인 스토리보드 작성하기(쓰기)도 효율적으로 구비돼야 한다. 스토리텔러가 자신의 머릿속에 들어 있는 정보를 단순히 나열하는 게 아니라, 이들 지식을 쓰기 상황(관광 스토리보드)에 맞게 의식적으로 통제하고 조절하는 의미의 전략적 차원의 재구성이 필요하다. 즉 스토리보드의 성격과 종류, 구체적인 모습이 명료화하여 제시돼야 한다. 능숙한 작가는 글을 쓰는 과정에서 의미를 만들어가는 과정인 구성(composition) 요소와 이를 표현하는 전사(transcription) 요소가 원활하게 이루어진다. 아울러 글쓰기의 하위 단위인 철자법, 구두법, 문법과 같은 기계적인 요소들을 의식적으로 조절하고 통제할 수 있다. 요컨대 자동성과 통제성이 적절하게 상호작용 할 수 있기 때문에 관광객과의 소통이 원만하게 진행될 수 있다.[26] 관광 스토리텔러가 지향할 말하기로서의 스토리텔링, 글쓰기로서의 스토리보드 작성하기

25　위의 책, 158쪽 참조. 의사소통이론에 의해 스토리보드가 구현되는 과정을 도식화해보면 "정보자원－(메시지)－전달자－(전달표시)－형태－(수용표시)－수용자－(메시지)－목적달성" 순으로 진행된다. 여기서 중간단계인 형태는 방해자원으로 관광방문객의 선입견과 편견, 다른 입장과 경험에 해당한다. 이러한 요인을 최소화한다면, 즉 화자인 스토리텔러의 지식과 경험이 청자인 방문객과 아이덴티티를 형성하게 된다. 이때 방문객에게 메시지가 충실하게 전달될 가능성이 높다.

26　위의 책, 159~160쪽 참조. 쓰기 과정은 크게 '구성'과 '전사'로 구분된다. 여기서 논자는 미숙한 작가가 자기중심적·자기지향적(self-oriented)이라면, 능숙한 작가는 독자지향적(audience-oriented) 쓰기를 지향하며 목적을 분명히 인식하면서 내용을 구성하면서도 기계적인 부분까지를 고려하며 글을 쓴다고 밝히고 있다. 이를 자동화(automatization)라고 명명하고, 여기에는 유연성, 통합성, 가변성, 상황성이라는 속성들이 수반되기 때문에 고도의 역동적인 수준의 쓰기 행위에 도달할 수 있다고 파악한다. 요컨대 쓰기 능력을 증진하기 위해서는 초인지적 자기통제 과정이 요청되기 때문에 전략적인 접근이 필요하다고 적시하고 있다.

에 관한 지침을 제시하면 〈표 1〉과 같다.

구분	핵심 지침	스토리보드 작성 시 유의사항
일반지침	육하원칙 의거하기	△ 중요한 내용을 앞에 두는 역삼각형 기사 구도를 유지한다.
	간결하고 통일된 문장과 불필요한 어구 생략	△ 과장어, 난해어, 미화어, 수식어, 중복어구, 형용사어, 부사어를 사용하지 않는다. △ 개조식 문장으로도 가능하지만 정확하고 구체적이어야 한다. △ 가급적 단문(KISS : Keep It Simple & Stupid)을 사용한다. △ 상투적인 만연체 문장을 지양하고, 주어와 술어를 분명히 한다.
	아이디어와 메모 스크랩	△ 완성된 문장으로 마무리해야 한다. 아이데이션은 아이디어가 아니다. △ 해당 지역에 대한 관심을 대중매체를 활용해 메모, 스크랩한다.
	참신성과 독창성 지향	△ 내용이 독창적이지 않아도 형식에서 창의적인 방법을 택한다. "what to say(do)?" 아닌 "how to say(do)"가 중요하다.
	객관적, 거시적 거리 확보	△ 미심쩍은 부분은 전문가, 역사자료, 사전, 전문서적, 담당 공무원에 자문한다. △ 일정한 시간을 두고 최종적으로 다시 한 번 교정한다.
	단어 선택에 유의	△ 가급적 긍정적인 단어를 활용하여 긍정적인 자세를 갖고 있음을 보여준다. 부정적·수동적인 문장은 신뢰감을 얻기 어렵다.

	최상급 표현 자제		△ 근거 없는 최상급은 신뢰감을 얻기 힘들다.
	구체 지표로 설득적 요소 담아내기		△ 추상적인 설명에 비해 구체적인 통계, 수치, 도표는 설득력이 강하다.
	출처 명시, 용어 통일		△ 출처 명시는 설득력을 높일 수 있고, 반복 용어는 통일해야 신뢰성을 높일 수 있다.
구체지침	최신 관련정보나 필수 지식은 암기		△ 우리나라의 세계유산[(세계문화유산(7), 세계자연유산(1), 세계복합유산(0), 세계기록유산(4), 세계무형유산(2)] 정도는 암기 △ 지자체가 가진 문화, 역사, 환경지리적 가치 정보도 암기
	다양한 질의 응답으로 호기심 높이기		△ 흥미성에 주목하기, 의미를 생각하게 하기, 대상을 나에게 적용하기, 현재 상황에서 내가 선택하기, 원인을 결과와 연결하기, 여러 의견에서 최선책 고르기
			△ 관광객에 관여도를 높이기 위한 질문 유형 - 주의 집중시키기 : 이것이 무엇이라고 생각하십니까? - 비교대조 : 우리는 어떻게 하고 있습니까? - 추론 : 이정표가 이상하시죠? 고타르 터널의 길이는요? - 적용 : 여러분들은 어떻게 하십니까? 그런데 이곳 사람들은 이렇게 생각합니다. - 문제해결 : 이들을 보호하기 위해서는 어떻게 하면 좋겠습니까? - 원인결과 : 왜 트레비 분수대 옆에만 사람들이 몰려 있을까요? - 평가 및 시상 : 이 문제를 맞힌 분에게 이곳 특산물을 선물합니다.

	전문가나 유명 인사의 평가, 진단, 아포리즘 활용하기	△ 다양한 인용을 제시하여 설득력 높이기 - "인간은 아는 만큼 느낄 뿐이며, 느낀 만큼 보인다. 사랑하면 알게 되고, 알면 보이나니 그때 보이는 것은 예전과 같지 않으리라"는 멋진 경구를 들어보셨습니까? - 세계 관광객이 이렇게 많이 모이는 것을 보면 'Pax Romana'라는 말처럼 "모든 길은 로마로 통한다"는 말은 오늘날에도 여전히 유효하다고 할 수 있습니다. - "우리가 발 딛고 있는 땅은 조상에게 물려받은 것이 아니라, 앞으로 등장할 후손들에게 잠시 빌려 사용하고 있다."는 말이 있습니다."
	상식과 지식 활용하여 고객 자존감 고양하기	△ 일반상식, 특수지식, 문화예술지식, 뒤엎는 상식 등을 동원하여 현장감을 더하기 - 여기가 영화 〈화려한 휴가〉의 첫 장면에 나오는 메타세콰이아 가로수길입니다. - 〈로마의 휴일〉에 나오는 '스페인 광장', '진실의 입' 입니다. - 이곳 인스부르크 주민들은 동계올림픽을 반대했다고 합니다. 왜일까요? - 영국 런던에는 2~3층, 파리에는 6층 이상의 건물을 짓지 못합니다. 왜 그럴까요?
	향토 역사 자료나 구비전승담(신화, 민담, 설화 등) 활용하기	△ 전승된 문화예술, 역사, 구비전승담을 활용하여 오락성과 흥미성 유발하기 - 로마의 트레비 분수(동전을 세 번 던지는 이유, 귀환-연인-영원한 거주) - 에펠탑 설립에 대한 반대론자 모파상에 관한 에피소드 - 불란서 루브르 박물관의 반환하지 않은 이집트 탈취 유물(5400년 된 미라)

		△ 사실을 왜곡하지 않는 범위에서 위트와 유머로 여행의 즐거움 배가하기 – 세계에서 가장 빨리빨리 여행하는 민족은 한민족입니다. (유럽 여행상품) – 우리 언어와 유사한 점이 있는 현지어, 사투리를 소개하고 따라 하게 한다.
	유머와 위트로 활력 불어 넣기	

〈효율적인 관광 스토리보드를 작성하기 위한 일반 지침과 구체 지침〉

관광 스토리보드를 기획, 설계하고 작성 및 실행하기까지는 크게 작성 전, 작성 중, 작성 후의 3단계로 구획하여 세부 과업을 떠올릴 수 있다.[27] 스토리보드 작성 전 활동으로는 관광방문객의 모습을 상정하고, 어떤 표정을 지을 것인지 생각하는 과정, 브레인스토밍(brainstorming) 단계로서 주제와 관련하여 다양한 생각들을 모두 적어보는 과정, 시간 순서는 시간순서대로, 중심개념과 부연개념 등은 또 그것대로 묶어보는 과정, 생각그물 만들기(mapping) 과정으로 쓰기 전에 아이디어를 조직화하기 위해 구조화한 사고전략으로 개요 만들기 과정, 발표하기(oral activities) 과정, 핵심사항 메모하기 순으로 진행된다. 스토리보드를 작성하는 동안의 활동에는 빨리 쓰기(speedwriting) 과정, 개요 짜기(lay-out) 과정, 초고 쓰기 과정, 재점검하기(monitoring) 과정, 질문하기(전문가, 행정 단위 활용) 과정, 협의하기(행정가, 해설사간) 과정으로 이뤄진다. 마지막으로 스토리보드 작성 후 활동은 훑어보기(survey) 과정, 교정하기(proofreading) 과정, 반응 듣기 과정, 평가하기 과정, 출판하기 과정 등

---

27 위의 책, 380~395쪽 참조. 이 부분은 논자의 성과(언어학적 용어 단위)를 바탕으로 하면서 문화관광 안내해설 매뉴얼 등을 참조하면서 필자가 복합적으로 재구성한 것이다.

으로 순서를 밟으면 된다. 이 세 가지 활동이 순차적으로 연계하면 효과가 배가될 수 있다.

여기서 하나의 사례를 떠올려 보면 스토리보드가 구비해야 할 요건이 무엇인지 명료해진다. 1997년 10월 한국관광공사가 주최한 제1회 관광 스토리텔링 공모전에서는 스토리텔링(스토리보드)이 구비해야 할 필요충분조건이 제시됐다.[28] 마케팅 분야에서는 스토리텔링이 하나의 흐름을 형성하는 단계였지만 관광 부문에서는 초기적인 접목과정이었기 때문에 창의성과 상상력을 제한한다는 우려가 있었지만 도입과 활용의 시급성이라는 측면에서 구체적인 타이틀을 제공한 것이다.

즉 △일반사항으로 응모 주제, 관광지 명칭, 관광지 성격, 관광 해설 목표, 관광 코스 설계를, △핵심 스토리보드로 스토리 관련 기초 정보, 스토리 발굴과 줄거리 요약, 오락적·흥미적 요소의 발굴과 차용, 축제, 이벤트, 쇼핑, 체험 거리 소개, 시장 분석과 홍보 방안, 알아두기 및 토막상식 용어를, △편익 부가 정보로 국내외 유사 사례, 인근관광

---

28 필자가 심사위원으로 참여한 제1회 관광 스토리텔링 공모전(1997. 10.)을 계기로 전국 각지에서 관광 스토리텔링이 봇물을 이루게 되었다. 이 대회를 비롯해 이후 주요 경진대회에 관한 세부적인 내용에 대해서는 별도의 논고가 필요하다. 다만 이 대회 이후 필자가 주최측에 제시한 의견인 '스토리보드 부분'과 '스토리텔링 부분'을 분리하여 평가하는 방식이 도입 되었고, 콘텐츠 출품도 동영상 제작물 등 다양한 형태가 추가되었다. 아울러 본문에 제시된 내용 보완과 함께 구체항목에 대한 세세한 조건들이 다음과 같이 부가되기도 했다. △대상 : 고등학교 1~2학년 남녀 학생 30명(오전 2시간, 오후 4시간 총 6시간용), △내용 : 해설사가 거주하는 관광 매력물(관광매력지)에 대한 안내해설 스토리보드, △분량 : 원고지 60매 안팎(A4용지 12장 안팎), 사진·도표 등은 별도 △형태 : 신명조체 11pt, 행간 160%, △어법 : 관광객에게 안내·해설하는 설명체 어법(문어체, 개조식 문장 지양한 '그렇습니다', '했다고 합니다', '했겠죠', '아시겠죠', '어떻게 생각하십니까?' 등), 중간제목, 사진, 도표 등을 활용할 수 있음.

지 연계 프로그램, 기타 편익 정보라는 항목을 상세하게 제시했다.

이 내용을 분석하자면 크게 기본적인 기술 항목과 핵심적 기술 항목으로 구분할 수 있다. 전자는 스토리텔러의 인적 사항을 기초로 하여 관광 매력물 및 매력지의 명칭과 소재지, 문화재적 위상, 투어리즘 테마, 투어리즘 동선 및 코스 설계 등으로 이루어진다. 후자인 핵심적 기술 항목은 스토리와 관련된 구체적인 목록을 작성하는 과정에 해당한다. 즉 모든 정보와 지식을 망라하기보다는 테마 스토리에 부합한 내용을 구성하면 된다. 스토리보드가 구성된 일련의 과정을 단계별로 도식화하면 다음과 같다.

단계	핵심 타이틀	세부 구성 내용
1단계	스토리 관련 기초 정보 요약	역사 배경과 사실史實, 역사적 변모, 내용과 성격, 특징과 의의
2단계	스토리 발굴과 줄거리 정리	새로운 자료의 발굴과 해석(한문 번역 등)기존 자료의 분석과 재해석, 연관 자료의 종합, 향토사가 및 인근 주민 증언책, 전문가 의견 정리
3단계	테마 지향적 요소의 정리	문학적 요소(설화, 신화, 민담), 역사적 요소, 관광적 요소, 지역 고유성 등 장점, 감상 포인트(자연물, 뷰포인트)
4단계	오락적, 흥미적 요소 차용	에피소드-찬사-언론 호평 등 저널적 요소, 축제 및 이벤트 체험 요소, 살 거리 및 즐길 거리, 외부 평가 및 관광객 호응도 반영(홈페이지 활용), 여행 쉼터, 유머, 아포리즘

〈스토리보드가 갖춰야 할 핵심적인 구성 요소〉

즉 첫 단계인 1단계에서는 스토리 관련 기초 정보 요약을 하고, 2단계는 스토리 발굴과 줄거리를 정리하며, 3단계는 테마 지향적 요소를 정리하고, 마지막 과정인 4단계는 오락적, 흥미적 요소를 차용하여 관광 스토리텔링 효과를 극대화하는 과정이 되어야 한다.

4. 마무리 : '스토리텔링' 구현의 의의

문화관광 해설이란 단순히 사실적 정보(factual information)를 주고받는 것이 아니라, 현장감 있는 진품을 보여주든가, 직접 경험하도록 하든가, 적절한 매체를 사용하여 현상에 내재된 의미와 관련성을 나타내 보이려고 하는 교육적 활동이라 규정할 수 있다. 기존의 연구성과에서 '문화관광 안내해설'에 대한 대체적인 정의는 새로운 대상에 대한 지각발달 도모 과정으로서의 교육적 활동으로서 이해·통찰력·열광·흥미를 불러일으키는 활동으로 간주되고 있다. 자원해설의 본질적인 측면에 비중을 두어 자원 보전에 기여할 수 있는 '설명 기술(The of explaning)'이라 정의하기도 했다.[29]

---

29 전남도립대학 문화관광정보센터, 「조명환－문화관광해설사의 의미와 역할」, 「한강희－문화관광콘텐츠와 스토리보드 작성」, 「강영란－해설 프로그램 기획 및 해설기법 실무와 평가」, 『전라남도문화관광해설사 양성교육 교안』, 전라남도, 2008. 6쪽 참조. 틸든(F. Tilden)의 정의에 이어 왈린(Harold Wallien)은 문화관광 해설사란 문화관광 자원이 지니고 있는 아름다움, 복잡 미묘함, 다양성, 그리고 상호관련성에 대한 오묘함, 경이로움, 내지는 알고 싶음 등의 해설사가 느끼는 바를 방문자도 느끼게끔 도와주는 활동이라고 하면서 방문자가 처한 낯선 환경에서도 편안한 마음을 느끼게 해주는 동시에 방문자의 지각발달을 도와주는 활동이라고 정의하였다. 에드워즈(Yorke Edwards), 알드리지(Don Aldrige)도 궤를 같이한다. '설명 기술'은 알드리지가 창출한 개념이다.

이러한 시각에 비춰 문화관광해설은 관광안내와는 일정한 차이가 있다. 기존의 견해는 문화관광해설은 국립공원과 같은 특정 장소에서 이루어지며, 관광안내는 도시 또는 지역 전체를 돌아다니며 관광객을 반려한다는 점에서 준별점을 찾고 있다. 한편으로 문화관광해설사는 그 자신이 관광객의 일원으로서의 가치를 지니는데 반해, 관광안내사는 그렇지 못한 데서 찾는다. 그러나 특정 장소에 국한하는 물리적인 측면의 이해는 한계가 있고, 현실적으로도 소규모 지역에서는 해설과 안내를 병행하는 관광안내원(local guider)으로서 역할이 부여되어 있다. 즉 양자는 분리되기보다는 한 동전의 두 부면처럼 상호유기적인 성격을 지향할 때 효율성을 극대화할 수 있을 것으로 보인다.

문화관광 해설에 스토리텔링 기제를 도입, 활용하는 궁극적인 목적은 방문자의 만족도 제고, 자원관리의 시너지 도모, 관광 매력물 및 매력지 이미지 개선에 있다. 여기서 방문자 만족이란 방문자가 방문하는 곳에 대하여 보다 잘 알고, 보다 잘 느끼고, 보다 잘 이해할 수 있도록 하는 것을 말하며, 자원관리란 방문자로 하여금 방문하는 곳에서 적절한 행동을 취할 수 있도록 교육하여 자원의 훼손을 막는 것을 말한다. 또한 이미지 개선은 관리자의 관리 노력에 대해 홍보하여 관리자의 이미지를 바람직한 방향으로 부각시키는 것이다.[30]

스토리텔링이 원활하게 이루어지려면 관광 스토리텔러의 스토리텔

---

30 엄서호, 「외국어 관광해설사의 의미와 역할」, 『전라남도 외국어 관광해설사 양성교육』, 전남도립대학 산학협력단, 2008, 참조. 기존의 문화유산해설가, 문화관광안내원 등이 '문화관광해설사'로 통합되고, 이 제도가 운영된 이후, 저비용 고효율 상품개발, 지역특화 관광 상품개발, 관광자원보호, 지역 고용창출, 관광객 경험의 질 향상지역관광자원 홍보, 지역경제 활성화 등에 직간접적으로 기대효과가 나타난 것으로 입증되고 있다.

링(말하기)과 스토리텔러가 작성하는 스토리보드(글쓰기)가 관광객에게 소구력을 가져야 가능하다. 스토리텔러는 관광객이 가슴을 열게 하고 생생하게 느낄 수 있도록 하며 문화관광 매력물에 새로운 호흡을 불어넣어 문화자원의 내재된 의미와 가치를 전달할 수 있어야 한다. 일반적인 문화관광해설사가 스토리텔러로서의 전문성을 담보한다면 관광자의 관여도를 높이고, 만족도를 향상시키는 데 기여하게 될 것이다.[31]

요컨대 관광 스토리텔링은 관광 매력물이 가진 감성 스토리를 발견하여 관광객 유인에 도움이 될 수 있다는 판단이 전제돼 있다. 주지하다시피 오늘의 소비자는 상품과 서비스를 구매하기 이전에 그 내용물에 담긴 이야기까지 구매하는 형태다. 이야기에 실린 감성 터치가 삶의 활력을 부여하고 재미를 배가시키는 데 결정적으로 기여하기 때문이다.

관광지에 대한 막연한 기대와 설렘이 관광의 가치와 의미를 발견하는 촉매제로서 기능을 발휘할 수 있는 것이다. 특히 관광지가 가진 스토리에 관광객의 '개인적 연관'을 반영하고 이를 의미화한다면 매력물의 이미지가 성공적으로 정착할 수 있다.[32] 그러려면 기존의 안내·해

---

31 이선희, 「문화관광해설자의 전문성과 비전문성에 따른 관광자의 관여도와 만족도」, 세종대 대학원 석사학위논문, 2005. 6, 참조.

32 관광지는 일차적으로 관광객의 상상력이 확장된 공간이다. 때문에 상상력을 고양할 수 있는 감성 체험이 필수적인 요건이다. 이 과정에서 스토리텔링이 요청된다. 예컨대 20부작으로 구성된 드라마 〈겨울연가〉에서 주인공이 플라자호텔의 객실에서 뛰쳐나가는 행위, 남이섬에서 팔을 벌리고 가로수 길을 걷는 행위, 위도에서 눈을 감고 벽을 만지는 행위 속에서도 이야기성이 전제돼 있다. 영화 〈로마의 휴일〉에서 그레고리 펙과 오드리 햅번이 우연을 가장해 만난 '스페인 광장', 익살스런 행동을 보여준 '진실의 입'도 좋은 사례다. 즉 스토리텔링이 동반되지 않은 야외 촬영지를 둘러보고 가는 정도의 관광은 몰입과 동일시(자신을 극중 주인공과의)가 형성되지 못하기 때문에 흥미가 생기지 않는다. 역사물의 경우, '역할 모델'을 통해 타임머신을 타고 역사 속의 시공간으로 감성여행을 떠

설 프로그램을 스토리텔링 체제에 맞춰, 외래방문객들에게 어떻게 설명할 것인지, 지역 대표 매력물에 어떻게 가치를 부여하고 감상의 초점을 둘 것인지 충분한 고민이 있어야 한다.

관광 스토리텔링은 매력물, 문화관광해설사(혹은 지역주민), 관광객이 공동으로 만드는 가치체험의 장이다. 본론에서 세부적으로 언급한 '문화콘텐츠'와 '스토리텔링'을 관광산업 활성화에 도입하여 관광소비의 구매력을 증진시키는 활성화의 기제로 삼는 것은 시의적절한 측면이 있다.[33] 우리는 관광 스토리텔링이 관광객의 방문을 독려하는 '원천적 촉매제'이자, 재방문을 유인하는 '성장 엔진'이 된 사례를 최근 연간 수다하게 경험한 바 있다.

'스토리텔링'은 새롭고 생소한 이야기든 이미 존재한 흔한 이야기든 재미와 흥미를 불어넣어 고객이 직간접적으로 참여하게 되고 관광 행동을 취하도록 유인하는 최적의 소통 도구가 되고 있다.

나는 것도 마찬가지 이치다. 이러한 흐름에 편승해 한류 영상관광지에서 영상물 속의 명장면을 세트로 재현해 스토리의 감흥을 현장감으로 연결하려는 발상이 관광 코스의 하나로 자리하고 있다.

33 이른 바, '문화의 시대', '문화관광의 세기'에 접어들면서 '관광과 레저'가 특정 계층의 전유물이 아닌 시민의 일상적인 여가 형태로 자리 잡아가는 추세이기 때문이다. 주 5일제 근무가 보편화하면서 삶의 질 향상과 관련한 '여가 및 웰빙 선호' 가치관이 생겨나고 온라인 네트워크의 소통성에 기인한 양질의 정보에다 일일 생활권 내의 교통 접근성이 관광 구매력을 비약적으로 증가시키고 있다는 점도 관광 활성화의 호재라 할 수 있다. 이러한 분위기는 관광 판매자의 마케팅적 측면에서 보자면 세련된 글로벌 문화상품으로 지역 인바운드에 기여할 수 있는 절체절명의 기회 요인으로도 이해할 수 있다.

[사례1]

담양 관광명소 스토리텔링 단행본 『푸르름을 보려거든 담양으로 오라』 주요 목차

서장 : 생태관광명소 대나무골, 푸른 담양

1. 푸른 정신이 살아 있는 녹색도시 2. 전통과 역사가 숨 쉬는 문화유적도시 3. 스토리텔링(명소 이야기)이 있는 문화관광도시 : 대나무골 설화 4. 대나무골 담양의 주요 지표 / 최초 슬로시티 지정

1장 : 담양의 브랜드, 대나무관광

- 대나무관광 코스 설계 # 죽녹원→채상장전수관→한국대나무박물관→대나무골테마공원→(대나무건강나라)→(대나무바이오텍)→(대나무 축제)
- 대나무한 관련한 관광 스토리텔링, 대나무의 어원과 상징성, 대나무에 얽힌 설화, 세시풍속과 대나무 이야기, 우리 문학 속에 나타난 '대나무'

2장 : 우리 문학과 영상명소관광

- 시가 · 가사문학 코스 : 고전시가문학, 가사문학관, 죽향문화체험마을 / 근현대문학 코스 : 시문학, 소설문학, 수필문학, 기타 / 영상문화 코스 : 영화, 드라마촬영명소
- 영상촬영지 코스 : 죽녹원(〈알포인트〉 촬영지)→죽향문화체험마을→메타세콰이아길(〈화려한 휴가〉 촬영지)→대나무골테마공원(〈전설의고향〉 촬영지)→명옥헌(황지우 창작공간)→가사문학관(고전시가문학)→생오지(문순태 창작공간)→모현관(미암 유희춘 유적지)

3장 : 가사문화권 누정·원림관광

- 누정·원림 코스 : (담양 전통문화체험마을)→면앙정→송강정→명옥헌 원림→독수정 원림→소쇄원→(한국가사문학관)→식영정→환벽당→취가정
- 강학도량코스 : 죽림재→담양향교→창평향교→수남학구당→수북학구당→상월정

4장 : 문화재 및 문화유산관광

- 사찰 코스 : 석당간→읍내리오층석탑→용화사 및 불조역대통재→오룡리 석불입상연동사 지장보살입상·삼층석탑용추사 및 용추사 부도군→용흥사 및 용흥사 범종, 부도군→죽림정사→보광사→언곡사지 삼층석탑→개선사 지석등
- 전통문화 체험 명소 코스 : 송학민속체험박물관→명지원→향원당

5장 : 생태자연·레저휴양관광

- 생태자연관광코스 : 관방제림→메타세쿼이아 가로수길→금성산성→담양호→추월산→삼인산→병풍산
- 레저휴양관광 코스 : 담양리조트→가마골 생태공원, 용소계곡, 용소폭포→한재골→성암 야영장→삽재골 야생화농원→다화림→허브사랑
- 관내 골프장 코스: 담양다이너스티컨트리→창평컨트리→가산골프랜드→(주)창평골프
- 각종 체험프로그램 코스 * 대나무웰빙체험 : 죽녹원→대나무박물관→대나무골테마농원→대나건강나라 · 전통문화체험 및 문화명소탐방 : 향원당→명지원→명가혜→황토명가→추월산약다식→송학민속체험박물관 · 건강 · 미용테라피체험 : 죽녹원→대나무바이오

텍 · 농촌마을생태체험 : 시목마을농촌체험→가마골관광농원

6장 : 인근지역 연계관광

- 광주 방면 : 망월동 국립 5 · 18묘역→광주호 생태공원→무등산→증심사→거리명소(충장로, 금남로, 예술의 거리)→축제(비엔날레, 김치축제)→박물관(시립미술→국립)
- 곡성 방면(도림사→섬진강 기차마을)
- 화순 방면(금호리조트→백아산 휴양림→천불천탑 운주사→화순 지석묘군→도곡온천)
- 장성 방면(필암서원→홍길동생가터→백양사→고산서원)

권말부록 : 교통과 숙식, 특산품 안내

1. 교통안내도 2. 관내관광 코스 3. 숙박과 식당 4. 특산품

[사례2]

구례관광 스토리텔링 안내해설 단행본 『청산도 절로절로, 녹수도 절로절로』 주요 목차

제1장 : 총설 – 문화관광이 있는 최장수 지역

1. 구례 문화관광명소 답사 코스

- 구례 – 섬진강 – 하동 방면
- 구례 – 화엄사 방면
- 구례 – 천은사 – 지리산 노고단 방면
- 구례 – 구례읍 – 순천(곡성) 방면
- 구례 – 산동 – 남원 방면

2. 구례 문화관광명소 답사 지도

3. 대한민국 국립공원 제1호 지리산 관광특구, 구례는 어떤 곳인가?

- 구례의 지리적 위상 : 3도 5개 시군의 접경, 총 면적 443.2km^2
- 구례의 특징 : 세 가지가 크고, 세 가지가 아름다운 국내 최장수 지역
- 구례의 브랜드 슬로건 : ‘국립공원 제1호 지리산 관광특구’와 ‘문화관광 장수구례’
- 지리산과 섬진강 : 어디에 내놓아도 손색없는 최고의 자연관광자원
- 큰 산이 거느리는 대찰 : 화엄사, 천은사, 연곡사, 문수사
- 구례가 배경이 된 전통문화예술 : 동편제 판소리, 구례향제줄풍류, 잔수농악
- 자연과 역사가 공존하는 축제 : 산수유꽃축제, 지리산남악제, 피아골단풍제

- '구례 10경'을 알라, 그 때 보는 구례는 예전과 같지 않으리

4. 구례 지명의 유래와 역사 : '구차례'에서 '구례'까지

- 구례의 유래 : 원수가 만나도 예를 갖춘 '구차례현'
- 최초 지명은 백제시대 '구차례현', 통일신라시대부터는 '구례'로 불려
- 고려시대는 남원부의 속현, 구례 최초 기록 인물은 손순흥
- 조선-고려 모두 전라도에 속하고, 1963년 이후 1읍 7면 체제 유지해
- 구례에 관한 구비전승 이야기와 이색적인 향토사
- 시조시인 노산 이은상의 구례 예찬 노래

5. 지속가능한 관광 흐름에 맞춘 구례 관광의 변화

- 왜 관광특구인가 : 관광객 1천만 명 시대에 부응한 인프라 구비
- 구례 관광의 큰 장점 : 편리한 교통 접근성과 충분한 숙박 시설

6. 답사 길라잡이 : 구례군의 엠블럼과 각종 지표

7. 취재 & 인터뷰

- 리병휘가 작시作詩한 「구례 애향가」
  (교육계 퇴직 · 광의면 출생, 광주시 북구 우산동 거주)
- 김형직 씨의 구례 사투리 살려낸 「사라져 가는 옛말」
  (교육계 퇴직 · 용방면 중방리 송정마을)

제2장 : 대한민국 국립공원 제1호 지리산

1. 지리산 국립공원 답사 코스

- 지리산 서부 지역 방면 : 전남 구례, 전북 남원 기점
- 지리산 동부 지역 방면 : 경남 진주, 하동, 함양 기점
- 지리산 일주도로 방면
- 지리산 베스트 드라이브 코스 방면

　　• 지리산 둘레길 구간 방면

2. 지리산 국립공원 답사 지도

　　(지리산 등반지도 위에 구례 출발점, 종착점 코스별로 오방색 노선으로 표시)

3. 지리산의 명칭과 유래

　　• 대한민국 산악 중 지리산의 위상 : 상징성, 역사성 갖는 한민족 최대의 영산

　　• 명칭의 의미 : '지혜로운 이인이 많이 나는' 지리

　　• 지리산의 원형 텍스트 : '지리산가' 부른 애틋한 '지리산녀 설화' 전해

　　• 지리산은 신화와 전설의 보고 : 종녀촌, 호야와 연진 설화

　　• 지리산 남악제 : 신신령 선도성모에게 제사 지내는 구례사람들의 정신적 의례

4. 지리산의 자연과 생태환경

　　• 지리산에서 자라는 식물 : 137과, 536속, 1천5백여 종에 달하는 식생

　　• 지리산에 사는 동물 : 포유류, 조류, 파충류, 곤충류, 어류, 양서류 등 약 3천여 종

　　• 천연기념물 328호 지리산 반달가슴곰 이야기 : 현재 17마리 야생 활동

　　• 봉우리와 계곡 : 1천m를 넘는 수려한 30여 고봉과 20여 개의 옥류 계곡

　　• 만복대, 성삼재, 차일봉, 노고단, 왕시루봉, 임걸령, 반야봉, 삼도봉, 토끼봉, 연하천, 형제봉, 벽소령, 촛대봉, 제석봉, 천왕봉, 화엄사 계곡, 피아골 계곡, 세석평전, 장터목, 천은사 계곡, 심원 계곡과 용소, 선비샘, 음양수

　　• 지리산 10경 : 하늘이 내린 영산과 대자연이 연출하는 황홀경

• 지리산 산행 관련 주요 정보 : 대피소, 부대시설, 산행 유의사항

5. 지리산의 역사와 문학

• 지리산 문화권의 형성과 역사 : 잦은 외침 막는 전략적 요충지
• 서쪽은 섬진강 · 구례－남원문화권, 동쪽은 남강 · 진주문화권
• 한국전쟁기 2만 명의 고귀한 목숨 앗아간 근대사의 비극 현장
• 지리산 국립공원화 소사 : 구례 군민의 헌신적인 노력과 열정의 결과
• 지리산과 문학 : 고대부터 근 · 현대에 이르는 숱한 시인묵객의 문학 터전

6. 지리산 인근 연계 관광지

• 남원 뱀사골과 달궁 마을
• 하동 청학동과 삼성궁

7. 답사 길라잡이

• 한국의 국립공원 : 산악형, 해상형, 반도형, 문화재형으로 총 20곳
• 세계의 최초의 국립공원 : 미국 옐로스톤 국립공원(Yellow-stone national park)

8. 취재 & 인터뷰

• 지리산 국립공원화 일등공신 전 지리산산악회장 우종수 씨 (1921년생, 구례읍 봉남리)

제3장 : 영호남 가르는 물길 5백리, 섬진강

1. 섬진강 답사 코스

• 섬진강 답사 코스
• 섬진강 드라이브 코스

- 섬진강 래프팅 코스

2. 섬진강 답사 지도

(섬진강 곡성 압록부터—하동포구까지 오방색 노선으로 표시, 곡성기차마을—압록—구례유곡다무락마을—잔수—문척—간전—문수사—연곡사—화개입구—남도대교—광양다압마을—하동평사리—하동읍)

3. 섬진강의 지리적 개관과 유래

- 지리적 개관 : 3도, 3시, 12군, 9읍, 80면 거치는 남한에서 4번째 강
- 전북 진안에서 데미샘 발원하여 남원—순창—구례—하동—광양 이르는 물길 5백 리
- 새벽안개 흐르는 구례—하동 30㎞ 섬진강변은 드라이브 최적 코스
- 섬진강에 관련된 설화 : 진시황 불로초와 '서시천', 원효대사와 '잔수'

4. 섬진강의 자연과 생태환경

- 가장 맑은 수계인 중하류는 회귀성 어류, 담수어류, 수달의 서식처
- 수달탐방안내소 : 토지면 금내리 봉소마을 섬진강변에 위치
- 섬진강어류생태관 : 섬진강 서식 어류 관찰할 수 있는 생태학습장

5. 섬진강 주변의 문화와 예술

- 내로라하는 시인묵객 배출한 서정적 시혼의 강
- 김용택의 '섬진강' : '전라도 실핏줄 같은 개울물들이 끊이지 않고 모여 흐르는 강'
- 섬진강—지리산—백운산 모양 빗대 영호남 화합 상징하는 남도대교

6. 섬진강 인근 연계 관광지

- 곡성 기차마을과 보성강
- 광양군 다압면 매화마을
- 하동군 화개면 화개장터와 악양면 평사리 최참판댁

7. 답사 길라잡이 : 섬진강을 대표하는 은어와 수달

8. 취재 & 인터뷰

- 구례 거주 최장수 어르신

    101세의 이재룡 씨(광의면 대산리 대촌마을), 김판순 씨 (구례읍 신
    월리 신촌마을)

- 섬진강어류생태관장 황통성 씨

제4장 : 세월의 더께 묻어나는 고색창연한 명산대찰

1. 구례의 사찰 답사 코스 * 템플 스테이 포함

    - 화엄사 답사 코스   - 천은사 답사 코스
    - 연곡사 답사 코스   - 문수사 답사 코스
    - 오산과 사성암 코스

2. 구례의 사찰 답사 지도(위에 열거한 구례의 사찰 지도를 안내 일러
스트로 제시)

3. 선교양종대가람 화엄사

    - 화엄사의 가람 배치 : 진입로 위치와 지리산 지맥을 반영해 서쪽이
      들어간 절집
    - 화엄사의 창건과 전설 : 8세기 중엽 신라 진흥왕 때 연기조사
    - 화엄사의 역사적 위상 : 선교양종대가람
    - 화엄사의 건축 미학 : 보제루는 각황전과 대웅전, 조화 꾀하는 절
      묘한 배치
    - 화엄사의 세부 구조 : 각황전, 각황전 앞 석등, 대웅전, 4사자3층
      석탑(사리탑), 효대 공양탑, 영산회상괘불탱화, 동5층석탑, 서5층
      석탑, 원통전 앞 사자탑, 화엄석경, 화엄사 장죽전 차 시배지, 화
      엄제, 화엄사 구층암

4. 남방제일선원 천은사

- 천은사의 창건과 역사 : 신라 중기 덕운과 스루 스님이 세운 감로사가 전신
- 천은사의 명칭과 현액 : 이광사가 물 흐르는 서체로 현판 건 이후 화재 끊겨
- 천은사의 세부 구조 : 극락보전, 아미타후불탱화, 나옹화상금동불감 등

5. 부도로 명성 드높은 연곡사

- 연곡사의 역사와 개황 : 부도가 유명한 절
- 연곡사의 대표 문화재 : 동부도, 동부도비, 서부도(소요대사탑비), 북부도, 현각사탑비, 연곡사삼층석탑

6. 기타 사찰과 암자

- 문수계곡과 문수사 – 원효대사, 의상법사의 용맹정진 수행처
- 오산과 사성암 – 구례 전역이 한 눈에 내려다보이는 자라 모양의 산세
- 연기암 – 국내 최대 높이의 문수보살 모신 기도 도량

7. 구례 인근 연계 사찰

- 곡성 태안사 • 순천에는 송광사와 선암사가 있다. • 남원 실상사
- 하동에는 쌍계사와 칠불사가 있다.   • 산청 대원사

8. 답사 길라잡이

- 불교와 사찰에 관한 기초상식 : 사찰 명칭, 불교교단 구성, 사찰 법구, 불교 경전

1. 문화관광자원 답사 코스

- 향토문화사적 답사 코스
- 전통문화예술 답사코스

2. 문화관광자원 답사 지도

3. 문림의향으로서의 향토문화사적

- 구례의 문화재 현황 : 국가 지정 32점, 도 지정 22점 등 총 83점
- 구례향교 : 전형적인 전학후묘 형태
- 용호정, 운흥정, 방호정 : 시가 읊조렸던 누정
- 운조루와 금환낙지 : 하늘이 내린 땅에 지은 조선시대 양반가옥
- 매천 황 현과 매천사우 : 한일 강제합병 비관해 '절명시' 남긴 한 말 선비
- 석주성과 석주관칠의사묘 : 정유재란때 의병과 승병이 항쟁한 전적지
- 구례의 천연기념물 – 화엄사 올벚나무, 화엄사 들매화
- 일반 천연기념물 : 사향노루, 하늘다람쥐, 반달가슴곰, 수달

4. 혼과 풍류가 깃든 전통문화예술

- 구례 동편제 판소리와 계보 : 전라도 동부 지역 중심의 웅장한 시김새
- 구례 동편제 판소리 소리꾼 : 송흥록, 송우룡, 송만갑, 유성준, 박봉래, 박봉술, 마인화
- 구례 동편제 판소리 유적지 : 생가, 거주지, 활동지
- 구례 동편제 판소리 전수관 : 2000년 완공 이후엔 전국대회 개최 장소
- '섬진강 판소리 학교' : 국내 유일의 동편제 판소리 교육기관
- 구례향제줄풍류 : 구례에서만 전승되는 현악 기악곡, 영산회상

• 구례 잔수농악 : 전문적인 연행 아닌 마을공동체 굿놀이

5. 구례의 문학

• 지리산과 고대가요 : '지리산가', '지리산곡', '지리산녀설화'
• '용호정시계'는 구례 한시 발흥 및 항일 의지의 터전
• 구례의 근현대문학 : 시의 정기석, 이시영과 소설의 김성종, 정지아

6. 답사 길라잡이 : 판소리란 무엇인가

• 판소리의 정의
• 판소리의 역사
• 판소리의 유파

7. 취재 & 인터뷰

• 구례 문화전도사인 구례향토문화연구회장 문승이 씨(문척면 월전리)
• 구례가 낳은 시인 이시영 씨(마산면 사도리 출신)

제6장 : 레저 · 축제 · 농촌체험 관광

1. 레저 · 축제 · 농촌 체험관광 답사 코스

• 레저휴양 체험 코스
  지리산 접근 지구, 섬진강 인근 지구, 산동온천 지구, 피아골지구
• 축제이벤트 체험 코스
  지리산 남악제, 산수유꽃 축제, 피아골 단풍제, 구례동편소리축제,
  섬진강변 벚꽃축제
• 농촌마을 체험 코스
  자연학습체험, 다도문화 체험, 농촌마을 방문체험, 지역특산물

2. 레저 · 축제 · 농촌 체험관광 답사 지도

  (상기 체험관련 장소 표시, 지리산권문화연구원…구례특산물판매
장도 표시)

3. 레저휴양 체험관광

- 산동 온천관광단지 : 레저휴양을 대표하는 위락시설 구비
- 구례의 계곡 : 지리산이 품고 있는 피서 명소
- 오산 패러글라이딩장 : 구례 전역 조망 가능한 활공장

4. 축제이벤트 체험관광

- 지리산 남악제 : 지리산신께 제사지내는 천년전통의 축제
- 구례 동편소리 축제 : 국창 송만갑 전국 판소리 · 고수대회도 병행
- 산수유꽃축제 : 이 땅에 꽃신으로 봄소식 알리는 구례 대표 축제
- 피아골단풍축제 : '산도 붉고, 물도 붉고, 사람도 붉어지는 삼홍' 명소
- 섬진강변 벚꽃축제 : '아름다운 길 100선'에 선정된 가로수 길

5. 농촌마을 체험관광

- 하늘아래 첫 동네, 심원마을
- 봄의 산수유 꽃신 전하는 상위마을
- 당몰샘과 쌍산제가 있는 장수촌, 상사마을
- 피아골 단풍의 초입, 직전 · 평도마을
- 고로쇠 채취마을, 문수리
- 전원형 농촌생태체험 즐기는 다무락마을
- 부귀영화가 약속된 땅 오미리

6. 향토 특산품 안내

- 구례 전통5일장과 향토 농특산물 판매점
- 구례군 향토 농특산물 브랜드 '산수려' 10대 특산품
  : 황새와 우렁이쌀, 감, 산수유, 지리산 밤, 명품 구례 오이, 매실, 우리밀, 구례 녹차, 고로쇠약수, 구례 배
- 기타 향토 특산물 : 한봉, 은어, 산채나물, 천연염색(황토염색, 홍화염색)
- 자연생태체험 : 구례 자연생태체험학습장

7. 답사 길라잡이 : 단풍이 드는 세 가지 이유, 단풍시작일

- 단풍이 드는 세 가지 이유

- 우리나라 단풍 시작일

8. **취재 & 인터뷰**

- '야생화 전도사', 구례군 농업기술센터 자원연구개발과장
정연권 씨(광의면 대산리 출신)

- 좌우익 틈바구니에서 꽃잎처럼 스러져간 '산동애가' 주인공, 고
백순례 씨

제7장 : 구례 문화관광 안내센터

1. **구례 관광 주요 코스**

- 화엄사 지구

- 천은사 지구

- 지리산온천 지구

- 토지 · 피아골 지구

- 간전 지구

- 구례읍 · 문척 지구

2. **추천할 만한 구례 관광**

- 테마별 관광 코스

- 일정별 관광 코스

- 드라이브 권장 코스

3. **구례 찾아오시는 길**

- 승용차 편

- 고속버스, 시외버스 편

- 기차 편
- 항공 편

4. 구례 관광 안내 도우미

- 관광 관련 기관
- 주요 관광지
- 교통수단 이용
- 숙박시설과 음식점
- 주요 먹거리

5. 구례 관광안내지도

- 구례 문화관광 연중 캘린더
- 구례 문화관광 안내지도

결곡한 삶과 단아한 시형에 담긴 그리움의 세계

박시교 시집 『독작獨酌』에 관한 분석

결곡한 삶과 단아한 시형에 담긴 그리움의 세계

박시교 시집 『독작獨酌』에 관한 분석

1. 결곡한 삶과 시적 궤적

나무도 아름드리쯤 되면 사람이다
안으로 생각의 결 다진 것도 그렇고
거느린 그늘이며 바람 그 넉넉한 품 또한
격格으로 치자면 소나무가 되어야 한다
곧고 푸르른 혼 천년을 받치고 서 있는
의연한 조선 선비 닮은 저 산비탈 소나무
함부로 뻗지 않는 가지 끝 소슬한 하늘
무슨 말로 그 깊이 다 헤아려 섬길 것인가
나무도 아름드리쯤 되면 고고한 사람이다

— 「나무에 대하여」 전문

박시교 시인은 "사람 사는 마을에 사람보다도 나무가 많아야 한다"는 지론을 소신처럼 갖고 있다. 1970년 『대구매일신문』에 「온돌방」으로 등단한 지 30년을 넘어서면서 가진 소회다. 시인은 나무와 더불어

사는 삶 속에서 '시작詩作과 생활의 미학'을 체득하고 있다. 그 아름다움의 실체는 생의 이면을 되돌아볼 이순耳順의 자재로움에 실린 정관[관조]으로 이해된다. 이는 시적 대상물에 대한 시인 나름의 심리적 거리가 그만큼 확보·확장되었음을 뜻하는 것이기도 하다. 시인이 '나무'를 통해 아름다움을 느끼는 이유는 명료하다. '마음을 기댈 수 있기' 때문이다.[1]

'나무'는 예의 시인 심상의 주된 모티프가 되고 있는 안타까움과 쓸쓸함, 그리움과 슬픔을 무화할 수 있는 최적의 기제로 작용하고 있다. 요컨대 위 시에서 '조선 선비 닮은 아름드리 소나무'는 물리적 연치나 철학적 성장의 나이테에 견줘 시인 심상의 유추와 환치[2]에 다름 아니다. '북한산과 더불어'에서 눈 맞은 북한산이 강골의 지사형으로 수사화하는 것도 이와 궤를 같이한다.

박시교의 시적 도정은 1970년 등단 이후, 1980년 첫 시집 『겨울강』(문예출판사), 1983년 4인 공동시집 『네 사람의 얼굴』, 1997년 『가슴으로 오는 새벽』(책만드는집), 2000년 시선집 『낙화』(태학사)로 이어지는 바, 이번 『나무에 대하여』(도서출판 작가)는 두 번째 시집에 해당한다. 이는 시력에 비해 과작인 셈으로, 후술하겠거니와 시인의 시작에 대한 방법적 추구가 삶에 대한 본연지성本然之性인 결곡함과 기질지성氣質之性[3]이라 명명할 엄결성에 바탕하고 있음을 반증한다. 그는 이러한 시

---

1 박시교, 『독작』, 작가출판사, 2004. 10, 서문 참조.

2 심상의 유추는 비유에서 근거한다. 특히 비유는 두 사물간의 동일성에 의해 성립하는 데 이를 심리학적 용어로 전이라 명명한다. 요컨대 비유는 동일성의 원리에 기초하며 동일성의 서술형태라 할 수 있다. 노트롭 프라이, 임철규 역, 『비평의 해부』, 한길사, 1982, 171쪽 참조.

3 주희는 모든 사람과 사물의 본성은 이理와 기氣의 두 측면에서 영향을 받는 것으

정신을 기조로 하고, 한편으로 '민족장르'에 대한 특유의 애정이 공력으로 작용해 1991년 제1회 오늘의 시조문학상(「겨울 광릉에서」), 1996년 제15회 중앙시조대상(「빈 손을 위하여」), 1997년 제7회 이호우문학상(「가슴으로 오는 새벽」)을 수상하기도 했다.

총 4부에 걸쳐 50개의 작품을 싣고 있는 이번 시집[4]에서는 시적 화자가 세계를 확장해나가는 품세가 삶에 대한 성찰과 관조의 무게에 실려 쉽고 단아한 형식 속에 잘 녹아들어 있다. 특히 많은 시편들이 여전히 비극적 목가의 냄새를 풍기고 있다.

「눈물 또는 웃음」, 「이 세상에 유쾌한 씨는 없다」 등 많은 시편에서 산견되듯 시인에게 세상은 여전히 버겁고 힘겨우며 알 수 없는 안타까운 허상에 가깝다. 기존의 평자들이 바라본 바와 같이 그 허상은 '허무에 가까운 그리움'으로 인지된다. 때로 그 그리움의 성분은 절망과 슬픔, 눈물과 웃음, 이별과 사랑이 교직돼 '지독한 그리움'으로 비화하기도 한다.

이는 "존재의 근원적인 허무에 대한 성찰이면서 삶의 본질에 대한 통찰이 전제돼 있다는 점에서 허무의 적극적 수용 방식으로 단순한 정서의 과잉노출이 아닌 아픔이나 슬픔으로 표상되는" 바, 그 성격은 "현

로 생각했고, 특히 인간의 악한 품성을 이루는 선천적 근원으로 기질지성을 들었다. 사실 본연지성과 기질지성으로 표현되는 두 가지의 성은 분리될 수 없다. 기질과 섞이지 않은 생전의 성이 바로 본연지성이고, 생후의 기질이 작용하여 형성된 성이 바로 기질지성이다. 이는 존재하는 인간은 본래의 성을 잃어버린, 기질에 영향을 받은 기질지성을 갖는다는 의미이다. 본연지성은 만물에게 보편적으로 부여된 공통적인 것이고, 순선純善한 것이다. 이에 반해 기질지성은 사물마다 타고 나는 정도가 다르다. 조동일, 『한국문학사상사 시론』, 지식산업사, 1882, 106~158쪽 참조.

4 박시교, 앞의 책.

실적 인과율에 놓인 일시적이고 가변적인 형태로서가 아니라, 근원적인 양상을 띠고 있는 것"으로 파악된다.[5] 이번 시집에서도 안타까운 그리움의 시선은 외형률이 갖는 규칙적 리듬으로 인해 그 효과를 배가하며 '수용'을 넘어 '초월'의 맥락을 지향하고 있다.

박시교는 우리 시대, 우리 가락을 풍미한 대표적인 시인으로서 형식의 작위성이라는 정형의 틀을 넘어서며 시조 시형의 폭과 깊이를 아우른 시를 추구해온 것으로 정평이 나 있다. 대체로 그의 시는 고달픈 일상과 현실 위에 있는 자아가 자연과 사물로 지칭되는 세계[객체]와의 관계 속에서 존재에 대한 성찰과 반추, 절망과 회한에 관해 기꺼이 순응하는 방식을 취하면서도 한편으로 고매한 초월의지를 보여준다. 이번 시편 역시 민족시가 가진 특장을 살리면서 순화되고 중후한 정형시 특유의 아우라가 연출되고 있다.

2. 쉽고 단아한 조선 시형의 추구

박시교 시조의 미학은 쉽고 단아한 시형에서 찾을 수 있다. 일반적으로 시의 내용이 되는 정서나 사상은 형식과 융합되어 형식화된 정서나 사상이 되어야 바람직한 것으로 알려져 있다. 휠라이트는 이를 시인이 마땅히 취해야 할 상상력의 한 기능으로 간주한다. 여기에 덧붙이자면, 시조가 가진 '양식적 상상력'은 '한 줄 네 마디 형식'이 갖는 시형의 특장을 잘 살려 완결된 서정미학으로 변주해내는 데 있다.[6]

---

5 손진은, 「삶의 근원 동력으로서의 허무」, 『우리 현대시조 100인선—낙화』, 태학사, 2001. 1, 발문 참조.
6 김준오, 『시론』(4판), 삼지원, 2003. 3, 인용.

물론 시상의 전개나 호흡 등 상황에 따라 적절하게 변형과 파격을 시도할 수도 있다. 시인이 종종 시도하는 중장이 길어지는 사설시조, 평시조와 사설시조의 혼용, 평시조 내에서 행 배치의 자유로움을 통한 풀어쓰기 등 새로운 형식실험이 그것이다. 한편으로 시조 시형은 시적 화자인 자아가 외면 세계에 상응하는 거리를 조정하면서 독자에게 '서늘하게' 다가가야 한다. 박시교의 이번 시는 형식적 장치의 변화를 통해 시조 양식이 가진 형식과 내용의 폭을 넓히며 일상적 삶의 내부를 효과적으로 짚어내고 있다.

우리는 박시교의 시에서 시적 대상과 심리적 거리가 잘 조절된, 좀 더 구체적으로 말하자면 내용과 형식이 상호조응하며 시의 지평을 모색하는 한 전형을 발견하게 된다. 조선 선비의 의연하고 결기에 찬 꿋꿋한 개결介潔이 감지된다.[7]

"모든 좋은 시는 강한 감정의 자연적 발생"이라고 워즈워드가 설파했듯이 서정시는 서사장르에 비해 주관성이 강한 문학양식임을 상기할 때, 박시교의 일련의 시편들은 이러한 역할을 성공적으로 떠받쳐주고 있다. 그는 자유시의 영역에서 감당할 수 없는 민족 서정시의 정통성을 단아한 시형 속에 묵묵히 보수保守해오고 있다. 그 방법적 추구는 기본적으로 평이와 절제라는 틀거리에 얹혀지며 형상화한다.[8]

> 마음 빈/ 자리 있어도/ 그 누구도/ 들이지 않고// 공복에 쐬주를 들이 붓는/ 아, 짜릿한/ 적수공권
>
> ─「춘궁」 부분

---

[7] 이 시집에 실린 40여 편의 작품이 갖는 정서적 측면, 이를테면 심상 이미지가 이전의 여느 시편에 찾아볼 수 없을 정도로 고른 기조를 유지하고 있다.
[8] 박시교, 앞의 책(이후도 같은 시집에 소재한 시의 인용임).

길이/ 끝나는 지점/ 아득한/ 벼랑 끼고// 퇴락한/ 절집 하나/ 가랑잎처럼/
앉았던 곳// 오래 전/ 하산한 메아리/ 종 무소식인 채/ 고요하다

—「청량산」부분

이제 막 북한산에 당도한 봄의 전령이// 산벚꽃 무더기로 피워놓고 바삐
떠났다// 일획의 바람 스치자 무너지는 저 꽃비

—「낙화 2」부분

꽃 진다/ 오월 하늘/ 부신 저 햇살 진다// 목마른/ 그리움도/ 애절한/ 마음
도 진다// 세월의 저편 언덕으로/ 홀로 지는 꽃잎이여

—「낙화 3」부분

사는 일이/ 산—길/ 산—길/ 구구절절 돌아가듯// 그렇게 살아지는 거냐
고,/ 그냥 그 뿐이냐고

—「구절리 가는 길에」부분

　대표적으로 열거된 위 시편에서 볼 수 있듯이 시인은 평이한 시어와
이를 통어하는 어법, 절제된 시형을 시작의 근간 원리로 설정한다. 그
의 정형시가 갖는 응축된 시어는 음보, 행, 연으로 이어지며 균제된 리
듬을 만들어낸다. 율격적인 측면에서 기본적으로 2음보, 4음보를 취택
하며 시조 시형 특유의 규칙적 리듬을 통해 음악성을 상기시켜 준다.
많은 시편들이 이러한 기조를 유지하고 있다.[9]
　특히 「낙화」 연작은 절제미학을 여실히 보여주는 좋은 사례다. 단형
의 깊이와 아름다움을 느낄 수 있다. 「낙화 2」의 경우처럼 3음보를 통

---

9 김대행(『시와 문학의 탐구』, 역락, 1999. 12.)의 시의 리듬에 관한 진술은 경청할
　만하다.

해서도 통어의 기능이 원활히 발휘될 수 있음을 보여준다. 다소 행이 길어지더라도 긴장이 늦춰지지 않고 시상의 이미지가 보다 명징하게 드러나는 이유는 행의 길이보다 호흡이 중시된 까닭이다. 「구절리 가는 길에」는 "산-길"에 말늘임표를 도입함으로써 시어의 음상대비를 통해 시의 뉘앙스를 재미나게 표현하고 있다. 좀 더 긴 시행의 경우도 비슷한 분위기를 자아낸다.

> 시월이여, 여윈 네 모습 부셔라, 마냥 눈부셔// 그 무슨 병처럼 가슴에 타오르는 불// 내 안다, 안으로 울음 삼키는 저 산 속앓이// 먼 사람아, 가을산 같은 그리운 사람아// 사랑도 열매처럼 달게 익을 수 없는가// 시간은 머물지 않고 흘러만 가는데// 눈물처럼 번져오는 그리움의 메아리// 그 아득한 구비 돌아 또 한 세월 저문다// 그림자 길게 드리운 한 사내의 가을 저문다
>
> —「가을산을 보며」 전문

다소 긴 행으로 이뤄진 위 시 역시 평이한 시어를 통해 시상을 전개하다 보니 '시월의 가을산 속에 묻어 있는 진한 그리움'에 편안하게 도달할 수 있다. 시인은 난해한 시어를 차용하지 않는다. 시상을 무리하게 전개하지도 않는다. 그럼에도 한 편의 조합을 유연하게 이뤄내는 것이다. 어느 한 행을 비우고 음송할 경우, 여타의 행이 착종을 일으킨다는 사실을 금세 알 수 있다. 우리는 많은 시조에서 난해한 시어, 시적 소재와 대상, 진술 방식에 파격과 변형을 초래해 시적 긴장과 재미가 반감되는 경우를 보고 있지 않은가.[10]

시인은 시조 시작에서 작위성을 걷어내는 최상의 방법은 시작에 동원되는 모든 기제를 순리적으로 운용, 작동, 통어하는 데 있음을 여실

---

10 오세영 외, 『시 창작의 이론과 실제』, 시와시학사, 1998. 8, 참조.

히 보여주고 있다. 그는 일찍이 이러한 시작 원리와 방법을 하나의 원칙으로 삼고 있다. 시형이 늘어지는 연시조의 경우도 마찬가지다.

일반적으로 연시조는 둘째, 셋째수로 마무리하는 게 관례로 돼 있는데 이미 첫 시집에 실린 「겨울강」의 경우는 이를 상회하는 여섯 수가 한편으로 돼 있다. 관례 이상으로 수를 늘리는 것은 시상을 무리 없이 호흡하기에 버겁고 구도를 펼치기에 지루한 감이 있어 모험적인 시도다. 시조 시인으로서의 기량이 풍부하지 못하다면 이 묵상의 시편인 「겨울강」은 불가능한 것이다.

박시교가 추구하는 '단아한 형식'인 시조 시형은 시적 자아의 내면을 부단히 성찰·응시하며 세상에 대한 '인식의 키'를 키우는 데 그 역할을 충실히 수행하고 있다. 그에게 있어 시적 도정은 인격수행의 도정에 해당하거니와 이는 시조라는 형식적 장치에서 기인하는 바가 크다.

3. 아릿한 그리움을 향한 희원

박시교 시의 전반을 지배하고 있는 '그리움'의 포즈는 시적 상관물과 감성의 형용形容에 따라 다채로운 스펙트럼으로 변주된다. 가족과 친구, 문우 등을 통해 애틋한 그리움이 노정되고 계절의 변화에 대응하는 자연물에 가탁해서 생의 진한 페이소스가 발현되기도 한다.

일상적 소재인 산행과 여정도 그리움이 토로되는 시적 질료로 원활하게 기능한다. 이 알 수 없는 그리움의 밀도는 근원적인 아픔이 잠재된, 인간 존재라면 누구나 가진 희로애락이 감수성의 파장에 따라 다채로운 무늬를 내두른다. 이렇듯 시적 화자가 구경究竟적으로 추구해 마지않는 그리움의 실체는 과연 무엇이며, 어디에서 연원하는 것일까.

시인이 가장 먼저 불러보는 대상은 어머니이다.[11] 나이 아흔에 여읜 어머니를 아릿한 그리움으로 추억하며 "무엇이 그리움이고 무엇이 안타까움이던가. 그 경계 안팎으로 드센 눈발이 치는 듯한 아픔을 뒤늦게야 문득문득 느낀다"고 고백한다. 그는 끝내 놓아버릴 수 없는 어머니를 향한 끈을 "감히 사랑이라고 적을 수 없"고 다만 "당신을 떠나보낸 뒤의 삶이 꽃이기를, 활짝 핀 감탄사이기를, 가슴을 때리는 순간의 절벽이기를" 안타까운 시선으로 바랄 뿐이다.

> 그리운 이름 하나/ 가슴에 묻고 산다// 지워도 돋는 풀꽃/ 아련한 향기 같은// 그 이름/ 눈물을 훔치면서/ 뇌어 본다/ 어-머-니
>
> ―「지상에서 가장 아름다운 이름」 부분

> 비오는 날 차를 몰며 아내가 틀어 주는// 한영애의 '목포의 눈물'은 너무 애절하다// 가슴을 쓸어내리는 먼 파도같은 그리움
>
> ―「아내의 십팔번」 부분

> 수유리에 늦은 가을비 추적추적 내린 뒤, 나뭇잎 다 떨어지고 섹스폰 소리 같은 애잔한 바람이 그 나뭇가지 끝으로 싸아하니 불고 간 뒤, 누굴까 술집에 혼자 앉아 술잔 비우며 우는 사내는
>
> ―「수유리는 오늘도 안녕하다」 부분

그리움의 첫 번째 대상은 가장 지근거리에 있는 가족이다. 이제는 면전에서 볼 수 없는 '지워도 돋아나는 아련한 향기'인 어머니의 초상은 태생의 시원인 모성회귀에의 욕망을 유추케 하는 대목이다. 그리움

---

11 실제로 시인이 첫 시집에서부터 이번 시집에 이르는 시적 여정의 한 방향이 '어머니' 혹은 '모성성'의 천착과 추구에 기초하고 있다.

은 아내와의 오랜만의 여정을 통해 부딪는 빗소리와 섞여 흐느끼는 듯한 비가悲歌에서, 막내아들이 복무하는 강원도의 바닷가 초소에서 "가슴을 울컥 치받는 이 뜨거움은 무엇이죠?"에서도 확인할 수 있다. 그리고 김소월, 전봉건, 주재환, 이문열 등 좋아하는 문인들의 삶과 작품 감상을 통해서도 삼투된다.

시적 화자가 방법적으로 접근, 추구하는 기의이자, 기표인 '그리움'은 '자기 동일성'의 은유나 환유로 읽힌다.[12] 주지하다시피 은유가 한 사물을 다른 사물의 관점에서 말하는 방법이라면, 환유는 한 개체를 그 개체와 관련 있는 다른 개체로서 말하는 방법이다. 양자는 모두 인간 경험에 굳건하게 뿌리하고 있지만 환유에서는 은유와 비교하여 경험적 토대가 훨씬 강하다.

우리가 은유를 추상적으로 느끼는 데 비하여 환유를 구체적이고 감각적으로 느끼는 이유다. 박시교의 시가 후자에 경사돼 있다는 점은 시적 형상화의 구체성을 획득하는 데 설득력을 높이고 있다는 진단과 맞물려 있다.

이미 언급한 바와 같이 '자기 동일성'의 근원은 허무에 근원하고 있다. 그런데 그 극복의 방법은 '이웃과 사람 냄새 풍기며 사는 작은 마을 있다', '마침내 가벼워진 자유가 더 소중하다는 사실도'에서처럼 '더불어 살기', '비우고 가볍게 살기'에서 찾아진다.

이 그리움은 동일성에 대한 모색과 회복을 겨냥하며 파장을 형성하고 있기 때문에 '슬프고 애틋하긴 하지만 마음을 다치게는 하지 않는' 애이불상哀而不傷의 범주 내에 자리한다.

---

12 김욱동, 「은유와 환유의 언어학적 기초」, 『은유와 환유』, 문학과지성사, 1999, 108~115쪽.

계절의 운행에 의해 연출되는 자연물의 변화를 통해서도 그리움에 대한 희원은 이어진다.

생각은 서둘러서 초록 잎새 틔우지만// 마음에 일렁이는 그리움은 어쩔 수가 없구나

—「봄에게」 부분

내가 봄산에 가서 꽃이 되고 숲 되자는 것은// 수없이 무너졌던 너에 대한 그리움이// 아직도 마음의 나무처럼 자라고 있기 때문

—「봄산에 가서」 부분

가슴이 뻥 뚫린 듯한 아, 허전한 사랑

—「가을 엽서」 부분

시인에게 봄은 그리움이 배태되는 시점이다. 봄이 마음을 일렁이게 할 때 그 마음의 형상은 그리움으로 요약된다. 봄은 수없이 무너져 내렸던 그리움을 나무처럼 생동하게 한다. 하지만 간혹 '부치지 못한 편지 묵혀도 좋을' 여유로운 계절이 되기도 하다. 이에 비해 가을을 노래한 그리움은 안타깝고 쓸쓸하게 비쳐진다. 「가을산을 보며」에서 여윈 모습으로 등장한 시월엔 '그 무슨 병처럼 가슴이 타'고 산이 '속앓이'를 한다.

그리하여 먼 데 있는 그리운 사람은 가을산에 비견된다. 프라이(N. Frye)가 지적한 계절 순환의 원리[13]에서 설파한 바와 같이 봄이 생생력이 약동하는 계절이라면 가을은 비극성이 짙은 조락의 계절임이 분명

---

13 노트롭 프라이, 앞의 책, 참조.

하다. 시인에게 가을은 '가슴이 뻥 뚫린 듯', '허전한 사랑'이 알 수 없는 그리움으로 전화되는 고적孤寂한 시간인 것이다.

시적 화자는 국토 순례를 통해서도 내면적 거리를 조정하며 그리움의 폭과 깊이를 확장한다. "그리움도 키가 크는"(「겨울 철원에서」)가 보다. 그 영역은 가깝게는 터잡아 사는 수유리와 인근 북한산에서부터 구절리, 양평, 진부령너머, 휴전선 근방, 겨울 철원평야, 땅끝마을에 이른다.[14]

> 세상일 가만히 들여다 볼라치면
> 어디 눈물 아닌 것 하나 있을까만
> 어쩌다 목련꽃 벙그는 화사함도 보게 마련.
> 울멍울멍 솟구치던 가슴 속 그리움도
> 목울대 꺼이꺼이 복받치던 울음까지
> 이제는 하나로 잦아들어 노래가 되던 것을.
> 그 노래에 애증 얹어 강물처럼 흐르던 것을
> 구비마다 숨죽이던 아픔은 들풀로 돋고
> 이윽고 그 잎에 맺힌 사랑도 보게 되리.
>
> —「사랑을 위하여」 전문

시적 화자가 추구하는 그리움은 원천적으로 안고 있는 인간 삶의 아픔이자 슬픔이다. 여기서 시적 화자는 개인적 삶의 경험구조를 '목련꽃', '강물' 등 자연이라는 대상에 감정이입함으로써 보편화한 객관적 경험구조로 변환한다. 그런데 아픔과 슬픔의 환유인 그리움은 유한한 삶 일반이 가지는 표지로 간주된다.

---

14 이 시집에서 보여주는 시의 진폭은 단일한 심리적 구도와는 달리 소재적, 제재적 차원에서는 비교적 광범위하게 걸쳐 있다.

시적 자아가 표상하는 "가슴에 피어나는 그리움의 아지랑이"는 "또 얼마의 세월 흘러"도 "까마득 지워질"(「이별노래」) 대상이 아니다. 즉 '절절한 그리움'은 '아직도 지상에 말 못할 아픔'으로 남아 있으며 '가슴 속 강이 되'어 '덧없이 흐르는 시간' 속에서 '푸른 물빛'으로 일렁일 뿐이다.

굳이 그리움을 극복해야 할 대상으로 파악한다면 이에 대한 논리도 상정할 수 있다. 눈물과 그리움은 인간 존재라면 누구나 탈각해야 할 인자로서 무화해야 할 현실태이다. 이때 무화의 매개항은 '사랑'이라는 항보편의 정서로 환기된다. 즉 화자가 염원하는 '지독한 그리움'은 '지독한 사랑'의 동류항일 개연성이 크다. '사랑'의 힘으로 무화하고 극복되는 것이다.

나아가 시인에게 그리움의 실체는 '생의 희열까지 작파'한 힘든 체험을 기저로 한 원형 심상을 배면으로 하고 있어 자연 친연성에의 회귀의지로 파악할 수 있다. 좀 더 적극적으로 해석하면 이는 건강한 모성을 향한 본원적·시원적 그리움에 해당한다.

그런 의미에서 시적 모티브이자, 시상의 주 활력소가 되고 있는 '그리움'이 부정적으로 묘파된, 이를테면 "사랑도 짐이 된다면 그마저도 버리고 싶다"(「봄날은 간다」)거나 "가끔은 모든 것을 사랑도, 그리움도, 더불어 사는 삶도 떨쳐버리고 싶을 때가 있다"는 진술은 초월과 극복의 도정이라기보다는 고단하고 섬약한 의지로 보여 시적 행방에 자칫 부정적 요소로 작용할 수 있다.

또한 "한 줄로도/ 내 약력은/ 너무 길고 사치스럽다// 사십여 년/ 용쓰며 쓴/ 내 시도 마찬가지// 지나온/ 발자취를 지우듯/ 오늘 함박눈/ 내린다."(「눈 내리는 날」)는 자전적 회한도 같은 맥락으로 이해할 수 있다. 이러한 회오는 염결성에 기초한 자기검열적 성찰로 이해되지만 그가 언젠가 밝힌 시조라는 장르의 선택에 관한 운위보다는 '시힘'이 중요하다는 지론과 배치되는 항목이다. 지나친 주문일지 모르나 시인에게 시작詩作이 허여許與되는 시간만큼은 '왜 시조라는 장르를 택했느냐', '왜 시조를 쓰느냐'에 아랑곳하지 않고 '무엇을 힘주어 쓸 것인가'의 항상심이 요구된다 하겠다.[15]

요컨대 시조라는 민족 장르를 통해 조선의 숨결을 질박한 멋과 맛으로 표현하며 우리 시대 대표 시인의 풍모를 보여온 시인이 밟아 나갈 시적 행정行程은 신산한 육신을 버텨내고 '강호가도'로 풍미되는 자연친연성[16]에 단속적으로 접근하면서, 예의 '그리움'의 원천源泉인 생명성의 모색[모성회귀]에 주목하는 것이리라.

일각에서 고향 찾기와 시원에 대한 그리움을 '퇴행적 상상력'이라 부정적으로 명명하는 경우가 있으나, 이는 우리의 태생지인 모성에 대해 지나친 문명주의적 시각으로 바라본 기우에 지나지 않는다. 이는 당연히 '자연친화적 상상력', '신화원형적 상상력'이라 호명해야 마땅할 것이다.

최근 들어 모든 사회문화적 코드가 자본과 생산력에 맞춰지다 보니 학제적 성격을 가리지 않고 '성장엔진'이니 '로드맵'이니 하는 불순한 용어들이 난무하고 있다. 모든 문화 단위가 문명 위주의 서구 양식에 매몰돼 이성과 정신이 혼란을 겪고 있다. 모성을 퇴행에 결부하자고 하는 불순한 행각은 인간 존재의 본연지성과 기질지성을 외면·망각

---

15 박시교, 『독작』, 작가출판사, 2004. 10 ; 『우리 현대시조 100인선―낙화』, 태학사, 2001, 참조.

16 박시교가 내보인 자연친화의 서정성은 조선시대부터 면면히 보인 사대부들의 '강호가도'를 연상케 한다. 이는 호방불기하면서도 은거자락하는 양면성을 가진 조선정조라 규정할 수 있다.

하는 것과 직결된다.[17]

　언필칭 우리 전통 시형인 시조가 변해야 한다고 목소리를 높인다. '중심'이 실종돼 가는 저간의 세태에 비춰 시조는 형식적 변신에 더해 보다 주체적인 자세와 열린 사고가 요구된다. 보편적인 주제를 다루면서도 관습의 틀에 묶이지 않고 새로운 감각으로 기존의 정서를 확장시켜 나가는 경신적 노력이 필요하다.

　박시교가 일관되게 보여준 '보편적 정서의 개인적 굴절 과정 혹은 개인적 체험의 보편화 과정은 소재적 차원의 전통계승이라기보다 역사와 동시대를 아우르는 전통의 창조적 계승'이라는 점에서 값진 결실로 평가받고 있다.

---

17 한강희, 「최근 우리 비평 및 쟁점을 둘러싼 아홉 가지 발화」, 『소통과 성찰의 상상력』, 시와사람사, 2003. 3, 15~76쪽 참조.

‘분열과 부정’에서 ‘통일 염원’에 이르는 도정

김규동론

'분열과 부정'에서 '통일 염원'에 이르는 도정

김규동론

1. 머리말

김규동(1925~)은 1950년대 전후戰後 모더니즘의 근간인 인간 실존 [자아분열과 현실부정]에서 출발하여 역사적 현실, 민족공동의 염원을 기저로 시적 모색과 지향을 일관되게 추구한 시인이다. 1948년 문단 데뷔 후, 특히 1951년부터 1953년까지는 '후반기' 동인으로 활동하며 그는 불안과 죽음, 허무와 실존의 냄새가 짙은 모더니즘 경향의 『나비와 광장』, 『현대의 신화』 등 내적 체험을 쏟아낸다.[1]

---

1 윤여탁, 「1950년대 한국 시단의 형성과 참여시의 전개」, 『한국 전후문학의 형성과 전개』, 태학사, 1993, 참조.
조달곤, 「새롭다는 것의 의미―김규동의 『새로운 시론』 비판」, 『동악어문논집』 제9집, 1999. 12, 145쪽 인용.
'후반기'란 이 시기 피난지 부산에서 모더니즘을 표방하면서 문학 활동을 전개한

김규동 시의 기반이 된 50년대 '모더니티'는 이 땅에 모더니즘을 수
입하기 시작한 30년대의 그것과 일정한 차별성을 갖는 것으로 인식되
고 있다. 전후 주지주의 시론은 감정보다 지성, 특히 이미지의 조형성
에 중점을 두고 언어의 기술적 측면을 탐구하며 시각적 영상뿐만 아니
라 주관적 심리 흐름과 환상적 요소를 가미한 초현실주의적 영역에 걸
쳐 있는 등 독특한 양상을 보인다. 문학의 정치적 개입을 비판하는 측
면과 문학의 연결고리로서 전통을 중요시한 점도 주목된다. 이들은 대
체로 '사회적 모더니티'에 대해 '미적 모더니티'를 추구하고 있다. 칼
리네스쿠(M. Calinescu)에 의하면 '미적 모더니티'는 전통, '사회적 모
더니티', 내면 주체의 변증법적 대립 속에 내포된 '위기'의 한 형식으
로 읽히는 바, '사회적 모더니티'가 내장한 과학과 문명, 속도와 시간
등에 대해 안티테제로서 '미적 모더니티'의 경향을 드러낸다.[2]

우리 현대시사에서 50년대 모더니즘 시의 기획이 30년대 모더니즘
의 단순한 모방이나 아류에 그치지 않고 나름의 가치를 인정받을 수

김규동, 박인환, 김경린, 이봉래, 조향, 김수영 등 일군의 시인을 가리킨다. 이 동
인은 비록 동인지를 내지는 못했지만, 전쟁 후 불안에 싸인 현대인의 정신과 내면
의식을 직접적으로 드러내지 않고 시적 오브제인 객관적 상관물로서 드러내거나
인간과 거리가 먼 대상을 모더니티의 의장을 입혀 입체적인 이미지로 시화한다.
그들은 목전에 놓인 문명과 현실의 위기에서 전통적인 음풍농월 류의 서정주의적
시 풍토로부터 탈각하여 현대인의 위기의식과 도시문명을 노래하는데 주목하였
지만 무분별한 서구 사조 지향과 육화되지 않은 생경한 시어, 유행에 편승한 시적
포즈로 인해 견고한 터전을 마련하지는 못한 것으로 평가되고 있다. 잘 알려진 바
와 같이 김규동이 '모더니티'를 시적 기반으로 포섭한 것은 스승인 김기림에 사사
한 바 크다.

2 Calinescu, M., 이영욱 외 역, 『모더니티의 다섯 얼굴』, 시각과언어, 1993 ; 류순태,
「전후 현실과 1950년대 모더니즘시의 표상」, 『한국 전후시의 미적 모더니티 연
구』, 도서출판 월인, 2002. 2, 10~12쪽 재인용.

있는 근거는 모더니티의 위기를 추상적인 '문명의 위기'가 아니라 구체적인 '삶과 생활의 위기'로 인식한 데서 찾아진다.[3] 그들은 인간 실존의 위기를 모더니티가 초래한 위기로 파악하고, 이를 극복하는 데 주력한다. 그 방법으로 모더니티가 부여한 주체와 현실에 대한 억압에 대해 주체와 의식의 부정·분열·해체, 생활의 발견과 공동체적 운명 모색, 지성과 사유를 바탕으로 한 이미지즘 추구를 통해 배제보다는 '수용'의 자세를 취한다. 이러한 '모더니티'와 실존에 대한 '수용'의 태도는 몇몇 시인의 경우 타자와의 부단한 교섭을 통해 시의 전략적 기획과 재구성을 기약하는 발판으로 작용한다.[4]

김규동의 모더니즘 역시 시적 입지와 출구는 이전과는 다른 '새로움'을 추구하는 데서 찾을 수 있다. 첫 시집 서문에서 밝혔듯이 그는 '우리 시단의 분류奔流와 상징주의의 완고한 잠재적 요소'에 대해 저항하기 위해 모더니즘이라는 방법을 차용한다. 그는 30년대 모더니즘을 창조적, 비판적으로 계승하는 한편 '청록파'를 극복하는 입장에서 당대 흐름에 부합한 '새로운 모더니즘'을 모색한다. 그 골자는 '19세기적인 것에 대해 20세기적인 것', '동양적인 것에 대한 서양적인 것',

---

3 류순태, 위의 글, 10~12쪽 참조.
　모더니즘의 기반이 30년대부터 조성되면서 질적, 양적으로 성숙했다는 것은 이론의 여지가 없는 부분이다. 일부 논자(김춘수, 김흥규)는 50년대 모더니즘이 30년대보다 결코 나아지지 않았다고 평가하기도 한다. 이러한 배경에서 최근 연구의 한 경향은 모더니즘시의 50년대적 독자성, 차별성에 대해서 주목하는 방향으로 나아가고 있다.

4 이러한 인식은 90년대 중반 이후 발표된 남기혁, 박윤우, 금동철, 진순애, 남진우, 류순태, 이소영, 고봉준(이상 미주 참고문헌 참조) 등 논고에서 방법론적 전제로 원용되고 있다. 이들이 주로 다루고 있는 대상 시인들은 50년대 이전인 이상부터 당대의 김수영, 전봉건, 문덕수, 박인환, 송욱 등 비교적 광범위하게 걸쳐 있다.

'무방법론적인 것에 대한 방법론적인 것', '주정에 대한 주지', '전통적 서정시에 대해 모더니즘시를 지향'하며, 감정 편향이나 주관적 작시 태도에 대해 반대하는 입장을 취한다.[5]

여타 전후파 시인에 비해 초기 김규동의 시와 시론은 '에피고넨'이라 할 만큼 '김기림적 특성'이 강하게 드러나지만,[6] 그가 일관되게 견지한 시적 자아는 구체적 현실로부터 분리된 추상적인 주체가 아니라 구체적인 현실과 지속적으로 관계 맺는 '주체 생성'이라 호명할 만하다. 그가 표방한 절대적 주체로부터 과정 중에 있는 '운동'하는 주체로의 이행은 타자로 대표되는 외부적 조건이 주체 형성에 긴밀하게 관여하고 있음을 의미한다.

김규동 시의 초점은 '광장'의 한 구석에서 '모던'하지만 나약한 '흰 나비'의 몸짓에서 출발해 시적 기획과 연장, 이동과 고양에서 시적 자아 찾기, 전쟁과 분단, 어머니와 고향, 그리고 통일에의 희원으로 겹쳐서 전경화한다. 요컨대 김규동 시의 원형질을 해명하기 위해서는 초기시에서 중기시, 중기시에서 후기시에 이르는 연대기적 구획보다는 시적 화자가 새로운 단계를 모색하는 단초와 동인, 형상화 과정을 면밀

---

5 고봉준, 「한국 모더니즘 문학의 미적 근대성 연구―이상과 김수영의 문학을 중심으로」, 경희대 대학원 박사학위논문, 2005. 2, 43~53쪽 참조. 논자는 근대성 비판으로서의 모더니티를 사회정치적 관점과, 태도로서의 시간성의 코드로 읽고 있다. 물론 이러한 학적 관심은 아도르노(Adorno), 벤야민(Benjamin), 하버마스(Habermas)에 이어 칼리네스쿠(M. Calinescu), 버만(M. Berman) 등의 근대성 비판과 맥락이 닿아 있다. 위의 진술(context)을 내포하고 있는 『후반기』 동인의 유일한 시론집인 『새로운 시론』은 김규동의 역작으로, 50년대 모더니즘론의 완결판이라 할 수 있다.

6 윤여탁, 「1950년대 모더니티의 자기 모색―김규동의 경우」, 『선청어문』 제25집, 1998, 130~134쪽 참조.

히 살펴보는 게 온당할 것이다.[7]

2. 모더니즘에 관한 주체적 호명呼名 – 분열과 부정(1948~1958)[8]

첫 시집 『나비와 광장』(1955), 제2시집 『현대의 신화』(1958)를 펴낸 전쟁 후 모든 부문의 문제는 폐허로 파괴된 질서가 내적 트라우마로 연결된다. 시의 흐름에도 불안한 실존의 그림자가 드리운다. 김규동 시인 역시 불안과 죽음, 허무와 실존이 엄습하는 내적 체험을 겪게 된다. 그의 초기 시집, 『나비와 광장』, 『현대의 신화』에는 '절망', '불안', '허망', '어두운', '암흑', '묘지', '까마귀', '검은' 등 암울한 부정적 시어와 '열차', '비행기', '나비', '날개' 등 희망의 시어들이 섞여 혼란한 이미지가 교차돼 나타난다. 그 시어들은 대다수 모더니즘

---

7 지금까지 김규동을 본격적으로 거론한 성과로는 윤여탁, 조달곤, 김지연, 문혜원 등의 논고가 있다. 이들은 주로 1950년대 전후 김규동 시와 시론만을 중심으로, 혹은 당대에 활약상을 보인 여타 시인들과 함께 묶어 전후 모더니즘의 성격을 고찰하는 주변적 대상으로 다루고 있다. 그러다보니 50년대 미적 근대성인 모더니즘 경향을 연역적·귀납적으로 설명하는 도구적 범주에 머무를 뿐, 이후 그의 시가 보여준 리얼리즘적 요소는 포섭하지 못하고 있다. 김규동 시는 분열의 대상이 아닌 주체로서의 모더니티, 즉 현실의 형상화보다는 현실과 주체의 직접적 연관을 드러내는 데 주목한 본고의 의도와는 범주를 달리한다.

8 김규동, 「김규동 주요 문학 연보」, 『시와사람』 40호, 시와사람사, 2006. 5, 173쪽 참조. 최근까지 이 시기 김규동이 월남한 사실과 배경, 학력 등이 명확히 밝혀지지 못했는데 이는 분단현실의 경색된 분위기 때문으로 사료된다. 김규동은 1948년 24세에 김일성대학 조선어문학과를 중퇴하고 교모와 교복을 입은 채 철원과 포천 등지로 월남했다. 최근 그는 2~3년 후면 고향에 돌아갈 수 있으리라 생각했고, 부모와 영원한 이별이 될 줄 알았다면 남하하지 않았을 것이라 술회하고 있다. 이 해 가을 『예술조선』에 「강」이 입선해 등단했다.

시들이 갖는 일반적 특성인 난해성, 모호성, 관념성, 피상성 등으로 집약된다. 김규동 역시 이 시기 모더니즘시의 일반적 경향인 부정의식을 통한 기존 가치질서의 거부로 나타나고 있다.[9]

> 현기증 나는 활주로의/ 최후의 절정에서 흰나비는/ 돌진의 방향을 잊어버리고/ 피 묻은 육체의 파편들을 굽어본다.// 기계처럼 작열한 작은 심장을 축일// 한 모금 샘물도 없는 허망한 광장에서// 어린 나비의 안막을 차단하는 건// 투명한 광선의 바다뿐이었기에—// 진공의 해안에서처럼 과묵寡默한 묘지 사이사이/ 숨가쁜 Z기의 백선과 이동하는 계절 속−/ 불길처럼 일어나는 인광燐光의 조수에 밀려/ 이제 흰나비는 말없이 이즈러진 날개를 파닥거린다.// 하얀 미래의 어느 지점에/ 아름다운 영토는 기다리고 있는 것인가./ 푸르른 활주로의 어느 지표에/ 화려한 희망은 피고 있는 것일까.// 신도 기적도 이미/ 승천하여 버린 지 오랜 유역—/ 그 어느 마지막 종점을 향하여 흰나비는/ 또 한 번 스스로의 신화와 더불어 대결하여 본다.
>
> — 「나비와 광장」 전문[10]

위 시에서 시적 화자는 전쟁으로 인해 피폐된 인간성 회복에 대한 소망을 감각적으로 표현하고 있다. '나비'는 세상의 무거운 육신을 벗고 가볍게 날기를 갈망하는 '나비'가 아닌 광장으로 표상된 이 세계의 고통과 불안과 절망을 끌어안는 포즈를 하고 있다. 화자인 나비는 "현기증 나는 활주로의/ 최후의 절정"에서 돌진의 방향을 잃어버린 자아를, 그리고 "한 모금 샘물도 없는 허망한 광장"에 선 현대인의 초상을 의미

---

9 이소영(「1950년대 모더니즘시 연구」, 명지대 대학원 박사학위논문, 2003. 12, 30~55쪽)은 이를 전쟁체험으로 인한 주체의 위기로서, 주체에 대한 부정은 절대자인 신의 죽음으로 연결되는 것으로 파악하고 있다. 이러한 현상은 박인환, 전봉건, 김수영의 경우에도 해당한다.

10 김규동, 『나비와 광장』, 위성문화사, 1955.

한다.[11]

구체적으로, '흰 나비'라는 시적 화자를 내세워, '활주로', '제트기', '피 묻은 육체', '묘지' 등의 피비린내 나는 전쟁을 환기시키고, '돌진하려는 흰나비', '차단하는 투명한 광선의 바다', '불길처럼 일어나는 인광' 등의 날카로운 이미지를 등장시켜 죽음과 직면한 화자의 결기를 내보인다. 여기에는 전쟁이라는 비극적 상황에 대항하여 인간성을 회복하고자 하는 시적 화자의 주체적 의지가 개입돼 있다.[12]

시인은 "한 마리의 연약한 나비는 어쩌면 물결치는 환상과 어둡고 슬픔 상념을 지닌 시인 자체의 변신이거나 한 조고마한 육편(肉片)과도 같은 것인지도 모른다"(「현대시의 난해」)고 첨언하고 있다. 이 시편 외에도 「전쟁과 나비」에서는 "전쟁의 검은 언덕을 나는 어린 나비"로, "뉴-스는 눈발처럼 휘날리고"에서는 전쟁의 해안(海岸)에 질식한 "비둘기의 울음소리"로, 「검은 날」에서는 쇠잔한 태양과 침묵하고 있는 해협의 "거대한 검은 날개"로, 「날지 못하는 새」에서는 해저와 같은 바다의 공간인 벽에 "포위당한 나비의 모습"을 형상화한다. 이들은 모두 현대 문명의 구조적 모순 속에서 살아가는 인간 실존의 음영이 상징적으로 표현된 사례라 할 수 있다.

'진공회담(眞空會談)'은 암울한 역사적 상황에 놓인 시인의 내면세계

---

11 김지연, 「1950년대 김규동 시의 시정신」, 『가톨릭대어문논문집』, 2000. 1, 155쪽 인용. 스승인 김기림의 '바다와 나비'의 '나비'가 '수심'에 대한 무지를 체험하는 나약한 지식인을 표상한다면, 김규동의 '나비'는 비극의 '광장'에 처한 시적 자아를 의미한다. 즉 생의 절망과 부딪쳐 극복하려는 의지가 내재돼 있다.

12 문혜원, 「전후 주지주의 시론 연구―김규동, 문덕수, 송욱의 시론을 중심으로」, 『한국문화』 33집, 2004. 6, 99쪽 재인용. 이러한 일단의 심회를 시인은 "자아의 내부에서 걷잡을 수 없이 혼란과 모순을 극하는 전쟁의 이미지를 붙잡아 보고 싶었던 것"이라 술회하고 있다.

가 다소 이질적인 기법으로 형상화하고 있는 예다.

> 프로이드 박사는 흰 가운에 하얀 마스크를 치고/ 간호원 큐리와 함께 층계를 올라오는 것이다./ 〈체온은 영도 평온입니다.〉/ ─처음 날은 황제의 결혼식에 영구차를 타고 참석했습니다./ ─다음 날은 열차의 특등실에서 여자를 강간한 일이 있습니다/ ─다음날엔 애인 나타리의 유방을 권총으로 사격했지요/ ─그 다음날 나는 커피 깡통을 삼켜 버렸습니다/ ─그리고 마지막 날 오후엔 대학의 하늘 닿는 고층에서 투신자살을 기도하였습니다.
>
> ─「진공회담眞空會談」 부분[13]

이 작품에서 시인은 정신분석학자인 프로이드를 외과의사로, 물리학자인 퀴리를 간호사로 등장시킨다. 정신과 육체를 치유하기 위한 수단으로서 등장한 이들 앞에 선 환자는 시체더미 앞에서 복음을 암송하고 있는 '체온 영도'의 비정한 인간이다. '체온 영도'의 환자, 황제의 결혼식에 영구차를 타고 참석한 행위는 기존 가치관에 대한 부정의식을 표현한 것이고, '열차의 특등실에서 여자를 강간한' 것은 패륜의 상징이다. 이러한 정신분열적 증상에서 서구 자본주의의 상징인 커피깡통을 삼켜버리는 이상 징후까지 보여주며 투신자살에 이른다. 즉 이 작품은 화자의 지적 갈등과 죽음으로 이어진 몸부림이 시화詩化한 것이다. 즉 전후의 불안의식과 기존 전통에 대한 조소, 구조적 모순의 팽배로 인한 가치전도 현상, 자본주의에 대한 혐오, 자아분열의 병적 징후 등을 실험적 기법으로 그려내고 있다.[14]

---

13 김규동, 앞의 책.
14 배개화, 「1930년대 후반 전통담론의 탈식민성 연구」, 서울대 대학원 박사학위논문, 2004. 2, 국문초록 참조. 이를 요약하면 기존의 전통담론에 대한 부정의식이라 할 수 있다. 이는 30년대 일제 강점기 식민지배 체제로부터 당대에 이르는 조

이 또한 현실에 대한 깊은 통찰력과 날카로운 비판의식의 소산이라 하겠다. 그렇다면 뒤틀린 당대 사회 속에서 시인이 궁극적으로 꿈꾸는 세계[신화]는 무엇이었을까. 그가 지향한 세계는 '밤의 신화'를 통해 짐작할 수 있다. '밤의 신화'는 동화적 상상력을 발휘하여 평화를 지향하는 시인의 내면의식을 잘 보여주는 작품이다.

이렇듯이 김규동이 초기시에서 보여준 관념적인 시세계는 사회비판에 대한 강한 의지와 맞물려 내적 갈등을 초래한다. 이러한 부류에 속한 작품으로 "나체裸體속을 뚫고 가는 무수無數한 구토嘔吐", "포대砲台가 있는 풍경風景", "하늘과 태양만이 남아 있는 도시", "한 시대", "하나의 무덤", "침묵의 소리"를 꼽을 수 있다.

그런데 김규동 시는 모더니즘으로 풍미하는 출발 단계부터 현재에 이르기까지 고향 산천에 대한 그리움이 어머니와 통일로 귀일하고 있다는 점이다. 내면적 정서의 세계인 고향과 자연에 대한 회억은 정지용, 오장환, 백석, 이용악이 펼쳐 보인 '고향'과 크게 다르지 않다. 시인에게 고향은 "무슨 뜨거운 연정이 기다리고 있는 것이 아닌"(「고향」, 『나비와 광장』), "풀벌레의 울음 소리가 뼈에 사무쳐, 두고 온, 꿈속에서 아련한"(「현대의 신화」) 곳이지만 자연을 있는 그대로의 서정적 구현보다는 이산의 '슬픔과 한'이 교직되면서 화해와 조화의 상징인 '어머니', 그리고 그 궁극적 결집인 민족과 조국이라는 '공동체적 관심—통일'로 확대되고 있다.

선=과거=전통이라는 등식의 식민성을 일순에 탈각하려는 몸부림, 즉 시적 화자의 주체성과 정체성에 대한 '동일시하기' 과정이라 구획할 수 있다.

3. 삶과 현실을 넘어 민중과 민족의 발견으로(1958~1977)

두 번째 시집에서 세 번째 시집 『죽음속의 영웅』(1977)에 이르는 동안 김규동 시는 의식과 현실의 교착상태를 맞이한다. 몇몇 문예이론을 제기한 것 외엔 창작 부문에선 공백기라 할 수 있다. 시작詩作보다는 신문사 문화부장, 출판사 편집장 등을 맡으면서 생활인으로서 충실했던 때로 기록된다. 시인에게 모더니즘이 한계라고 절감, 극복의 대상이 된 동인은 주지하다시피 이 땅의 역사를 가로 막는 이승만 자유당 정권과 박정희 군사 독재라는 60~70년대적 상황이었다.[15]

이때부터 개인사적, 가족사적 고뇌가 민중과 국가라는 공동체적 관심으로 확대되기 시작한다. 때문에 많은 평자들은 이 시기를 김규동 시의 분기점이자 방향전환으로 간주하고 민중의 고난과 민족통일에 주목, '리얼리즘'이 발현되는 시점으로 파악하고 있다. 모더니즘 시운동만을 두고 거론한다면 모더니즘을 계승하고 활용하는 측면과 모더니즘의 허구성을 비판하고 넘어서고자 하는 측면이 혼효한 시기다. 시적 정체성에 해당하는 모더니즘에 대해 미련을 걷어내지 못하면서, 역사적 당면 과제인 분단과 통일을 시적 형상화의 장으로 수렴한다.

> 얼음이 하도 단단하여/ 아이들은/ 스케이트를 못 타고/ 썰매를 탔다./ 얼음장 위에 모닥불을 피워도/ 녹지 않는 겨울 강./ 밤이면 어둔 하늘에/ 몇 발의 총성이 울리고/ 강 건너 마음에서 개 짖는 소리 멀리 들려왔다./ 우리 독립군

---

15 정치권력의 억압과 횡포가 문단은 물론 무고한 국민의 안녕을 위협하자, 그는 70년대 들어 백낙청, 김윤수, 김정한, 김병걸, 고은 등과 함께 민주회복국민회의에 문인 대표, 자유실천문인협의회 고문, 한국민족예술인총연합 고문 등으로 참가하게 된다.

은/ 이런 밤에/ 국경을 넘는다 했다./ 때로 가슴을 가르는/ 섬뜩한 파괴음은/
긴장을 못 이긴 강심 갈라지는 소리./ 이런 밤에/ 나운규는 '아리랑'을 썼고/
털모자 눌러 쓴 독립군은/ 수많은 일본군과 싸웠다./ 지금 두만강엔/ 옛 아이
들 노는 소리 남아 있을까?/ 강 건너 개 짖는 소리 아직 남아 있을까?/ 통일이
오면/ 할 일도 많지만/ 두만강을 찾아 한번 목 놓아 울고 나서/ 흰 머리 날리
며/ 씽씽 썰매를 타련다./ 어린 시절에 타던/ 신나는 썰매를 한번 타 보련다.

— 「두만강」 전문[16]

김규동의 시사적詩史的 변화를 보여준 「두만강」은 민족분단의 비원
이 통일조국 건설이라는 과업으로 연결되는 70년대 민족문학의 성장
과 궤를 같이한 대표적인 시편이다. 위 시는 '과거 회상→현재 의문→
미래에 대한 희망'의 시간적 추이로 구성되는 바, '독립군', '일본군',
'나운규' 등 역사적 사건이 유년의 추억과 만나면서 분단 현실이 제시
되고 나아가 통일 조국을 염원하고 있다. 시적 화자에게 '두만강'은
고향과 유년을 넘어 민족과 역사가 숨 쉬는 추억의 강으로 재현되고
있다.

위 시가 실린 『죽음 속의 영웅』(1977)은 1959년부터 1977년까지 시
들을 모아 묶은 것으로 화자에게 비로소 '민중과 민족'이 발견되는 지
점을 보여준다. 그는 "분열되어 가는 의식의 슬픈 노래가 어찌 힘을 솟
게 하며 비탄에 젖은 절망의 노래가 어찌 사회와 민중의 내일을 위하
여 빛이 될 수 있을까"라 의문을 제기하며, "하나의 존재로서 하나하나
의 작품은 위치를 가져야 하며 그 고정된 위치에서 무슨 작용을 타자
와의 사이에 가져 주는 그러한 운동을 시가 스스로 맡아 준다면 족하
리라"(서문)고 다짐한다. 이러한 다짐은 새로운 시적 전환으로서 선언

---

16 김규동, 『죽음 속의 영웅』, 근역서재, 1977.

적 의미를 넘어서 리얼리즘으로의 방향전환을 예감할 수 있는 대목이다. 그 분수령이 되는 정조가 '북에 계신 어머님에 대한 그리움'이다.

> 꿈에 네가 왔더라/ 스물세 살 때 훌쩍 떠난 네가/ 마흔일곱 살 나그네 되어/ 네가 왔더라/ 살아생전에 만나라도 보았으면/ 허구한 날 근심만 하던 네가 왔더라/ 너는 울기만 하더라/ 내 무릎에 머리를 묻고/ 한마디 말도 없이/ 어린애처럼 그저 울기만 하더라/ 목놓아 울기만 하더라/ 네가 어쩌면 그처럼 여위었느냐/ 멀고면 날들을 죽지 않고 살아서/ 네가 날 찾아 정말 왔더라/ 너는 내게 말하더라/ 다신 어머니 곁을 떠나지 않겠노라고/ 눈물어린 두 눈이/ 그렇게 말하더라 말하더라.
>
> ― 「북에서 온 어머님 편지」 전문[17]

위 시는 단순히 어머니와 자식 간 이산과 만남을 재현하는 데 포즈하고 있지만 고향산천 회고, 분단극복(민족통일)이라는 비원이 행간에 스며 있다. 고향과 어머니가 등장하는 밀도 높은 서정은 「4월의 어머니」, 「어머님 전상서」, 「편지」, 「한 시대」, 「기다림」, 「고백」 등에서도 보여준다.

그런데 70년대 이후 김규동 시인이 발견한 '민중과 민족'은 엄밀히 말해 재발견에 해당하거니와 초기 모더니즘 시와 완전히 유리된 세계라 할 수 없다. 시인이 성취한 '민중'의 발견이 통일의 염원을 담아 분단현실을 극복하는 기제로 형상화하면서 구체성을 띤 것은 전술한 바와 같이 초기 모더니즘부터 일관되게 견지한 '현실 연관'에 대한 재반증으로 이해된다.

---

17 위의 책.

4. 반성과 희망, 혹은 통일에 대한 희구(1977~1991)[18]

이 시기는 제4시집 『깨끗한 희망』(1985)과 시선집 『하나의 세상』 (1987), 제5시집 『오늘밤 기러기떼는』(1989), 그리고 제6시집 『생명의 노래』를 상재한 시기다. 즉 1970년대 중반 이후 김규동은 통일운동의 산파역을 자임한다. 『깨끗한 희망』 서문에서 그는 삶과 현실에서 민족과 역사가 어느 항목보다 선편에 위치해야 함을 역설하고 있다. 즉 "내가 사는 당면한 민족현실과 거리가 멀다는 것을 깨달음과 동시에 우리의 모더니즘이 절름발이 구실밖에 못했다"는 고백은 기왕에 행한 모더니즘 시운동에 대한 혹독한 자기반성을 포함하는 것이었다. 이 땅의 시인으로서 분단을 외면하고는 존립 근거가 없다는 판단에 이르면서 한 시절을 풍미한 모더니스트로서의 모습은 퇴색하게 된다.

여기에 실린 많은 시편, 예를 들면 「유모차를 끌며」, 「안부」, 「송년」, "시인의 검」, 「새 아침의 시」, 「헌사」, 「통일의 얼굴」, 「무서운 아이들」, 「청년화가전」은 통일에 대한 강렬한 염원을 담고 있다. 많은 시편들은 시가 단순히 언어적 형상화나 관념적 유희가 아닌 현실에 적극적으로 복무해야 한다는 확연한 입장을 보여준다.

> 밤낮 무슨 실험 같은 것이나 하고 사는/ 이런 남편을 믿고 평생을 사는 아내가/ 가엾은 생각이 들었으나/ 마음은 새로이 안정을 얻은 듯 싶었다
> ― 「달아오를 아궁이를 위한 시」 부분[19]

---

18 『깨끗한 희망』은 회갑을 맞아 이전의 시력 전체를 조망 대표작 선집이다. 보다 엄밀히 말하자면 1, 2부는 신작이고, 직전의 제3시집과도 시간적 격차를 가지고 있으므로 제4시집이라 해도 무방하다.
19 김규동, 『깨끗한 희망』, 창작과비평사, 1985.

산다는 것은 더욱 갇힌다는 것이고/ 어디를 바라봐도/ 약속처럼 매여 있다
는 것이다/ 무의미한 말의 집적에 눌려/ 타인같이 어두운 거울 앞에/ 자신의
얼굴을 가꿔본다는 것이다

— 「이카로스 비가悲歌」 부분[20]

시인의 검은 치욕의 검이거니/ 가장 합리적인 웃음과/ 눈짓을 거부하고/
자유를 가두는 운동을 미워하며/ 체제를 또한 믿지 않으리라/ 날개가 아니며/
형태가 아니며/ 관념이 아니리니/ 숨쉬는 자유와 만나는 자유를/ 백두산에서
한라산 끝까지/ 하나 되어 솟구칠 통일의 강을 노래하리라

— 「시인의 劍」 부분[21]

아무것도 모른 채 방실거리고 자랄/ 미국도 일본도 소련도/ 핵폭탄도 식민
지도 모르고 자랄/ 통일조선의 아이들을 생각한다/ 이 아이들 내일을 위해선/
우리네 목숨쯤이야 초로 같은 것이면 어떠냐/ 탄환막이라도 되어주마/ 우리
를 딛고 일어서라/ 우리 시대는 틀렸다지만/ 너희들은 기어이 통일된 나라 만
나리라

— 「유모차를 끌며」 부분[22]

첫 번째, 두 번째 시의 경우가 시인으로서의 주체적 인식과 반성에
해당하는 과정이라면 나머지 두 편은 새로운 세계를 모색하는 방법적
추구라 할 수 있다. 시인은 한나절을 들여 겨우 고친 '아궁이'로 안정
을 얻어보지만, 여전히 '무의미한 말의 거울에 갇혀 있는 자'다. 짐짓
시인의 소명과 당위성은 '합리적인 웃음'과 '눈짓', '형태'와 '관념'
을 걷어내고 '숨쉬는 자유'와 '통일'을 노래하는 데 있다. 화자는 통일

---

20 위의 책.
21 위의 책.
22 위의 책.

조선의 아이들이 통일된 나라에서 살 수 있다면 기꺼이 '유모차를 끌'
겠다는 결의에 이른다.[23]

> 젊어서/ 발레리도 읽고 에세닌도 애독했으나/ 정신분석이니/ 쉬르레알리
> 슴 선언 따위도 흥미로왔으나/ 지금/ 쌀을 안치고 불을 켜/ 군말 없이 밥 짓는
> 일에 애정을 바친다/ 그리고 생각한다/ 고문과 분신과 한 맺힌 싸움으로/ 막
> 내아이보다 어린 젊은 것들이 죽고/ 국토의 분단은 이대로인채/ 장차 무슨 일
> 이 벌어질지 알 수 없는 나날 속에서/ 시인은/ 무엇을 해야 할까를 곰곰 생각
> 해 본다/ 헛된 상상력은 허공중에 날고/ 두려움은 무겁게 쌓여/ 핵폭탄 깔린
> 땅에서/ 밥이 끓는 소리를 들으면/ 이것만은 믿을 수 있는 말을 전해주는데/
> 남도 북도 없는 하나의 세상?
>
> —「하나의 세상」 전문[24]

우리는 위 시 「하나의 세상」에서 시적 개아의 서정적 상상력이 사회
역사적 상상력으로, 민족적 상상력으로 확장되고 있음을 목도할 수 있
다. 위 시는 시인의 일생을 파노라마처럼 반추하거니와, 시인이 일련
의 '상징과 모던의 숲'에 들어선 이후, 한 때 흥미롭기도 했지만 삶의
현실, 의식과 정신은 '쌀을 안치고 밥 짓는 일'보다 공허할 때가 많았
다. 화자는 질곡으로 가득 찬 역사적 모순을 해소하는 데 크게 도움이
되지 못한다고 생각한다. 때문에 시는 허공중에 존재한 '헛된 상상력'
이라는 반성과 회오가 이어진다. 그리고 궁극적으로 시적 화자의 관심
은 가공할 무기인 핵을 조국에서 걷어내고 '하나의 세상'을 건설하는
데 초점을 모은다. 많은 시편에서 보인 시적 정조는 동시대인과 시적

---

23 이러한 통일에 대한 염원과 의지는 이후 시선집 『하나의 세상』, 제5시집 『오늘밤
　　기러기떼는』, 제6시집 『생명의 노래』 등으로 이어지면서 고양되고 있다.
24 김규동, 『하나의 세상』, 자유문학사, 1987.

화자가 맞이한 '불우'와 '불화'의 근인과 원인이 분단에서 연유하고 이의 해소는 민족 공동체의 희망에서 찾을 수 있다는 것으로 요약된다. 이는 『생명의 노래』에서도 연속적으로 변주되고 있다. 그런 점에 비춰 이 시집 역시 '살아남은 자의 부끄러움과 이를 해소하는 소망의 언어"로 규정할 수 있다. 그는 여기서 민족분단이 삶을 왜곡시킨 것이므로, 통일만이 아름다운 사회를 건설하는 전제조건이라고 굳게 믿고 있다.

5. 망향 딛고 귀향 향한 채비(1991~2005)

김규동이 팔순을 맞아 14년 만에 상재한 제7시집 『느릅나무에게』(2005)는 이산과 망향의 한과 슬픔을 넘어 고향을 향한 헌사, 즉 귀향가로 읽힌다. 여기에는 기약할 수 없는 고향에 대한 애잔한 그리움, 뜻하지 않게 헤어진 가족, 유년기 친구들과 추억, 통일에 대한 열망 등을 계열화하고 있다. 시인에게 이번 시집까지의 14년은 반성과 묵상의 시간이었다. 이 시집은 3백여 편의 시 중 83편을 고른 것이다.

> 나무/ 너 느릅나무/ 50년 전 나와 작별한 나무/ 지금도 우물가 그 자리에 서서/ 늘어진 머리채 흔들고 있느냐/ 아름드리로 자라/ 희멀건 하늘 떠받들고 있느냐/ (…중략…)/ 우리 집 가족사와 고향 소식을/ 너만큼 잘 알고 있는 존재는/ 이제 아무도 없다/ 그래 맞아/ 너의 기억력은 백과사전이지/ 어린시절 동무들은 어찌 되었나/ 산목숨보다 죽은 목숨 더 많을/ 세찬 세월 이야기/ 하나도 빼지 말고 들려다오/ 죽기 전에 못 가면/ 죽어서 날아가마/ 나무야/ 옛날처럼/ 조용조용 지나간 날들의/ 가슴 울렁이는 이야기를/ 들려다오/ 나무, 나의 느릅나무.

— 「느릅나무에게」 부분[25]

---

25 김규동, 『느릅나무에게』, 창작과비평사, 2005.

너를 보게 될까 하여/ 오래도록 기다렸다/ (…중략…)/ 애야, 38선 없애버리고 빨리 오너라.

—「저승에서 온 어머님 편지」 부분[26]

놀다보니 다 가버렸어/ 산천도 사람도 다 가버렸어/ (…중략…)/ 북녘/ 내 어머니시여/ 놀다 놀다/ 세월 다 보낸 이 아들을/ 백두산 물푸레나무 매질로/ 반쯤 죽여주소서 죽여주옵소서.

—「죽여주옵소서」 부분[27]

이손/ 더러우면/ 그 아침/ 못맞으리// 내 넋/ 흐리우면/ 그 하늘/ 쳐다 못 보리// 반백년 고행길 걸은/ 형제의 마디 굵은 손/ 잡지 못하리/ 이 손 더러우면// 내 넋 흐리우면/ 아, 그것은/ 영원한 죽음.

—「아, 통일」 전문[28]

1948년 20대 초반 고향을 등지고 문학청년에 들어선 이후 현재 80대 노경에 이르러 이산離散 반세기, 시력詩歷 반세기를 훌쩍 넘었다. 어머니도, 유년을 같이한 친구들도 수명을 다했고 고향의 풍경도 많이 달라졌을 것이다. 그렇기 때문에 그가 고향을 대상으로 말이나마 걸어보고 소식을 물을 수 있는 것은 추억 속에 존재한 느릅나무에 의탁해서다. 느릅나무만이 고향 소식과 어머니의 모습이 현현된 가족사, 유년의 친구들을 기억하리라 믿는다.

두 번째 시는 50여 년이 넘도록 뵙지 못한 어머니에 대한 사무친 격정이 담겨 있다. 귀향하지 못한 불효자이지만 아마 어머니는 용서할

---

26 위의 책.
27 위의 책.
28 위의 책.

것이고, '38선 없애고 빨리 오너라'고 주문할 것이 분명하다. 1천 리밖에 되지 않는 고향 땅이지만 분단의 벽은 귀향을 막고 가족과의 상봉을 막는 절망스런 장애다. 어머니의 품을 떠나 남쪽으로 내려온 뒤 다시는 어머니의 품으로 돌아가지 못한, 가고 싶어도 갈 수 없는 설움이 배어 있다. 많은 시편은 화자에게 필생의 한으로 자리한 분단의 아픔이 궁극적으로 어머니를 향해 있고, 그리움과 회한의 정서를 동반한다. 「어머니는 다 용서하신다」, 「육체로 들어간 진달래」, 「이북에 내리는 눈」, 「아, 통일」, 「봄이 오는 소리」, 「고향 가는 길」, 「해는 기울고」, 「오장환이네 집」, 「고무신」, 「해 뜨는 아침을 기다리며」, 「인제 가면 언제 오나」, 「하늘 꼭대기에 닿은 것은 깃대뿐이냐」, 「저승에서 온 어머님의 편지」, 「까마귀」 등이 그것이다.

어머니 외에도 가족 상실에 대한 아픔이 자주 목도되는 바, 피붙이의 생사를 모르고 살아야 하는 삶이 얼마나 삭막한지를 절실하게 말해 준다. 이러한 갈망은 친동생을 두고, "규천아, 나다 형이다."라는 딱 한 행의 완결된 시편에서, "편지 못 쓰고/ 전화 못해도/ 마음 변한 건 아니라고/ 믿어주오"라는 구절에 이르면 극단적인 애절함으로 다가온다. 시적 화자의 통일을 향한 정념은 시인으로서 '손을 더럽히지 말고', '영혼(넋)을 흐리지 말자'는 한 치의 흐트러짐 없는 자세에 이르면 비장하기까지 하다. 시집에는 문학청년 시절을 함께한 문우인 김수영, 박인환, 오장환, 김기림, 김광주, 김동리, 조연현, 박인환의 모습도 등장한다.

시인은 최근 몇 년 사이 북녘행을 감행한 바 있다. 고향까지의 여정을 밟지는 못하고 고향 인근에서 고향 내음을 느낄 뿐이다. 일생의 희원인 통일을 보지 못하고 잠든 벗들을 위해 "여기 대동강에서 떠온 물이 있고/ 한강수가 있다오/ 이 물로/ 그대 심장을 식히소서"(「진혼가」)

라 경배하고, 북한의 어느 하늘아래서 묵념하다가는 "지난 세월이/ 한
꺼번에/ 왕왕 소리질러대는" 소리를 들으며, 거리의 북녘 아이들을 보
면서 "도시락도 못가지고 학교에 오던"(「북녘에 가서」) 사회주의자 자
신의 모습이 재생된다. 요컨대 많은 시행에 통일의 비원이 표나게 드
러나 있다. 화자는 통일이 북녘에 고향을 둔 사람만의 것이 아니라 민
족 전체의 절체절명의 과업임을 천명한다.

6. 마무리

김규동은 1950년대 이른 바 '후반기' 모더니스트로 문단활동을 시
작했지만 조국과 민족이라는 타자를 향한 '순일한 모더니스트'였다.
전쟁과 문명이라는 현대적 모더니즘, 반모더니즘 계열로 귀착된 인간
과 자연의 조화 추구, 그리고 궁극적으로는 대립된 두 요소를 하나로
묶는 여정을 밟아온 셈이다. 이는 미학적 기반을 견고히 하면서도 모
더니즘의 불가해한 바다에 표류하지 않는 용기 있는 선택이었다. 이
러한 특징적 면모는 70년대 이후 그의 시적 편력을 리얼리즘 경향으
로 확연하게 구획하려는 이분법적 편향과 일정하게 구분된다. 즉 '초
기 모더니즘 대 후기 모더니즘', '모더니즘 대 리얼리즘' 등식으로 규
정하려는 기존의 평가는 그의 시정신을 근원적으로 밝히는 데 도식적
인 이분법으로 간주된다.[29]

---

29 박태순, 「모국어의 자음과 모음」, 김규동, 『느릅나무에게』, 창작과비평사, 2005.
 4, 184~185쪽 참조. 마셜 버먼이 설파한 '광의의 모더니즘'에 대한 해석을 역으
 로 원용한다면, 김규동의 시적 행방은 모더니즘 의장을 두른 역사현실과 민족의
 발견, 기법으로서 모더니즘 포섭이라는 맥락으로 이해할 수 있다. 따라서 시적
 출발과 이동 모두 '넓은 의미의 리얼리즘'에 귀속시킬 수 있다. 이른 바 '주지적

그는 새로운 시 이념의 합치와 시작 방법으로 지성과 시대감각을 동시에 갖춘 세계성, 동시대성을 모더니즘의 기치로 삼았다. 한편으로 인간의 사회형식인 시민적 생활 속으로 귀일해야 함을 역설한다. 이러한 인식은 일반적인 의미의 사회성으로 진정한 의미의 리얼리즘과는 격을 달리하지만 리얼리즘 시를 모색하는 원형질로 작용한다. 즉 김규동의 후기시는 전기 시세계와 단절된 형태가 아니라 동일한 시정신에 바탕하고 있다. 이러한 기조는 창작과 이론 면에서 똑같이 적용된다. 이는 우리 현대시사에서 이즘이나 주의주장, 외양과 형식을 견지하면서도 시적 본질이 변하지 않은 흔치 않은 사례에 해당한다.

김규동 시에 등장하는 시적 주체는 근현대사의 역사적 굴곡과 파장에도 여전히 진정성과 동일성을 유지하고 있다. 그의 시적 모색과 발견은 언제나 당대적 질서와의 긴장에서 추구된다. 그의 많은 시에 등장하는 분단과 전쟁은 그가 추구한 자연의 세계와 대립하다가도 어떤 경우 같은 맥락에 놓인다. 이는 김기림에 사사한 모더니즘을 시적 기반으로 하고 있으면서도, 모더니스트로서의 전형을 추구하기보다는 '의미 있는 현실 연관'을 수용한 시적 유연성에 바탕하고 있음을 의미한다.

요컨대 김규동의 모더니즘은 모더니즘 시 일반이 현실 자체를 대상화하는 데 머무른데 비해 주체와 현실 사이의 연관 자체를 문제시하는 특성을 보인다. 일견 이중적 태도로 보이는 '주체의 모색과 지향'은 당대 현실의 흐름에 부합해 동일한 심상 권역에 자리하고 있다는 점에서 양가적 가치를 부여할 수 있다. 이는 의식[정신]과 형식의 문제로 귀결

主知的 모더니스트로서의 신념을 사회파 모더니즘으로 변모시켰다'는 박태순의 평가도 이와 궤를 같이한다.

되거니와, 양자는 소통이 불가한 영역이 아닌 한 동전의 두 국면에 해당한다. 데뷔 초기 새로움을 향한 정념이 어머니와 역사적 현실, 분단 극복과 통일 의지로 확대되고 있다는 사실은 초기 모더니즘이 내포한 자기부정과 자기갱신에 입각한 인식적 변화에 해당한다. 김규동의 현실비판에 대한 남다른 의지와 욕망은 이미 모더니즘 안에서 안주할 수 없었다. 결국 그는 철저한 자기반성을 통해 '민중'을 발견하고 '통일 염원'에 이른다. 그의 리얼리즘으로의 심리적 변환은 초기부터 견지한 현실 연관의 '민중적 상상력'이 내재적 힘으로 변모한 결과다.

시적 기제로서 강의 이미지와 상상력

'영산강' 관련 연작시편을 중심으로

시적 기제로서 강의 이미지와 상상력

'영산강' 관련 연작시편[1]을 중심으로

1. 머리말

모든 문화의 원천은 강으로부터 시작된다. 강이 있고부터 사람들이 살 수 있었고, 사람들 사이에 교역이 이뤄지면서 문명이 발상發祥하고 문화로 도약할 수 있었다. 인류 문명의 발상지로 잘 알려진 나일 강과 갠지즈 강, 유프라티스 강과 티그리스 강이 그렇고, 우리의 경우 한강과 금강, 섬진강과 영산강은 그 좋은 사례로 기록된다.

일견 길과 강은 속성이 같다. 길이 원래부터 있었던 게 아니고 사람

---

1 일반적으로 연작시란 하나의 제목하에 쓰인 여러 편의 시를 지칭한다. 영산강을 소재로 한 연작시 역시 영산강이란 제재와 연관되면서 독립성과 완결성을 가진 시만을 대상으로 삼았다. 몇몇 시인의 경우는 3~5편의 시편이 있으나 완결성 면에서 논구의 대상과 거리가 있었다. 독립성과 완결성이라는 필요충분조건을 구비한 시인으로 나해철, 최규창, 이수행을 꼽을 수 있다.

들의 발길이 잦아지면서 형성되었듯 강도 마찬가지다. 강은 원천源泉
에서 시작하여 도랑이고 개울이다가, 파랑과 유속을 달리하며 때로는
강섶을 적셔 수심과 강폭을 이루고, 시간과 세월을 에돌아 끊임없이
물길을 열어 '마침내 강'이 될 수 있었던 것이다.

강은 처음부터 몸을 물로 풀고/ 낮은 곳이면 어디든 가서/ 함께 머물렀다
그러나 강은/ 그곳을 떠날 때/ 물은 그대로 두고 갔다/ 새들도 강에서 날개를
접을 때는/ 반쯤 몸을 물에/ 잠그고 있는 돌 위에/ 다리를 놓았다
— 오규원, 「강」 전문[2]

강은 '부러 제 몸을 낮추'거나, 혹은 하상河床에 맞춰 순리대로 흐른
다. 그래서 강은 사람들에게 물로 시작하면서, 물을 외면하지 못하는,
제 몸을 아끼지 않는 곤곤한 한 생애를 가진 존재로 인지된다. 단적으
로 말해 한갓 미물인 새들도 '반쯤은 강물에 잠긴 돌'을 기꺼워한다.
강은 제 스스로 음·용수를 만들고, 그 몸피에 어패류를 품어 사람들
에게 먹거리를 제공하고, 뱃길을 열어 물류物流를 만들고, 주위주변에
절승絶勝을 빚어 내로라하는 시인묵객을 배출하는 등 실용과 서정의
미학을 겸전하고 있다.

요컨대 물길이 좋아야 좋은 강을 이룰 수 있고, 비옥한 땅을 일굴 수
있다. 고고인류학자 고든 차일드(Gorden Childe)의 언급[3]에 매달린다면
농경사회적 풍요와 물류의 네트워크가 자리하는 곳에는 어김없이 물
과 강의 소통이 원활했다는 점을 상기하게 된다. 때문에 어떤 국면에

---

2 오규원, 「강」, 『95 올해의 좋은시』, 현대문학, 1995. 10.
3 뿌리깊은나무, 「담양」·「나주」, 『전라남도』 편, 뿌리깊은나무, 1983. 4, 136쪽,
  182~195쪽 참조.

서든 강을 찾고, 강을 살리는 길은 단순히 모태나 시원始原으로 향하고
픈 '인지상정'이나 '추억 바라기' 이상의 의미를 갖는다. 시적 형상화
과정에서 강의 내포와 외연은 위안과 정화의 기능을 필두로 죽음과 재
생, 시련과 의지, 안식과 평화가 겹쳐 있다.

우리네 삶이 어려운 국면에 놓일 때 많은 시인들에게 강은 안식과 평
온을 가져다주는 감성적, 정서적 대상물로 접근된다. 그 상상력은 비단
위안과 정화라는 자정自淨작용에 머무르지 않고, 민중을 기반으로 한 사
회역사적 상상력과 결부돼 나타나기도 하고, 모성과 고향에 대한 애틋한
이미저리로 형상화하기도 하며, 삶의 치열한 현장 그대로 여과 없이 노
출되기도 하고, 문명과 산업화의 경계선에 놓인 위기 상황으로 비쳐지기
도 한다.

시적 오브제로서 강은 많은 시인들이 한번은 거쳐 가야 하는 통과의
례에 해당한다. 많은 시인들이 강을 대상으로 사실적인 국면을 넘어
비유와 상징, 원형 탐색, 심상의 전이, 이미지와 상상력 등을 매개로
시적 · 생태학적 상상력을 다양한 스펙트럼으로 변주한다.[4] 여기서는
영산강과 그 주변에 얽힌 삶과 일상사를 연작시편으로 담아낸 나해
철 · 최규창 · 이수행의 시편을 중심으로 심상 이미지가 상상력으로 형
상화하는 과정과 의미를 추적해보고자 한다.[5]

---

4 비유의 근거는 유사성에서 근거한다. 즉 두 사물의 동일성에 의하여 비유가 성립
  되는데, 이를 심리학적 용어로 전이라 지칭한다. 따라서 비유는 동일성의 원리에
  근거하고 있으며 동일성의 서술이라 할 수 있다. 노트롭 프라이, 임철규 역, 『비평
  의 해부』, 한길사, 1982, 171쪽 참조.

5 현대시의 80%가 이미지로 되어 있다고 발레리가 말할 만큼 현대시에 있어서 이
  미지는 매우 강조되고 있는 요소다. 이미지는 신체적 지각에서 일어난 감각이 마
  음속에 재생될 뿐만 아니라 지각되지 않는 어떤 것을 기억하려고 하는 경우에도
  생산된다. 상상력의 경우, 존 러스킨이 구분한 직관적 상상력, 연합적 상상력, 정
  관적 상상력 중 정관적 상상력에 유의할 필요가 있다. 이는 대상을 정관하는 가운
  데 사상과 정서가 나타나 체험 전체를 통일시키는 것을 가리킨다. 이 외에도 비유

2. 남도의 '역사를 껴안은 강'

영산강은 섬진강과 더불어 전라도가 내장한 강의 핵심을 이룬다. 영산강은 "이 나라의 가장 후진/ 백성들의 한숨이 모여서 사는/ 오늘도 질척이는 갯땅"인 "시리고 아픈 이 나라의 어금니"에서 "한 그릇 찬밥 덩이 앞에들 놓고/ 죄없이 떨리는 손으로 수저를 들고/ 그래서 남은 사람들끼리/ 꿀꺽꿀꺽 돌려 마시는 한 사발의 찬물"[6]로 음용飮用되는 남도의 강이다. 섬진강이 "흐르다 흐르다 목메이면/ 영산강으로 가는 물줄기를 불러/ 뼈 으스러지게 그리워 얼싸안고/ 지리산 뭉툭한 허리를 감고 돌아가는"[7] 소백의 동쪽 지류로 유장한 흐름을 이루고 있다면, 영산강은 서쪽 무등산 자락의 구릉과 평야를 끼고 물길로써 완만한 곡선을 그리며 드넓은 곡창을 만들고 있다.

일찍이 이형진李馨鎭(1802~1866)이 차일드의 지적처럼 "영산강은 금성에서부터 흘러 수십리 먼길에 이르러 배와 노를 담을 수 있고, 또한 들에 물을 댈 수 있다[可以藏舟楫 亦可以灌野]"[8]고 설파한 사실은 물산을 운반하는 뱃길로서의 기능과 관개용수로서 농토를 비옥하게 만드는 역할을 높이 산 좋은 반증이다.

영산강은 지리적으로 살펴보면 담양 월산 용흥리의 병풍산 쪽재골 용소폭포에서 발원하여 광주를 지나 나주에 이르러 장성 백암산에서

의 원리에서 '강'의 원형질을 천착할 수 있겠다. 비유의 원리는 다양한 사물간의 연관성을 명시, 암시하기 위해 문자적 의미를 넘어 직접적이거나 또는 암시된 유사성과 대비·대조하는 데 주안한다.

6 강인한, 「전라도여 전라도여」, 『전라도여 전라도여』, 오늘의 시인, 1985. 5.
7 김용택, 「섬진강」 연작, 『섬진강』, 창작과비평사, 1984.
8 뿌리깊은나무, 앞의 책, 136~142쪽 참조.

흘러온 황룡강과 합수하고 여기에 화순 능주의 여점산에서 흘러온 지
석천이 합쳐져 마침내 영산포구를 거쳐 물길 3백 리가 서해로 마감하
는 큰 강이다.[9] 영산강을 이웃하여 취락하는 사람들의 삶의 행태는 황
룡·극락·지석의 물줄기처럼 상류·중류·하류의 정서로 구분되면
서 부침이 상이하게 나타나지만 그 원초적 심상은 순수한 '가슴'과
'영혼'을 가진 민초들의 눈물겨운 삶의 의지와 국토사랑으로 집약된
다. 이 사랑이란 자신들이 몸 기대고 있는 곳에 무한대로 쏟아 내리는
'빛과 바람과 번개'가 모여드는 영산강에 대한 애착으로 간주된다.

> 영산강, 그 이름은/ 우리네 푸르른 꿈입니다/ 황룡, 극락, 지석의 물줄기/ 모
> 여 하나로 흐르고/ 빛과 바람과 번개/ 마침내 우리네 영혼까지도/ 가슴 깊이 다
> 스리며 숨쉬나니/ 영산강, 영산강/ 그 이름은 우리네 눈물겨운/ 순수의 사랑입
> 니다.
>
> — 허형만, 「영산강 그 이름은—땅詩·55」 전문[10]

영산강은 강과 평야 등 인근 유역에서 살아간 사람들의 내력이 진하
게 배어 있다. 한 생애를 포구와 갯뻘의 어부로, 묵정밭의 무지렁이 농
투성이로 마감한 민초들의 삶과 정서가 고스란이 투영되어 있다. 요컨
대 남도의 정서에 바탕한 당대 현실과 더불어 수난과 궁핍, 삶에 대한
치열성과 애환이 함께 자리하고 있다.

> 노인은 삽으로/ 榮山江을 퍼올린다 바닥이 보일 때까지/ 머지않아 그대 눈
> 물의 뿌리가 보일 때까지/ 노인은 다만/ 성난 사랑을 혼자서 퍼올린다/ 이제

---

9 위의 책, 182~195쪽 참조.
10 허형만, 「영산강 그 이름은—땅詩·55」, 『풀무치는 무기가 없다』, 책만드는집,
  1995. 3.

는 무엇을 위해서가 아니라/ 삶을 어떻게 용서하기 위해서가 아니라/ 노인은 끝끝내/ 영산강을 퍼올린다 가슴에다/ 불은 짊어지고 있는데/ 아직도 논바닥은 붉게 타는데/ 바보같이 바보같이 노인은 바보같이

— 이성부, 「전라도 7」 전문
11

동쪽으로 흐르는 섬진강이 생명적인 것과 서정적인 것에 경사돼 있다면 영산강은 역사적, 비극적 정한이 긴박돼 있는 시적 매재媒材다. 위 시에서 주목할 만한 대목을 살펴보자. 우선 노인이 삽으로 '바닥이 보일 때까지, 눈물의 뿌리가 보일 때까지, 끝끝내, 바보같이 퍼올리는' 것이 '성난 사랑'이라는 사실이다. '성난 사랑'은 대를 이어 흙을 옮겨 집요하게 산을 이뤄내는 '우공이산愚公移山'의 교훈에 비견된다. 또 하나는 삽으로 퍼올리는 행위가 '가슴에 불을 짊어지고' 이뤄지는 뜨거운 행위라는 점이다. 이 두 가지 정서는 여타의 정서와 차별성을 갖는 것으로 '남도적 정한'이라 풀이해도 무방할 것이다. 그 정한은 역사적 · 비극적 속성을 가진 것으로 파악된다.

일반적으로 전남 서부의 개척사는 영산강 중 · 상류에서 하류로 그 영역을 확대해나간 것으로 알려져 있다. 상류는 영산강 유역 중에서도 사람들이 일찍 터를 잡은 곳으로 평지가 넓게 펼쳐져 있어 농경에 유리하며 자연에 맡겨 삶을 영위하기 좋은 조건을 갖춘 곳이다. 그 여유로움에 걸맞게 누정이 집중적으로 분포하고 있다.12

누정은 시문을 읊조리며 후학을 양성하는 양반—사대부들의 훈육장

---

11 이성부, 「전라도 7」, 『깨끗한 나라』, 미래사, 1991. 10.
12 뿌리깊은나무, 앞의 책, 182~185쪽 참조.

으로 중앙정부의 다툼에 밀려 충절과 기개로 은둔한 자들이 주축을 이루며 기거하는 곳이다. 누정풍류와 연군충정의 집적물인 호남의 강호가도江湖歌道가 문채를 발휘하는데 강은 최적지가 되고 있다. 대다수의 강이 그렇듯이 영산강도 강의 상류가 자연친화를 기조로 하고 있다면 중·하류는 인공이 가미돼 있는 편이다. 상류에서는 자연의 신비가 인간에게 힘을 주었다면 중·하류는 인간의 노력에 의해 자연이 비로소 힘을 얻게 된 것으로 알려진다. 이러한 점은 설화에서도 여실하게 증명되는 바, 상류지역의 설화가 자연중심의 사유구조 속에서 배태됐다면 중·하류지역은 인간중심의 설화가 더 많이 반영되는 것으로 조사·분석된 것으로 나타나 있다.[13]

중·하류지역은 상류에 비해 신분적으로 소외된 기층민이거나 유배당한 몰락양반들이 마을을 이루고 산적한 문제들을 극복하려는 노력이 묻어 있다. 즉 하류로 내려올수록 자연적 신비가 사라지고 인간적 욕망과 생산적 기능에 치중한다. 남도의 역사와 민중을 안고 흐르는 협의적인 의미로서의 영산강은 중·하류의 취락을 염두한 것이며 많은 시편에서 보인 민중적 상상력은 이를 토대로 이루어진다.

나해철의 '영산포' 연작은 작게는 연대기적 가족사의 형태를 띠고 있지만 자세히 들여다보면 산업화 과정에서 겪게 된 일그러진 현대사의 깊은 상처가 아로새겨져 있다.

> 배가 들어/ 멸치젓 향내에/ 읍내의 바람이 다다달 때/ 누님은 영산포를 떠나며/ 울었다. (…중략…)// 빈손의 설움 속에/ 어머니는 묻히시고/ 열여섯 나이로/ 토종개처럼 열심이던 누님은/ 호남선을 오르며 울었다. (…중략…)// 포구가 막히면서부터/ 누이는 입술과 살을 팔았을까/ 천한 몸의 아픔, 그 부

---

13 위의 책, 187~195쪽 참조.

끄럽지 않은 죄가/ 그리운 고향, 꿈의 하행선을 막았을까/ 누님은 오지 않았
다/ 잔칫날도 큰집의 제삿날도/ 누님 이야기를 꺼내는 사람은 없었다. (…중
략…)// 갈꽃이 쓰러진 얼굴로/ 영산강을 걷다가 누님은/ 어둠에 그냥 강물
이 되었지,/ 강물이 되어 호남선을 오르며/ 파도처럼 산불처럼/ 흐느끼며 울
었지.

— 나해철, 「영산포 1」 부분[14]

신춘문예 데뷔작인 「영산포 1」은 산업화 시대로 치달은 그다지 낯설
지 않은 풍경을 보여준다. 국토개발현장에서 밀려나 이농하거나, 혹은
누대에 걸친 빈한을 털기 위해 도시로 떠난 우리네 누이와 형제들의
잔영이 고스란히 펼쳐진다. 푸른 꿈을 안고 호남선에 몸을 실었지만
기별조차 없는 누님은 잔칫날에나 생각이 미친다. 이렇듯 콧잔등이 찡
해 오는 '짧한 가슴앓이'는 이곳에 삶의 기반을 마련한 사람들이 느낄
법한 보편적인 감회일 성 싶다. 나해철은 특히 위 시편을 비롯한 연작
시 전편에 걸쳐 누이와 형제, 아버지와 어머니, 할아버지와 할머니, 일
가붙이 등 가족사를 주된 배경으로 설정해 잔잔하면서도 도도한 영산
포구의 이면사를 서정적으로 그려낸다.

최규창은 『영산강 비가』를 통해 유년에 대한 추억을 기반으로 해 영
산강에 관한 민중적·역사적 상상력에 자연생태학적 상상력을 아우
른다.

① 영산강에 와서/ 백제의 말발굽소리를 듣느냐/ 역사의 썩은 물/ 민족의
오늘을 보느냐/ 나라를 잃고/ 먼 일본에서 고향 그리워/ 소리 지르던 신음소
리를 듣느냐/ 이제나 저제나 시간은 흐르고/ 백제의 찬란한 평화/ 들여다 보

14 나해철, 「영산포」 1~10, 『무등에 올라』, 창작과비평사, 1984.

아라/ 너의 오늘을 들여다 보아라/ 白衣의 동학군도/ 높은 뜻 새기고/ 깃발과
깃발을 올리지 않았더냐

— 최규창, 「영산강에 와서 3」 부분[15]

　② 아이야 영산강 가자/ 뜨거운 햇빛 받으며/ 잔물결 하늘거리는/ 영산강
으로 가자// 영산강에 가서/ 낚싯대 드리우고/ 말없는 하늘을 바라보자/ 가끔
날아오는 잠자리처럼/ 물끄러미/ 너를 바라보자// 아이야 영산강 가자/ 석양
의 그늘 속에서/ 풀 향기 그윽한 언덕은/ 얼마나 다정한가

— 최규창, 「아이야 영산강 가자 2」 부분[16]

　위의 시 ①에서 본 바처럼 시인에게 비친 영산강은 후삼국시대부터
근대 동학에 걸친 신산스런 역사의 굴곡과 함께 해왔다. 실제로 영산
강 상류 유역인 광주 일대는 후백제의 견훤이, 중·하류인 나주 인근
에서는 후일 고려를 개국한 왕건이 활약한 것으로 기록되어 있다. 이
는 설화적 분포가 상류엔 견훤을 중심으로, 중·하류엔 왕건을 배경
으로 한 내용이 많다는 사실에서 유추할 수 있다. 역사적으로 소급해
볼 때 문화의 흐름 역시 당시 지역문화인 광주와 중앙정부 및 이의 연
계망인 나주와의 갈등이 적지 않게 노정되었음도 짐작할 수 있다. 이
러한 만만찮은 부대설화를 안고 강은 '사납고 크지 않게' '남쪽 구석'
을 흘러왔던 것이다.
　한편 영산강은 역사를 밑자리로 한 상실과 수난, 소외의 상징에 머
무르지 않고, 그것을 딛고 일어서려는 역경 극복의 몸부림이 민중적
생명력과 건강하게 연결된다. 그리고 ②에서 보여준 바처럼 누구나 희

15　최규창, 「영산강에 와서 3」, 『영산강 비가』, 영언문화사, 1993. 4.
16　최규창, 「아이야 영산강 가자 2」, 위의 책.

원하는 유토피아로 설정되기도 한다. 유토피아란 인간과 자연이 공존하며 합일을 이루는 공간이다. 아이와 어머니가 강의 잔물결과 하늘의 햇빛, 실버들과 풀 향기, 잠자리와 매미와 송사리 떼 등 자연물과의 합일을 이뤄낸다. 시적 화자가 막연히 자연물에 가탁되는 것이 아니라 능동적으로 개입한다는 데 묘미가 있다. 영산강을 노래한 시인들에게서 단순한 자연의 서정을 느끼기보다는 역사적 비극과 고통을 현실 속에서 감내하는 몸부림도 엿볼 수 있는 것도 사람들이 주체적 화자로 등장하는 데서 찾아진다. 요컨대 영산강은 남도에 흐르는 역사적 기억과 정한, 슬픔과 추억으로 이어지는 보편적 정서를 대변하며 남도만의 다양한 문화를 적층해나간다.

3. 모성, 혹은 고향으로 '회귀하는 강'

모성이란 고향의 다른 이름이다. 영산강 시편에 담긴 원초적 심상은 모성회귀로부터 찾을 수 있다. 주지하다시피 고향이란 한 개인의 과거가 묻어 있는 곳으로 '오늘의 나'를 키워내는 인식과 가치를 형성한 의식과 무의식의 총합總合이라 할 수 있다.

요컨대 '고향'은 나를 존재케 한 공간이며, 나를 길러낸 시간이며, 사람들과의 심적 교류인 마음[사람]이라는 세 가지 요소가 불가분의 관계로 굳어진 복합된 심성心性체계다. 이러한 연유로 고향이란 '무슨 뜨거운 연정'과 관계없이 그 자체로 그리움의 대상이 된다. 오늘을 있게 한 어제가 미래에도 여전히 '고전古典'으로 울음을 울기 때문이다. 그 고전적 아우라란 고향 사람들이, 상호 간에 느낄 수 있는 특별한 감회가 될 것이다.

시인들에게 시적 자아를 형성한 태반으로서의 고향은 성장기인

유 · 소년기의 애틋한 기억과, 그 다단한 삶 속에 얽혀 있던 사람들 사이의 정감이 비중이나 우열을 논할 수 없는 여러 가지 양상으로 조감된다. 고향은 '키 큰 나무가 저물 무렵이면 애들 울음으로 마을을 소리내어 흐르는' 곳이며 '장을 따라 나선 어머님 강변의 숨죽인 슬픔이 아름다운 강철의 띠가 되어 적시는 할아버지의 땅'으로 인식된다. 나해철의 고향은 시간과 공간으로서의 고향보다는 가족 구성원간의 관계와 교류, 이로 인한 추억에 집중된다.[17]

① 꿈으로 잠을 깨는 榮山洞 시절/ 지금은 식자공 내 동생의/ 앞니 사이로 새는 바람이/ 강변 갈대숲을 흔들 때/ 밤이 깊도록 나는 모래밭과 강둑에 몸을 굴리며/ 다수운 손과 목소리, 어머니와/ 지난 봄의 분꽃 그 사랑을/ 그리워했다./ 그리움에/ 강물이 은실의 띠가 되어 목에 걸릴 때면/ 뽀오얀 쌀밥처럼 어머니는 오셔서/ 슬픈 내 공복에 녹으셨다./ 빵처럼 기쁨으로 강물이 부풀면/ 황시릿배는 와서/ 간밤의 꿈과 젓과/ 홍어를 풀고 잠시/ 내 눈물의 소금기로 만선인 채/ 돌아갔다

— 나해철, 「영산포 5」 부분

② 섣달 그믐이면 형제들이 돌아온다/ 저기 저 그늘 속 강물 곁을 걸어서 온다/ 생각하면 가슴 속 숨죽인 강물이 먼저/ 소리내어 흐르던 운곡리/ 외줄기 바람 찬 강둑길을 걸어서 온다/ (…중략…) 돌아와 흙 위에 풀밭에 몸을 던져/ 가슴으로 입술로 향내에 취하고/ 돌아와 산그늘 속 어머님 곁에 누워/ 비로소 귀한 생명으로 사람의 자식으로/ 몸은 덮혀지고 목청은 열리고 어머니/ 어머니 어머니

— 나해철, 「영산포 10」 부분

①과 ②에서 보여준 바처럼 영산포는 동생 · 어머니 · 형제들이 뛰놀

---

17 나해철, 「영산포 5」, 「영산포 10」, 앞의 책.

던 고향이다. 감정이 넘쳐나지 않고 군더더기가 없는 한 폭의 수채화를 연상케 한다. 서늘한 서정의 분위기를 자아내는 가족 이야기라 할 수 있다. 그런데 시인이 노래하고자 하는 서늘한 서정의 끈은 "포구가 버려지고부터 나는 기다리지 않고 늘 잠들어버렸다"(「영산포 5」)는 데 있다. 그것은 산업화 및 개발의 그늘에서 비롯된 것이다. "그 돌아와 버려진 집터를 바라보는 우리는 부서진 구들 잡풀 곁에 아득한 몇 포기 패랭이 꽃으로 선다. 눈시울에 달무리처럼 뜨는 문고리는 저만치 누워 가슴의 삼동을 열고, 어머님 기다리던 사립은 어디로 갔나."에서 보듯 '버려진 집터'와 '사립'이 이를 증거한다. 이러한 결과 시인의 고향인 운곡리는 이제 "물결소리로 가득한 산그늘"(「영산포 7」)만 남아 있을 뿐이다. 최규창의 경우 '고향'은 '어머니'와 등가의 관계를 형성한다. 어머니가 고향이고, 고향이 곧 어머니로 나타난다.[18]

> ① 아배의 말씀은/ 두만강에 서성이고/ 엄니의 말씀은/ 영산강에 떠돌고/ 노기띤 아배의 말씀은/ 문 밖에 서성이고/ 오늘도 아프게/ 영산강은 흐르더라
> — 최규창, 「영산강」 부분

> ② 영산강이/ 울 엄마 마음처럼/ 평화로운 것은/ 천년 세월을/ 삭이는 까닭이다/ (…중략…) 흐르는 강물이/ 이렇게 8월 한여름에도/ 차갑게 따스한 것은/ 울 엄마 눈처럼/ 차갑게 따스한 것은/ 너의 오늘을/ 보고 있는 까닭이다
> — 최규창, 「영산강에 와서 4」 부분

> ③ 어머니는 사발 가득/ 달을 받아 빌었다// 섣달 그믐날/ 영산강은 멀다// 어머니의 합장을/ 가슴에 안고/ 싸늘한 시멘트길을 걷는다/ 돌아가신 할아버

---

18 최규창, 「영산강」, 「영산강에 와서 4」, 「어머니의 입김−영산강 7」, 『영산강 비가』, 영언문화사, 1993. 4.

지/ 기침소리가/ 먼 영산강에서 들려온다// 그래도 달무리가/ 따스한 것은/
어머니의 입김 때문이다

— 최규창, 「어머니의 입김 – 영산강 · 7」 부분

최규창에게 고향의 대명사인 영산강은 육신과 영혼에서 모두 어머니로 표상된다. ①에서처럼 세월의 무늬가 빛 바랜 현재에도 그 공간에는 어머니와 아버지의 음성과 얼굴이 교차되고 있다. 모성과 부성을 바탕으로 기억되는 유년의 정신이 존재하기에 시인은 언제나 안식처로 삼을 수 있다. ②의 시에도 따뜻하고 편안한 고향의 이미지와 함께 그리운 어머니의 얼굴이 선명하게 새겨져 있다. 그 어머니는 추울 때는 덮어주고, 더울 때는 시원하게 해주는 '차갑게 따스한' 눈빛이다. ③에서는 '어머니의 눈빛'이 '어머니의 입김'으로 전화하면서 대처로 자식을 떠나보낸 어머니의 비원이 합장에 실려 전해온다.

시인은 이처럼 넉넉하게 흘러가는 강물을 떠올리며, 고향과 어머니·아버지·할아버지 등 가족의 삽화를 소재·제재·주제로 변주해낸다. 시인에 있어 시적 고향인 영산강은 오늘의 삶을 반추해 역경을 딛는, 용기와 희망을 갖게 하는 구원의 표상으로 보인다. 그러다보니 자잘하고 구체적인 삶의 행태가 정치망으론 포획되지 못하는 아쉬움이 있다. 강의 세부를 들여다보거나, 많은 것을 건져올리는 데는 저인망의 포에지를 투척하는 편이 효율적일 것이다.

이수행의 시적 심상은 삶의 역동적인 공간으로서 영산강 유역의 구체적인 고유지명과 함께 유년의 추억을 반추하는 것으로 집약된다.[19]

---

19 이수행, 「영산포구」, 「구진포」, 「몽촌리 여수」, 『영산강』, 모아드림, 2000. 4.

① 소금배 어물젓 내음이며 아흔아홉 굽이/ 설레는 기다림, 뱃고동 소리에 부산 떨던 아낙들/ 쌈박질 속에 흥건하게 묻어나던 정겹던 사투리/ 물비늘 치며 튀어 오르던 어부식구들 (…중략…) 차마 터뜨리지도 못하는 슬픔 속에 깊이 잠겨/ 기척도 하지 않는

— 이수행, 「榮山浦口」 부분

② 보릿잎 총총한 강길 제방에서 나비떼처럼 뒹굴다/ 엄마 같은 각시를 꿈꾸면서 꽃반지/ 꽃시계 엮었던 시절이었지야// 하얀 돛배들이 밀물을 타고/ 배암떼처럼 夕陽을 싣고 오면/ 석류알 터지듯 빛 부신 浦口에서/ 다슬기처럼 붙어앉아/ 버들피리 돌려불면서 아버지들/ 붉은 손사래에 오금이 저리도록 기뻐/ 찔끔찔끔 눈물 솟치던 동무들이었지야

— 이수행, 「九津浦」 부분

③ 빈 항아리로 누워 있는 마을/ 허연 낮달 사이로 플라타너스 이파리들이/ 모천을 기어오르는 연어떼처럼/ 물결치고/ 아스라히 멀어진 세월을 그래도 감춰문 강어귀/ 늙은 당산나무 미동도 없는 어깨잠 그늘엔/ 누군가 말갛게 풀어놓은 삶의 흔적처럼, 서로/ 체온을 포개고 누운 몇마리 새끼염소들이/ 순정에 겨운 눈썹씨름을 하고 있을 때

— 이수행, 「夢村里 旅愁」 부분

이수행 역시 유년과 모성의 구심체인 고향에 대한 그리움을 추억하는 것을 기조로 한다. 시인은 고유지명을 시제로 차용하여 그곳에서 기거한 기억 속의 사람들을 등장시켜 추억여행을 찾아나선다. 어머니·아버지·아낙들·어부식구·각시·동무들이 그 풍경의 화자다. 특히 이 시에서 핏빛 자운영·어물전 내음·배암·석류알·다슬기·버들피리·연어떼·새끼염소 등 삶을 터전으로 펼쳐진 다양한 자연물은 신화적 공간을 연출하는 데 효과적인 기제가 되고 있다. 인간이 그 오브제인 자연물에 조화롭게 가탁되는 경우라 할 수 있다. 다만 시편

의 기조가 전반부는 신화적·원형적 공간으로 제시되고 있다면 후반부에 이르러선 안타까움과 쓸쓸함이 포개져 있는 '지금의 눈'으로 마무리하는 획일적인 구도로 짜여 있어 재미가 반감되고 있다.

4. 주체적 화자의 '치열한 삶의 강'

누구나 한번쯤 들어본 듯한 야화野話를 패러디한 듯한 다음 시에서 김왕노가 보여준 '당대當代의 강'은 물이 내가 되어 흐르는 강이 아니다. 그 강은 물리적·화학적으로 흐르는 강이 아니라 시간과 세월을 회유해 반추하는 사유의 강이다. 구체적으로 말하자면 시인의 '욕망이 숨쉬는 대로' '비만의 잠을 청한 채' 살아온 과거가 집적된 회한의 강이다. 이와 동시에 새로운 곳에 틈입하거나 안착하고자 맞선 경계境界의 강이다. 시인은 과거의 기억을 털고 현실에 맞서 보려 하지만 지나온 궤적은 그 경계를 훌쩍 넘을 수 없게 만든다. 현재는 부단히 역류된다. 그리고 다시 현재로 돌아온다.

그 숱한 아름다운 삶의 방법이 있음에도 더 없는 삶의 희망 속에서 난 더럽게 잘 살아왔다 불 없으면 생쌀을 씹었다 칠흑 속이어도 손으로 더듬어 뻣뻣한 욕망을 뻔질나게 밀어 넣었다 어느 집 창가로 흐느낌이 새어나와도 알 바 아니라는 듯 마당 가득 우울한 꽃이 피어나도 상관없이 이 편 저 편도 아니었기에 이 눈치 저 눈치 보며 살다 때로는 뒤꼍에 나가 서러워 울기도 했지만 더럽게 장만한 단조로운 내 삶의 틈을 비집고 틀어 비만의 잠만 잤다 무늬만 사람인 채 잘 살아왔다 변절을 강요하던 나직한 목소리에 굽신대며 군화발로 걸어오는 세월에 굴복하여 그러나 그것은 내가 바라는 바가 아닌 바 오랜 기도로 속죄해야 할 대목들 강물에 눈을 씻고 개안하러 끔찍한 얼굴을 씻으러 당대의 강가로 간다

— 김왕노, 「당대의 강가에서」 부분[20]

김왕노는 지나온 삶의 궤적을 '아름답거나' '희망' 이라고도 애써 말해보지만 '뒤꼍에 나가 서러워 울기도' 했던 기억을 이기지 못한다. 이도저도 아닌 그늘진 삶을 통과해온 것이다. 시인은 '무늬만 사람인 채 살아온' 개아個我를 벗고 '강물에 눈을 씻고 개안하러, 끔찍한 얼굴을 씻으러' 강가로 나선다. 정작 성찰의 시선을 보내지만 그 강은 여전히 '폐수로 부패가 흐르는 강' 일 뿐이다.

그래서 '무늬도 만들어보지 못한 꽃구름' 같은 환하고 슬펐던, 즐겁고 유쾌하지 못했던 시간들을 지우기 위해 '피가 나도록 문지르고 눈 씻는' 위무의 강을 간구한다. 아무도 없는, 어두운, 빈 강가에서 지난 시절의 부끄러운 기억을 가려움인 듯 씻으려 한다. 돌이켜보면 우리는 얼마나 많은 헛말과 헛꿈으로 타자들을 현혹했는가. 내 안의 또 다른 나를 부종처럼 키우지 않았는가. 일체고액─體苦厄을 송두리째 등목하니 시인은 이제서야 후련하다. 크든 작든 이제서야 희망의 등불 하나 보인다.

강은 언제나 사유와 회한, 성찰과 반추, 욕망과 위무를 공유한 도저한 삶의 당대를 안고 흐르게 마련이다. 이런 점에서 시인들이 '당대의 강가' 를 소요하는 일은 불가피하다. 김왕노의 시편이 빛을 발하는 것도 도저한 당대성에 기인한다. 이 때 당대라는 어의를 공간적인 가격으로 환치하자면 '삶의 치열한 현장' 이 될 것이다.

누이여/ 너의 가슴은 고향/ 우리들이 뛰놀던 꽃바탕처럼/ 그리움으로 봄동산이지만,/ 눈이 내리는 남림방직 직기부/ 끝없는 바람은/ 작업장 忍冬의 불빛에도/ 날이 선 칼이 되어/ 어머니 어머니 오랜/ 허기를 덥히는 네 음성도/ 강가 주물공장 첫사랑도/ 그 무슨 앙갚음으로/ 옷깃을/ 설 듯 베어버리는구나, 기다림은/ 댕기머리 너를 이제 흐느끼는 아이들을 달래는/ 부푼 젖가슴 언

니이게 하지만/ 다독거리며 너마저 울면서/ 여직 너는 반토막 라면을 씹으며/
또 무엇을 더 기다려야 하느냐./ (…중략…)/ 구겨진 몇 벌의 희망, 누군가/ 하
룻밤 술값이라던 십여 년/ 눈물의 통장을 들고/ 누이여 올해는 떠나자.

— 나해철, 「영산포 8」 부분[21]

고향은, 고향을 떠나 도회로 가서 살고 있는 도시 노동자들의 방직
공장에서도, 주물공장에서도 언제나 돌아가고픈 동경의 대상이다. 유
소년기의 '진홍빛 진달래'와 '어머니'의 따스한 정감이라는 직접체험
이 있기 때문이다. 하지만 삶은 현실이고 고향은 언제나 이상이다. 삶
의 치열한 현장을 외면할 수 없는 현실에서 고향과 누이, 어머니에로
향한 그리움은 슬픔으로 귀결된다. 위 시에서 보여준 도저한 서정성과
함께 '슬픔도 유전'이라는 격언이 의미를 가지는 것도 이 때문이다. 이
러한 이유로 해서 나해철의 「영산포」는 서정성이 대중성과 접목되는
좋은 사례로 기록된다. 이수행의 시편 역시 '당대'와 '현장'을 공유하
고 있다. 영산강의 뻘을 노래한 다음 시를 보자.

당대를 살아가는/ 길고 긴 썰물의 계절에 쫓기듯/ 울먹이며 떠난 강사람들
이/ 뻘겋게 떨구어 논 肉質의 녹물 같았어야/ 울화로 옹이진 가슴 밑바닥 무
시로/ 타오르는 기름땡이 같았어야/ 도끼날 같은 어둠에 찍혀/ 옴짝없이 걸
려든 시절이 게워 낸/ 퍼런 멍 갈피들이 소리없이 응결해 논/ 끄치지 않는 아
우성 같았어야// 무엇이나 깊게 쌓이면 더 쉬이/ 온몸 시큰하게 풀어진다고
들 하든디/ 누구나 살 걷어내면 눈부신 뼈 드러나듯/ 하얗게 몽글어진다고들
하든디 말이여/ 그랑깨 그런지 콕콕 찍어대던 뻘밭이 쬐끔씩/ 엄니들 태반같
이 보여서 인자는/ 솔솔 살냄새 나는 것 같았어야

— 이수행, 「뻘」 부분[22]

---

21 나해철, 「영산포」 연작, 앞의 책.
22 이수행, 「뻘」, 앞의 책.

뻘은 강과 바닷사람들의 모태에 해당한다. 태반이 자양분의 실핏줄이 되어 아이를 길러내는 자양인 것처럼 뻘은 그곳 사람들의 끼니를 연명하고 삶을 지속케 하는 생명의 터전인 셈이다. 뻘은 바다의 온갖 생명을 만들어 사람들의 삶을 돕는 터전이기 때문이다. 뻘은 갯가 사람들의 삶의 근거를 보여주거니와 거기에는 그들 나름대로의 희로애락이 농축돼 있다. 진득하면서도 질박한 삶의 애환과 갖가지 표정이 담겨 있다.

시인은 영산강을 삶의 현장에서 멀어져간 갯가 사람들의 응어리가 담긴 '육질의 녹물', 시절이 게워낸 '끄치지 않은 아우성'이라 명명한다. 나아가 유년의 기억과 시간적 거리를 두게 된 이제 뻘밭은 '솔솔 살 냄새 나는 엄니들 태반'으로까지 보이기에 이른다. 시인이 각운 '같어야', '같았어야' 그리고 '하든디 말이여', '그랑께 그런지' 등 남도 사투리와 함께 적절한 비유법을 동원한 것은 궁극적으로 뻘밭의 생생력을 증진시키려는 저의가 있다. 비유가 승하다 보면 재미에 이끌려 이러한 의도가 반감될 법도 한데 오히려 강의 비애가 진하게 느껴진다.

한편으로 시인은 영산강을 기반 삼아 살아가는 사람들의 평범하면서도 다양한 삶의 이야기를 해학과 풍자로써 조명한다. 시인은 강의 내력만큼이나 많은 이치가 민초들의 삶 속에 담겨 있는 것을 직접화법으로 제시한다.[23]

몇몇 시편을 예거하는 데 불과했지만, 이수행의 「영산강」 시편에는 영산강을 근거로 삶을 지탱하는 민초들의 말을 여과없이 액면 그대로

---

23 위 시편 외에도 근천 삼거리에서 이발소를 운영하는 「봉근이 아부지」, 북녘에 두고온 가솔을 생각하며 윗녘 사투리로 낮술에 취해 울병을 달래며, 열두 살부터 망치질을 시작한 「석수장이 영박이」, 순둥이에서 싸낙배기로 변한 해름참 「남순이네」 등에서 민초들의 다양한 삶의 부면을 정직하게 드러내고 있다.

전달, 남도 사람들의 속내가 고스란이 드러난다. 이렇듯이 영산강은
치열하게 살아가는 남도 사람들의 삶의 터전, 그 자체인 것이다.

5. 생태환경을 경계하는 '위기의 강'

누구나 그리워하는 이상적인 형태의 강은 어떤 강인가. 아마도 그 강
은 로버트 레드포드가 감독한 영화 〈흐르는 강물처럼(A River runs
through it)〉에서 폴(브레드 피트 분) 형제가 연어 낚시하는 몬타나 주의
평화로운 강의 이미지를 떠올릴 수 있을 것이다.[24]

우리에게 그 강은 유년의 추억이 동반된 꿈같은 강으로 기억된다.
그 강은 잔잔하고 도도한 흐름으로 바람의 무게나 계절의 운행에 따라
모양과 빛깔을 달리하며 특유의 리듬을 연출하는 강이었다. 이 영화의
홍보용 브로마이드에 '우리의 추억 외엔 영원히 완벽한 것은 없다' 는
부제가 돋보이는 것도 강의 이미지가 선명히 각인되기 때문이다.

그런데 오늘, 우리 강의 경우는 어떤가. 우리의 강은 70년대 이후 급
격한 산업화 개발단계로 치달으면서부터 몸살을 앓고 있다. 우리는 오
늘 '허리가 잘리고 가슴바닥을 드러내며 누운 채 정형수술을 받고 있
는' 강을 목도한다.

> 江은 그런 것인지도 모른다./ 노하여 넘치면 사정없이 휩쓸고/ 주저앉아
> 마르면 가슴 바닥까지 내보이는/ 저자거리의 사람들일지도 모른다.// 그러나
> 아무리 말라도 江은/ 다시 흐를 자리 남겨 놓고/ 아무리 노해 날뛰어도/ 뿌리
> 약한 나무 몇 그루/ 반나마 기울어진 오막 몇 채/ 그 밖엔 아무 것도 어쩌지

---

24 이 영화의 원제는 "A river runs through it", 부제는 'Nothing perfect lasts forever,
expect in our memories.' 로 되어 있다.

못한다.// 江은 얼마나 많은 누명을 써 왔던가/ 허리 잘려 둑이 쌓이고/ 가슴 바닥 더 깊이 파헤쳐지고/ 누운 채 정형수술 받고 있는 江은/ 저자거리의 사람들인지도 모른다.// 저자거리의 사람들처럼/ 江은 죽어서 흐르는 江은/ 물고기 한 마리 기르지 못하고/ 철새도 찾아와 주지 않는 江은/ 괴로움 아는 누군가의 익사체 보듬고/ 배신의 세월 따라 흐를 밖에 없을지도 모른다.

— 김창완, 「江」 전문[25]

　꼭 가뭄 때문만도 아니게 강은 자꾸 야위고/ 저기 하상을 가득 채운 갈대숲의/ 갈대잎은 시퍼렇게 치솟아 오르며/ 무어라 무어라고 마구 소리친다. 그러니까/ 우리 정녕 강길을 따라 거닐며/ 그 윤기나는 머리칼 치렁치렁 날리던/ 날들은 기어이, 기어이는 오지 않아서/ 강물에 뱉은 쓴 약의 시간들은 저기 저렇게/ 새까만 암죽으로 끓어서 강줄기를 막는/ 것인가. 우리가 강으로 흐르고/ 강이 우리에게로 흐르던 그 비밀한 자리에/ 반짝반짝 부서지던 햇살의 조각들이여.

— 고재종, 「앞강도 야위는 이 그리움」 부분[26]

　강은 흐름이 생명이다. 흐름으로 인해 온갖 어패류가 노닐며, 물류를 운반하고, 물꼬를 대 농토를 비옥하게 만드는 등 생명력이 생긴다. 그런데 복개공사로 다리를 가설하고, 하구언 공사로 호수를 만들어 강의 생명력이 차단되고 있다. 흐름을 거부한 강은 철새도 물고기도 찾지 않는 '배신의 세월'로 역류할지 모를 일이다. 강의 유장한 역사인 흐름을 거부할 때 생명체는 살아남지 못하고 강은 죽는다. 강이 야위어가고 있는 것이다. '강물에 뱉은 쓴 약의 시간'으로 인해 '새까만 암죽으로 끓어서 강줄기를 막'다 보면 '반짝반짝 부서지던 햇살의 조각

25 김창완, 「江」, 『전라도여 전라도여』, 오늘의시인, 1985. 5.
26 고재종, 「앞강도 야위는 이 그리움」, 『앞강도 야위는 이 그리움』, 문학동네, 1997. 12.

들’ 뿐만 아니라 마침내 강을 기반한 한 시대의 문화가 숨을 멈추게 된다. 막히고 끊긴 다리 아래로 시커먼 오염과 스모그가 뒤덮이고, 허섭 쓰레기들이 둥둥 떠다니다 보면 지도상의 녹색부위는 회색지대로 변하게 될 것이다. 고재종은 이 시에서 용수원인 강의 쇠락을 들어 농촌 현실과 도시문명의 유입에 대해 경계의 시선을 모은다.

영산강 유역은 그곳에 삶의 기반을 이룬 농투성이들이 거친 황무지 돌밭을 부드러운 흙밭으로 만들기 위해 곡괭이를 내리치고 돌멩이를 골라 만든 농사의 터전이다. 그런데 공사와 개발이 본격화하면서 거류민의 유랑은 곧 ‘슬픔’과 ‘울음’으로 변했다.

> 신음처럼 소리하며 뒤척이던 영산강/ 트럭에 태워져 흙구덩이로 가실 때/ 나서 자라 삽질하던 새끼내를 지나시며/ 나달지 여기 가오 나달지 여기 가오/ 강물은 삼십 년 물소리로 흐르고/ 황혼 무렵 아버님이 듣는/ 가슴 치는 강 울음.
>
> — 나해철, 「영산강 9」 부분[27]

시인이 자서에서 밝힌 “칠순의 할아버님이 강변의 아카시아 뿌리 엉킨 돌밭을 강바람에 수염 날리시며 하루 한 뼘씩 흙밭으로 만드시는 것을 보고 자란 때가 있었다”는 술회는 농토를 잃어버린 아버지와 할아버지가 아니면 감히 짐작할 수 없으리라. 시인은 이를 두고 강이 신음처럼 뒤척이며 울음을 우는 것으로 파악한다. 한편 운곡리에서 한 생을 마감하신 할아버지, 그곳의 운명을 지켜본 아버지와 형님은 ‘냉산에 누워 물결소리로 말씀하시고’, ‘잠들지 않기 위해 바람에 흔들리는’(「영산강 2」) 것으로 묘사된다. 나해철이 영산포구의 공사가 시작되

---

27 나해철, 「영산강 9」, 앞의 책.

는 시점을 상정하고 있다면 최규창은 공사가 어느 정도 진척돼 물줄기를 잃어버리고 신음하는 영산강의 비원을 노래한다. 영산강은 '나이를 잃어버린 것인지, 나이가 강을 잃어버린지 모르게' '감기 든 콧물' 처럼 잃어버린 나이를 흘려보내고 있다(「상실－영산강 2」). 시인은 예의 '백년만의 악몽인지 백년째의 악몽인지 모를 잠들어 있는 영산강'을 향해 '악몽일랑 말끔히 씻고 잠에서 깨어나서 강둑을 일어세우고 잃어버린 물줄기를 다시 찾아라'(「깨어나라－영산강 8」) 환기한다.

이 연작시의 행간에는 전반적으로 삶의 터전으로서의 비관적인 현실, 즉 산업화·문명화에 대한 비판 및 거부, 이로 인해 미구에 발생할 삶에 대한 위기감이 내재돼 있다. 그것은 문명화 및 자본주의의 그늘로 간주되는 각종 오염과 공해, 인간상실에 다름 아니다. 영산강 유역은 나주평야로 대표되는 곡창을 이루기 때문에 치수가 문제였고, 이 때문에 장성호·담양호·나주호·광주호, 영산강 하구언 등 대규모 역사가 벌어지게 된 것이다.

> 영산강에 문명이/ 들어선단다/ 영산강에 돈이/ 들어선단다/ 영산강에 미래가/ 들어선단다/ 과거를 내쫓고/ 미래가 들어선단다/ 박수를 칠 것인가/ 한숨을 쉴 것인가/ 思母曲이라도 한 곡/ 가야금에 띄울 것인가/ 영산강 소식에/ 손이 떨린다

— 최규창, 「영산강 소식」 부분[28]

이수행의 경우도 최규창의 시각과 비슷한 양상을 보인다. 다만 최규창이 산업화의 시작을 예고, 경계하며 '한숨이 나오고 손이 떨린다' 면 이수행은 산업화의 끝물이 가시지 않은 채 앙금처럼 남아 '하얗게 타

고 있는' 고향마을을 본다. 다소 시간적인 편차가 있지만 시선은 개발
이 진행되고 있는 고적한 농촌마을에 집중된다.

> 마을은 고요하다/ 물먹은 화선지 마냥// 징글징글한 농투성이 팔자/ 갈아
> 엎는다고 하나 둘/ 썰물이 된 지금// 마을은 풀벌레 소리조차 없다/ 쓰러져버
> 린 강물 마냥// 마을 한 귀 빈 집이 더 늘어도/ 억쇠 평식이가 십년 만에 돌아
> 와/ 등불을 켜 올려도// 마을은 말이 없다/ 빈 항아리 마냥// 찢겨 나간 시절
> 들을, 어쩌면/ 그 그림자들까지 쓸어안고/ 하얗게 타고 있을 뿐
>
> — 이수행, 「會津里」 부분[29]

이 시 속에는 쇠락한 농촌 풍경에 대한 한숨과 눈물이 내비쳐져 있
다. 산업화의 모순이 사회적·정치적으로 심화되는 과정에서 소외될
수밖에 없었던 농촌현실을 핍진하게 보여준다. 간척지로 개간되고 하
구언 공사가 이뤄져 '풀벌레 소리조차 없'어 '쓰러져버린 강물'이 된
것은 농토·농가·농투성이만이 아니었다. 학교도 예외가 될 수 없었
다. "기와버섯 수북한 교실 처마 끝엔 추억 속에 잠긴 녹슬어 시뻘건
종이 잡초 무성한 화단가 이름 없는 꽃대궁들 곁에 시큼한 바람종을
치"(「夢村里 旅愁」)게 된 진풍경이 곳곳에 산재해 있다.

영산강은 '영산강개발사업'이 본격 진행된 1977년 10월 마지막 배
가 떠난 이후 배가 돌아오지 않고 있다. 뱃길이 자취가 없게 되자 강
의 문화와 사람들의 인정도 묘연해진 것으로 알려진다. 최근 들어
'자연의 극복과 자연의 파괴는 의미가 다르다'는 상생적 발상에서
강을 환경친화적으로 양성해야 한다는 의견이 비등하다. 이러한 맥
락에서 나주와 영산포로 이어지는 영산강 문화의 구심점을 회복하고

---

29 이수행, 「會津里」, 앞의 책.

영산강이 남도의 젖줄과 혈맥이 되기 위해서는 뱃길이 복원되어야 한
다는 의견이 높다.[30]

6. 마무리

시적 장치와 기제로서 '영산강'은 일차적으로 안식과 평온을 가져다
주는 감성적·정서적 대상물로 접근된다. 그런데 그 상상력은 비단 위
안과 정화라는 자정自淨작용에 머무르지 않고, 민중을 기반으로 한 사
회역사적 상상력과 결부돼 나타나기도 하고, 모성과 고향에 대한 애틋
한 이미저리로 형상화하기도 하며, 삶의 치열한 현장이 여과 없이 노
출되기도 하며, 문명과 산업화의 경계선에 놓인 위기 상황으로 비쳐지
기도 한다.

나해철·최규창·이수행의 연작시편을 중심으로 '영산강'과 그 주
변에 얽힌 삶과 일상사에 관해 시인의 심상 이미지가 형상화하는 과정
과 그 의미를 추적한 결과를 요약한다.

우선 시적 기제로서 '영산강'은 역사를 밑자리로 한 상실과 수난, 소
외의 상징에 머무르지 않고, 그것을 딛고 일어서려는 역경 극복의 몸
부림이 민중적 생명력과 건강하게 연결되고 있다는 점이다. 시적 화자
가 막연히 자연물에 가탁하는 것이 아니라 삶과 역사에 능동적으로 개
입하고 있기 때문에 단순 서정이라기보다는 역사적 비극과 고통을 감
내하는 몸부림을 엿볼 수 있다. 요컨대 '영산강'은 남도에 흐르는 역사
적 기억과 정한, 슬픔과 추억으로 이어지는 보편적 정서를 대변하면서

---

30 김형근, 「영산강 뱃길 살리자」, 『영산강 시대의 지역발전 방향과 과제 심포지
  엄」, 나주시청, 2004. 12. 3.

남도 특유의 시적 상상력을 적층하는 탁월한 기제가 되고 있다.

시인들에게 시적 자아를 형성한 태반으로서 '영산강'은 성장기인 유·소년기의 애틋한 기억과, 그 다단한 삶 속에 얽혀 있던 사람들 사이의 정감이 비중이나 우열을 논할 수 없는 여러 가지 양상으로 조감된다. 시적 고향인 '영산강'은 오늘의 삶을 반추해 역경을 딛는, 용기와 희망을 갖게 하는 구원의 표지로 읽힌다.

한편 '영산강'은 삶의 현장에서 멀어져간 갯가 사람들의 응어리가 고스란히 담겨 있다. 시인들은 영산강을 기반 삼아 살아가는 사람들의 평범하면서도 다양한 삶의 이야기를 해학과 풍자로써 '개아화' 한다. 그리하여 강의 내력만큼이나 다단한 삶의 이치가 민초들의 삶 속에 담겨 있음을 간접, 직접화법으로 제시하고 있다.

마지막으로 '영산강' 시편에는 쇠락한 농촌 풍경에 대한 한숨과 눈물이 내비쳐져 있다. 여기에는 산업화의 모순이 사회적·정치적으로 심화되는 과정에서 소외될 수밖에 없었던 농촌현실과 함께 개발시대의 논리에 부응해 피폐화, 오염화되고 있는 '영산강'의 현실이 핍진하게 그려진다.

문화의 세기로 통칭되는 21세기 담론의 화두는 정보와 환경으로 모아진다. 두 명제는 모두 길을 여는 것과 직결된다. '정보화'란 인터넷이 사회 전반을 운영하는 업무적 소통구조에 해당한다면 '환경 살리기'란 자연·환경친화적으로 삶의 질을 쾌적하게 하여 공동체적 복락을 누리는 생활적 소통구조가 될 것이다. 이 둘이 동일성을 추구하며 같은 방향으로 맞물려 나갈 때 구원해 마지않는 최적의 삶에 다가설 수 있을 것이다. 물길을 다듬고 강을 살리는 일은 에코토피아를 구현하는 것과 직결된다.

신경림 시의 궤적과 내면의식 탐구

시의 '등가성 원리'와 결부하여

신경림 시의 궤적과 내면의식 탐구

시의 '등가성 원리'와 결부하여

1. 머리말

주지하다시피 신경림 시인은 궁벽한 농촌과 그곳을 터전 삼은 농민적 정서를 주된 모티브로 삼고 기행과 방랑에 의지해 많은 시적 성과를 산출하고 있기 때문에 '민중시인', '기행시인', '방랑시인' 이라는 평가를 받고 있다.[1] 그는 시작 활동을 기반으로 시 이론가, 비평가, 산문가로서의 영역을 확보하며 파행과 질곡으로 점철된 현대사와 맞짝을 이룬 우리 현대시사를 알곡으로 일궈왔다.[2]

---

1 구모룡, 「고통과 초월」, 『작가세계』, 1998. 가을, 74~75쪽 참조.
2 신경림이 시력詩歷 48년을 결산하는 이번 전집(신경림, 『신경림 시전집 1 · 2』, 창작과비평사, 2004. 4.)은 1956년 등단 이후 1973년 발표한 첫 시집 『농무』에서 기산하여 2002년에 펴낸 『뿔』 등 총 아홉 권에 이르는 시집을 총망라하고 있다. 이번 전집은 고희를 맞아 발행되고 있다는 점에서 시인 자신의 물리적인 연대기뿐만 아니라 우리 현대시사적 측면에서도 각별한 의미가 있다 하겠다. 이 전집에는

기왕의 논자들이 대체로 동의하는 신경림 시의 특장은 삶과 현실의 급격한 변화 상황에도 자신의 시적 주제를 일관되게 지켜나가고 있다는 점이다. 이는 그의 시가 근본적으로 사물과 대상에 대한 정서적 일체감에 바탕을 둔 전통적인 서정시에 기초하고 있음을 뜻한다. 그는 전통적 서정 형식 속에 근대시의 주류에서 변방으로 밀려난 가난하고 소외된 기층 농민들의 전망 없는 삶을 안타까움과 쓸쓸함, 부끄러움과 갑갑함, 억압과 분노, 한과 절망, 신음과 절규 등 한민족 특유의 민중 정서로 담아내고 있다.

한편으로 지난 세기말 주류 담론으로 부상한 서구 모더니즘과 고투하면서 산업사회에서 불가피하게 노정된 농민과 농촌의 소외 문제를 사실적으로 묘파하고, 나아가 분단 이데올로기에 가려진 민중들의 삶의 정체성을 복원하는데 주력해왔다. 특히 취재형식이라는 직접체험에 의해 쓰인 그의 민요기행은 농업사회에서 근대산업사회로, 지배문화에 대한 기층 민중문화가 이행해가는 지점을 예각적으로 천착하며 실험적 시 형식의 새로운 경지를 개척한 바 있다.

요컨대 그의 시는 한국적 토속의 모티브를 전통 민요조 서정시에 올곧게 담아내는 차별성을 유지한 것으로 평가된다. 이러한 연유 때문에 서사성을 도입하여 토속적 민중의 생활을 탁월하게 형상화한 백석과 토속적 자연과 서정을 간결하게 묘사한 목월의 시 세계를 계승한 것으로 파악하기도 한다.[3]

한편 신경림 시의 서정적 감정이입의 세계는 전통 장르의 이월적 재

각각 5백 쪽에 달하는 전집 2권에 기존 9권의 시집에 실렸던 458편의 시를 모두 싣고 있다.

3 이영섭, 「쓰러진 자의 꿈」, 『한국문예비평연구』, 한국문예비평학회, 1998. 3.

현이라는 시 형식의 실험성을 추구한다. 즉 민요, 가사, 한시, 판소리, 굿사설 등 전통장르에 주목해 강한 서정성을 유지하면서도 이야기적 요소를 끌어들이는 등 서사적 완결성을 추구하고 있다. 그의 시는 이승과 저승, 성과 속, 현실과 내면, 절제와 분출 사이를 교유하며 서정과 서사의 교섭과 모색을 지향하고 있다. 다만 『새재』 이후, 서사시가 지향하는 서사요건과 구성상 유기성이 결여됐다는 한계가 지적된 바 있다.[4]

신경림 시가 전집 출간을 계기로 우리 현대시사의 한 획을 긋는 시점에 그의 시적 족적과 성취를 가늠해보는 일은 매우 요긴해 보인다.[5] 이는 한 시대를 풍미한 한 시인의 출발과 전개과정, 결산을 총괄하는 의미영역뿐만 아니라 질곡으로 점철된 우리 현대사 속에서 '농촌'과 '민중'의 기층 항목을 시문학사 속에 탁월하게 편입시킨 시사적 의미를 점검하는 작업과 직결되기 때문이다. 이러한 작업을 원활히 수행하기 위해서는 신경림 시의 전 대역을 기본 텍스트로 해 그 심리적 계기

---

4 유종호, 「고향의 노래」, 『여름날』, 미래사, 1991, 143쪽.

5 이희중(「시, 사람과 세상을 사랑한 기록」, 『작가세계』, 1998. 가을, 18~37쪽)은 신경림 시의 통시적 연대기를 ① 광산, 목계, 사람들―수업시대 ② 상경, 등단, 낙향―청년시대(「갈대」, 「눈길」, 「그날」) ③ 다시 서울, 농무―중년시대(『농무』, 『새재』, 『달 넘세』, 『민요기행』) ④ 열정, 겸허―다시 청년시대(『길』, 『쓰러진 자의 꿈』, 『할머니와 어머니의 실루엣』)으로 작성한 바 있다(괄호 안 작품은 필자분). 정치한 전기를 밑그림으로 해 그려진 이 구획법은 신경림 시작詩作의 동인과 변인, 모색과 지향을 살피기 위한 '로드맵'으로서의 필요충분조건을 구비하고 있어 본 논의를 수행하는 연대기적 지침으로 삼을 만하다. 전도현(「신경림 시연구」, 고려대 대학원 석사학위논문, 1993), 조남현(「다원적 방법론의 성과와 문제」, 『세계의문학』, 1983. 여름)의 논고도 이러한 논점에서 크게 벗어나 있지 않다. 본고에서는 9권의 시집에 실려 당대를 풍미하며 자천타천으로 추천된 작품을 중심으로 순차적으로 일별하기로 한다.

와 변화, 형식과 실험의 전이, 해당 시집에 노정된 시적 아우라 등에 관한 총체적인 검토가 필요하다 하겠다.

그런데 우리는 여기서 한 시인의 시적 총체성을 규명하는 방법으로 시의 등가성 원리를 상정할 수 있다. 주지하다시피 소쉬르를 위시한 구조주의자들은 언어의 가치를 상호 시차성과 공통성에 두고서, 이를 언어 관계들이 모여 이룬 체계 속에서 파악하고자 했다. 이들은 두 개의 대립되는 가치질서를 △하나의 언술 안에서 낱말들이 랑그의 선적 체계를 바탕으로 연쇄 관계를 이룬 결합체(syntagme)−결합관계와 △ 언술 밖에서 어떤 공통점을 갖는 낱말들이 기억 속에서 연합하여 다양한 관계들이 지배하는 집합인 계열체−계열관계라 기호화한 바 있다. 이를 시 언어에 대입해보자. 로만 야콥슨, 유리 로트만, 소쉬르의 언표를 빌리면 시어들의 부분과 부분이 모여 구와 행과 연을 만들고, 낱낱의 시어들이 계열을 이루고, 그 계열체가 결합하면서 내재적·함축적이면서도 외재적·직서적·직정적인 포에지를 구축한다. 이른바 '계열적 질서와 결합적 질서'가 그것이다. 요컨대 신경림 시의 총체를 온전히 이해하기 위해서는 그 방법적 원리로 '계열적 질서'와 '결합적 질서'의 조응에 주목할 필요가 있다.[6]

---

6 음운·형태·통사·의미 등 언어의 모든 현상을 총괄하는 두 질서는 서로의 공통성과 가치체계에 의해 이해된다고 할 수 있다. 본고는 의미론적 공통성과 가치체계를 규명하는 데 주안을 두기로 한다. **한 어휘의 의미는 구조에 의해 결정되거니와, 결합적 구조와 계열적 구조에 의해 어휘의 의미가 결정된다.** 달리 말하면 수평축과 수직축의 환경적 조합을 이루는 것이다. 계열적 구조인 수직축은 동일한 부류에 속하는 어휘의 집합으로 어떤 특별한 문법적인 환경이나 어휘의 맥락에서 다른 어휘로 대체할 수 있다. 반면 결합적 구조인 수평축은 다른 어휘와 연합할 수 있는 어휘 능력을 가진다. 특히 외재적 조건으로 폄하될 소지가 있는 계열적 관계가 시 창작의 한 축으로 엄연히 기능하고 있음을 주목할 만한 이

우리는 시를 분석할 때 시 속에 존재하는 시어들 사이의 관계, 즉 결합적 질서만을 생각하기 쉽다. 계열적 관계, 결합적 관계는 구나 문장 등 언어 사슬의 의미를 구조적으로 이해하는 데 필수적인 항목에 속한다. 그러나 시를 만들고 시를 이해하기 위해서는 무의식적으로 거쳐 가는 과정인 계열적 관계를 염두에 두지 않으면 전체적인 의미구조를 파악할 수 없다. 계열적 관계는 텍스트 내부의 내적 계열과 작가의 환경을 이루는 외적 계열로 구분할 수 있다.

신경림 시의 경우 이미 해당 시집 간행에 맞춰 텍스트 세부에 관한 논의가 적실한 성과로 축적돼 있는 형편에서 기획과 전략, 인식과 변주 등 신경림 시의 궤적이 요연하게 드러나기 위해서는 텍스트에 대한 주밀한 분석과 함께 전체적 구조를 두 계열 관계 하에서 콘텍스트(context)로 파악하려는 '맥락으로서의 독법'이 요청된다.

2. 존재와 사물의 탐색

신경림이 이한직의 추천으로 《문학예술》에 「갈대」, 「석탑」, 「낮달」, 「석상」 등 순수서정시 계열의 시를 발표하면서 문단에 등단한 때는 전쟁의 포화가 가시지 않은 폐허의 거리, 허물어진 가옥이 산재한 전후의 스산한 풍경을 배면으로 한다. 약관을 갓 벗어난 그는 당대의 절망감을 딛고 일어서려는 방편으로 노동과 문학을 택한다. 그는 백석의 「사슴」, 이용악의 「낡은 집」, 카와카의 「가난이야기」 등을 접하며 시에

유가 여기에 있다. 요컨대 당대 현실에 대한 시인 내면의 자의식은 계열의 축이 결합의 축과 맞물리면서 상상력으로 작동되며 온전한 의미의 시적 형상화를 기약할 수 있게 되는 것이다.

대한 생각을 키운다.[7]

> 언제부턴가 갈대는 속으로/ 조용히 울고 있었다./ 그런 어느 밤이었을 것이다. 갈대는/ 그의 온몸이 흔들리고 있는 것을 알았다.// 바람도 달빛도 아닌 것./ 갈대는 저를 흔드는 것이 제 조용한 울음인 것을 까맣게 몰랐다./ ─ 산다는 것은 속으로 이렇게/ 조용히 울고 있는 것이란 것을/ 그는 몰랐다
>
> ─「갈대」(『농무』) 전문[8]

> 우리는 협동조합 방앗간 뒷방에 모여/ 묵내기 화투를 치고/ 내일은 장날, 장꾼들은 왁자지껄/ 주막집 뜰에서 눈을 턴다./ 들과 산은 온통 새하얗구나, 눈은/ 펑펑 쏟아지는데/ 쌀값 비료값 얘기가 나오고/ 선생이 된 면장 딸 얘기가 나오고/ 서울로 식모살이 간 분이는 아기를 뱄다더라. 어떡헐거나./ 술에라도 취해 볼거나. 술집 색시/ 싸구려 분 냄새라도 맡아 볼거나.
>
> ─「겨울밤」(『농무』) 부분

> 아편을 사러 밤길을 걷는다/ 진눈깨비 치는 백리 산길/ 낮이면 주막 뒷방에 숨어 잠을 자다/ 지치면 아낙을 불러 육백을 친다/ 억울하고 어리석게 죽은/ 빛바랜 주인의 사진 아래서/ 음탕한 농짓거리로 아낙을 웃기면/ 바람은 뒷산 나뭇가지에 와 엉겨/ 굶어 죽은 소년들의 원귀처럼 우는데/ 이제 남은

---

7 이희중,「시, 사람과 세상을 사랑한 기록」,『작가세계』, 1998. 가을, 18~20쪽.

8 신경림의 시적 성과는 시집 『농무』(창작과비평사, 1975. 증보판으로 초판본은 월간문학사, 1973), 『새재』(창작과비평사, 1979), 『달 넘세』(창작과비평사, 1985), 『남한강』(창작과비평사, 1987), 『가난한 사랑노래』(실천문학사, 1988), 『길』(창작과비평사, 1990), 『쓰러진 자의 꿈』(창작과비평사, 1993), 『어머니와 할머니의 실루엣』(창작과비평사, 1998), 『뿔』(창작과비평사, 2002) 등 9권이다. 한편 시선집으로『씻김굿』(나남, 1987), 『우리들의 북』(문학세계사, 1988), 『신경림 문학앨범』(웅진출판, 1992), 『여름날』(미래사, 1991), 『갈대』(솔출판사, 1996), 『목계장터』(찾을모, 1999) 등 6권이 있다. 본고의 인용시는 2004년 4월 펴낸 『신경림 시 전집 1, 2』(창비)을 근거로 한다. 이하 쪽수는 표기하지 않음.

것은 힘없는 두 주먹 뿐/ 수제비 한 사발로 배를 채울 때/ 아낙은 신세타령을
늘어놓고/ 우리는 미친놈처럼 자꾸 웃음이 나온다.

―「눈길」(『농무』) 전문

위에 제시된 세 편의 시는 모두 20대를 전후해 발표한 시로 첫 시집
『농무』에 실려 있다. 처녀시편으로 간주되는 「갈대」에서 시인은 꺼억
꺼억 울부짖는 갈대의 울림 속에서 삶의 이치를 찾고 있다. 고단하게
온몸으로 밀쳐내는, 흔들림이 계속되지만, 오히려 그 흔들림 자체로
내성을 기르며 꺾이지 않는 갈대는 제 삶이 제 몸으로 흔드는 그런 울
음으로 전신을 지탱하고 있음을 인지한다. 시적 화자는 인간 삶을 조
용한 내적 울음에 비유, 삶에 대해 비극적으로 인식한다. 그 계기는 둘
째, 셋째 시편에서 여실히 보여준다. 두 시편은 외형적으로 전후 피폐
한 농촌 현실을 그곳에서 살아가는 '장꾼', '식모', '술집 색시', '이발
소집 신랑', '술집 아낙', '죽은 소년'을 화자로 등장시켜 시상을 전개
시켜 나간다.

그는 전쟁이 할퀴고 간 상처 자국을 목도했다. 보도연맹과 부역자
등 전쟁으로 인한 보복과 죽임이 즐비했고 한 동네에 살면서 서로 쳐
다보지 않는 집들이 많았다. 이런 상황에서 사물의 현상과 존재의 관
계에 관해, 즉 무기력한 존재로서 민초들이 겪는 시련과 고통의 근원
을 확인하려 한다. 먹고 살기 위해 농사, 광산, 공사장 및 방물장수, 아
편거간꾼 등으로 떠도는 등 안 해본 경험이 없는 이 시기는 시적 진술
의 생체험이 되고 있다. 충주 인근에서의 10여 년간의 방랑은 문학과
현실의 괴리에서 배태된 것이다. 이 경험이 후일 소외된 민중의 역사
적 현실을 적극적으로 탐구하려는 노력으로 작용한다. 즉 신경림 시의
계기와 출발은 다소 관념적으로 비쳐지긴 하지만 삶의 비애를 존재론

적 차원에서 들여다 본 현실과 내면의 비극적 응시에서 찾을 수 있다. 일반적으로 인식과 대상은 인식의 대상에 대한 결합과 구별이라는 이중성의 관계를 갖게 마련이다. 이 결합(관계)과 구별(분리)의 이중성은 의식 안에선 동일자이기 때문에, 이런 존재형태를 '결합과 비결합의 결합', '동일성과 비동일성의 동일성'이라 명명할 수 있다. 요컨대 인식의 존재방식과 대상의 존재방식에서 의식의 형태가 바뀌면 대상도 의식의 새로운 형태가 갖추고 있는 관점에 따라 다른 모습으로 변형된다. 의식(인식)은 이러한 대상과, 자기 자신과의 관계 속에서 끊임없이 성찰하면서 자기증식하는 것이다. 즉 시인이 경험에 의해 낮은 단계에서 보다 높은 단계로 시적 고양을 기획함은 '의식의 경험'에 다름 아니다.

위 인용시에서 결합적 구조에 해당하는 진술은 △나는 속으로 울음을 울고 있었다, △우리는 함께 겨울밤 술에 취하고 싶어진다, △우리는 억지 현실 앞에서 쓴웃음이 나온다이며, 여기에 조응하는 계열체들은 △갈대, △쌀값·비료값 얘기, 서울로 식모살이 간 분이, 술집 색시 싸구려 분 냄새, △억울하고 어리석게 죽은 빛바랜 주인의 사진, 음탕한 농짓거리, 굶어 죽은 소년들의 원귀, 아낙은 신세타령 등이다. 이들은 시인의 축적된 경험과 일상 현실을 배면으로 통사적 사슬을 이뤄내면서 결합적 구조를 가능하게 한다. 이들 시어들은 일상 언어로서의 언어 규칙을 위배하기도 하며 의미를 모호하게 만들기도 한다. 하지만 충돌과 모순을 야기하면서도 전체적인 의미 맥락을 만들어나간다. 즉 결합의 축에 등가의 원리를 투사하면서 시의 의미망을 확장시켜 나간다.

3. 기층 현실에 관한 실험적 접근

신경림 시작의 본격적 활동은 1970년 《창작과 비평》에 유종호의 소개로 「눈길」, 「그날」, 「파장」, 「벽지」, 「산 1번지」 등을 발표하면서 비롯된다. 이 시기는 장차 시인으로서 나가야 할 시의 방향을 짚고, 자신만의 시 세계를 기획하며 자재로운 시상을 보인 첫 번째 시집 『농무』에서부터 여섯 번째 시집 『가난한 사랑노래』에 이르는 30대 중반에서 50대 중반까지의 시기에 해당한다.

> 보름달은 밝아 어떤 녀석은/ 서림이처럼 해해대지만 이까짓/ 산구석에 처박혀 발버둥친들 무엇하랴/ 비료값도 안나오는 농사 따위야/ 아예 여편네에게나 맡겨두고/ 쇠전을 거쳐 도수장 앞에 와 돌 때/ 우리는 점점 신명이 난다/ 한 다리를 들고 날나리를 불거나/ 고갯짓을 하고 어깨를 흔들거나
>
> —「농무」(『농무』) 부분

위 시는 고단하고 핍진한 시인의 현실태를 배경으로 산출된다. 첫 시집 『농무』가 나오기 전에 아내가 위암으로 생을 마감하고, 4년 뒤엔 조모가, 그 1년 뒤엔 중풍으로 몸져 누운 부친마저 돌아가신다. 가족의 죽음은 시인을 더욱 황량하게 만들었다. 이러한 상황에서 시인이 감당할 수 있는 일은 시작을 통해 이러한 분위기를 담아내는 것이었다. 시집 『농무』의 미학은 저간의 상황과 함께 농민들이 자신의 생활공동체를 지켜내려는 몸부림을 사실적으로 표현하는 데 있다. 특히 농촌에서 쓰이는 농무의 동작이나 농악기의 소리 등 일상에서 쓰이는 언어들을 효과적으로 활용하고 있다.

위 시 「농무」는 흔히 '현실적 삶의 시적 형상화'를 만족스럽게 구현한 작품으로 평가된다. 기존의 서정시 문법에 안주하기를 거부하고 새

로운 시적 방법론을 실험적으로 개진한 사례다. 이 시집을 두고 많은 논자들이 세계에 대한 자아의 주관적 정서 표출 및 자아와 세계의 융합, 소리의 울림을 통한 서정성의 환기, 반복구 사용을 통한 지속적인 정조의 흐름과 정서적 통일성, 내면 독백 형식과 시간성의 무개입, 서사적 화자를 내세운 객관적 서술과 묘사, 정조를 환기하는 서정적 리듬이 아닌 서사적 리듬으로 표출하는 시적 방법이라 주시하고 있음은 이를 반증한다. 요컨대 당대의 구체적인 현실을 적절한 리듬에 싣는 서사 전략, 특히 압축과 절제를 통해 농촌 삶의 슬픔과 절망이 시적 울림을 자아낸다. 이때 시인에게 시적 언어란 표현이나 형상의 문제가 아니라 인식의 문제에 해당한다. 즉 그는 삶에 바탕을 두는 시만이 진정한 감흥을 주는 것으로 파악하고 있다.

> 못난 놈들은 서로 얼굴만 봐도 흥겹다/ 이발소 앞에 서서 참외를 깎고/ 목로에 앉아 막걸리를 들이키면/ 모두들 한결같이 친구같은 얼굴들/ 호남의 가뭄 얘기 조합 빚 얘기/ 약장사 기타 소리에 발장단을 치다 보면/ 왜 이렇게 자꾸만 서울이 그리워지나/ 어디를 들어가 섰다라도 벌일까/ 주머니를 털어 색시집에라도 갈까/ 학교마당에들 모여 소주에 오징어를 찢다/ 어느 새 긴 여름 해도 저물어/ 고무신 한 켤레 또는 조기 한 마리를 들고/ 달이 환한 마찻길을 절뚝이는 파장

—「파장」(『농무』) 전문

위 시는 신경림이 민중시의 물꼬를 튼 최초의 작품으로서 문학과 현실이 비로소 하나의 지점에서 만나는 경우로 평가받은 작품이다. 시인은 충북 충주와 인근 경북 지역을 중심으로 민요기행을 시작하면서 우리들에게 너무나 익숙하지만 잊혀진 유년의 기억, 기억 속으로 방치해 둔 고향 속으로 들어가 농촌의 소외문제를 다루고 있다. 시에 등장하

는 인물은 급격한 사회변화에서 주변부로 밀려난 범속한 인물이 주류를 이룬다. 농민과 농촌의 삶의 세목은 절박한 삶의 냄새가 절절하게 배어나는 곳으로 묘사된다.

이 시집에는 충주, 문경, 평창, 영월, 춘천, 목계, 새재와 박달재 등 충청도와 경상도의 지명이 동반되면서 장꾼들이 털어놓는 진솔한 세상 돌아가는 이야기, 연애담, 빨치산이야기, 죽음에 관한 이야기 등이 등장한다. 피난 온 사람들의 어랑타령, 한오백년, 애원성, 궁초댕기 등도 도입한다. 떠돌이 생활과 방랑벽은 황아장수, 방물장수를 따라다닌 기억과 겹쳐지며 "장사 장사 황아장사 걸머진 게 무엇인가 아기네들 굴레다리/ 각시네들 낭자댕기 선비네들 부채끈 도령네들 머리댕기"로 묘사된다.

「파장」이 현실적 가난이 객관적으로 묘사되고 있다면 「농무」는 가난에 대한 불만이 화자의 발화를 통해 표출되고 있다. 두 시의 공통점은 농촌이 적막한 공간으로 묘사되고 있다는 점이다. 그의 시의 서정적 미학은 역설적이게도 고통과 절망 속에서도 아름다운 자연을 핍진하게 묘파해 삶의 진경을 깨닫는 데서 찾게 된다.

> 그날 끌려간 삼촌은 돌아오지 않았다./ 소리개차가 감석을 날라붓던 버력더미 위에/ 민들레가 피어도 그냥 춥던 사월/ 지까다비를 실은 삼촌의 친구들은 우리집 봉당에 모여 소주를 켰다./ 나는 그들이 주먹을 떠는 까닭을 몰랐다./ (…중략…)/ 전쟁이 끝났는데도 마을 젊은이들은/ 하나하나 사라져 돌아오지 않았다./ 빈 금구덩이에서는 대낮에도 귀신이 울어/ 부엉이 삼촌의 술주정보다도 지겨웠다.
>
> —「폐광」(『농무』) 부분

「폐광」은 광산에 대한 암울한 상처의 풍경은 시적 체험으로 각인한 사례다. 집에서 2킬로미터 정도 떨어진 곳, 금점굴은 청년기의 생채기가 돋아난 곳으로 간주된다. 시인은 "낙반으로 깔려죽은 시체, 폐광을 뒤덮는 도깨비들, 굴속의 귀신들이 밤새도록 괴롭힌" 어구에서 가난한 사람들의 체제에 대한 불신, 반항심, 적개심, 증오심을 목도한다. 『농무』의 발간을 두고 "60년대까지 한국시를 지배해온 현실에서 벗어나 언어를 번롱하는 모더니즘 작풍을 탈각하고 다수 대중이 살아가는 현실을 받아들이는 이전과는 다른 새로움"에서 찾고, 그 새로움이란 "60년대 농촌의 곤핍한 현실을 사실적으로 그렸다는 점, 그리고 형식에 있어서는 누구라도 이해할 수 있는 평이한 어휘와 문장을 동원했다는 점"이란 평가는 이를 대변한다.[9] 하지만 "잃어버린 고향을 사회역사적 차원에서 구체적으로 환기함으로써 우리 민족의 정체성을 회복하는 데 기여하지만 지나친 서사적 충동과 민요적 단순성으로 인해 복잡다기한 현대인의 내면의식을 성찰하는 데는 한계가 있다"는 지적도 있다.[10]

『새재』는 훗날 남한강, 쇠무지벌로 이어지는 장편서사시 제1부로 구한말부터 일제강점기까지를 배경으로 민중의 분노와 저항을 역사적 깊이에서 천착한 시편으로 평가받는다. 이 시편은 민요의 가락을 적절히 활용하면서 민중의 설움과 고난, 분노와 저항을 역사적 깊이에서 형상화하고 있거니와 애기꾼이자 노래꾼인 창돌애비라는 반박수의 노래방식을 원용, 이야기 속에 노래를 섞기도 하고 노래 속에 이야기를 집어넣기도 한다. 시인은 고유의 가락이 개입돼야만 진정한 민요시가

---

9 유종호, 「서경, 혹은 풍물서정」, 『작가세계』, 1998. 가을.
10 염무웅, 「시와 리얼리즘에 대하여」, 『혼돈의 시대를 구상하는 문학의 논리』, 창작과비평사, 1995.

될 수 있다고 파악한다. 다만 이 시기 시들이 민요 일반이 갖는 장르적 특성으로 인해 비교적 밋밋하게 그려지는 것은 한계로 파악된다.

> 산서리 맵차거든 풀 속에 얼굴 묻고/ 물여울 모질거든 바위 뒤에 붙으라네/ 민물새우 끓어 넘는 토방 툇마루/ 석삼년에 한 이레쯤 천치로 변해/ 짐부리고 앉아 쉬는 떠돌이가 되라네/ 하늘은 날더러 바람이 되라 하고/ 산은 날더러 잔돌이 되라 하네
>
> — 「목계장터」(『새재』) 전문

"이 땅의 근대시 개업 이후 전 시사에서 이만한 가락의 흐름과 언어 울림을 갖춘 시를 찾기는 어렵다"고 평가받는[11] 「목계장터」는 떠돌이 장사꾼들인 장돌뱅이의 삶의 공간인 남한강 연안에서 가장 번성했던 목계장터를 배경으로 민초들의 애환을 토속적 필치에 실은 작품이다. 억센 생명력을 민요 리듬인 3음보와 4음보에 실어, 고도의 비유와 상징으로 형상화하고 있다. 이름 없는 민중들의 삶을 여과 없이 전달하려는 것이 시적 자아가 도달하고 싶은 지점으로 해석된다. 특히 자연 현상에서 삶의 비의를 특별한 기교를 부리지 않은 평이한 어휘, 일상적인 문장 서술, 섬세하고도 감성적인 어조에서 찾는다. 인생에 대한 너그럽고도 긍정적인 자세도 엿볼 수 있다. 이러한 어법과 기조는 「어허 달구」로 이어진다. 여기에서 시인은 반복과 의미상 대구적인 표현을 통하여 민요형식을 확보하고자 한다. 그런데 민요라는 형식을 빌린 노래시와 전통적인 서정시와는 일정한 거리가 있음을 느낄 수 있다. 1970년대를 노래한 농민시, 민중시는 서사성을 추구한 반면 서정성의 구현에는 한계를 노정한다. 「갈대」가 보여준 인간 존재에 대한 탐구의

---

11 이시영, 「'목계장터'의 음악적 구조」, 『곧 수풀은 베어지리라』, 한양출판, 1995.

깊이나 시집 『길』 이후 서정시가 현현한 페이소스에는 미치지 못하고 있다. 리얼리즘 정신을 도달하는 데엔 성취이지만 서정시를 고수한다는 점에서는 난점이라 할 수 있다.

시인은 이때를 전후해 '민요연구회'를 결성, 시대적 · 역사적 질곡 속에서 사적인 관심이 공적 관심으로 확대되는 계기를 마련하는 데 심혈을 기울인다. 장꾼, 빗장수 아낙, 퉁수, 뗏목꾼 등 민초를 등장시킨 채집 민요가락이 삽입된 형태가 『달 넘세』. 시인은 이때부터 이미 지적된 "민요라는 틀에 너무 얽매여 살아 있는 말의 의미를 잃은, 이를테면 형식과 가락에 너무 심취한 나머지 시의 탄력성을 상실하고 있다"[12]는 자각에 이른다.

『달 넘세』편에 있는 「씻김굿」, 「가객」, 「고향길」은 민요의 가락 내지는 전통적 율격에 대한 관심이 잘 나타나고 있다. 『새재』가 장편서사 형태인 데 반해 6년 만에 출간된 『달 넘세』는 단시 위주로 『농무』의 발상이 이어지며 폭과 깊이가 확대되고 심화한다. 시적 공간 역시 『농무』에서 보여준 한정된 농촌공동체와는 달리 민중과 외세, 분단과 정치적 문제로 확대되며 강권에 의한 폭압적 정치현실을 대상으로 한다.

『남한강』은 민요의 다양한 형식과 전통적 율격이 본격적 서사시로 활용한 사례다. 「새재」, 「남한강」, 「쇠무지벌」은 나름의 독자성을 유지하면서도 긴밀한 내적 구조의 연관성을 견지한 연작 장시에 해당한다. 세 편의 연작 장시로 이뤄진 『남한강』은 신경림 시 작업의 중간 결산이자 분수령에 해당한다. 서정 · 서사 · 서경의 효율적 배합과 민요 · 무가 · 이야기 등 이질 장르를 차용, 민족적 형식의 탐구와 관련된 새로

---

12 염무웅, 「시와 리얼리즘에 대하여」, 『혼돈의 시대를 구상하는 문학의 논리』, 창작과비평사, 1995.

운 시적 실험과 모색을 지향하고 있다.[13] 『남한강』은 일제강점기부터 해방 직후까지 남한강 주변 농민들이 겪은 삶의 애환을 기본 서사로 하면서 삶 속에 묻어난 거침없고 발랄한 생활어와 토속어, 신민요 가락 등을 효과적 기제로 활용하고 있다. 『남한강』을 통해 제기한 시의 형식의 문제는 우리 시문학의 가능성과 문제점을 진단하는 중요한 시사점을 부여한 바 있다.

이 작품의 내적 구조와 맥락을 살펴보자. 이 시는 시적 화자이자 주인공인 돌배를 통해 구한말에서 일제강점까지의 시대적 질곡인 국권침탈로 민중들이 겪은 고난과 투쟁의 과정을 그리고 있다. 『새재』에서는 돌배가 혁명적 민중의 표상으로 그려진다면, 『남한강』은 돌배의 연인인 연이를 중심으로 소외된 민중들이 나타난다. 즉 전자가 국권상실의 비분을 적극적인 투쟁의지로 고양코자 한다면 후자는 고통과 한이라는 민중의 보편적 정서를 환기한다.

『가난한 사랑노래』 역시 「산에 대하여」 등 몇 편을 제외하곤 삶의 본원적 비의를 문제 삼지 않는다. 여기서는 「별의 노래」, 「밤비」, 「바람 부는 날」, 「진도아리랑」, 「봄의 노래」, 「너희 사랑 − 누이를 위하여」 등을 통해 도시화·산업화 과정에서 소외된 도시빈민들의 생활상과 함께 농촌의 붕괴상을 보여준다.

표제작인 「가난한 사랑노래」는 민요시에서 해방돼 형식적·소재적 차원의 새로운 경지를 연 작품이다. 이전 시들이 주로 농촌을 배경으로 민중적 서정을 가다듬은 것이라면, 이 시는 도시 변두리에 위치한 빈민들의 삶을 조명하고 있다. 즉 이전에 보여준 민요형태와 결별한

---

13 한만수, 「신경림, 왜 널리 오래 읽히나─『남한강』에서 『길』까지」, 『창작과비평』, 1990. 가을.

다. 가까운 산동네와 이웃들, 민주세력의 분열에 대한 안타까움, 기행과 풍물시로 관심의 방향을 돌리고 있다. 요컨대 신경림의 시를 편의적으로 전기와 후기로 구분한다면 『가난한 사랑노래』는 전기를 넘어 후기로 들어서는 결절점이 될 것이다.

위 시편들에서 결합체에 해당하는 진술은 △'우리는 점점 신명이 난다'는 역설적 진술, △마찻길을 절뚝이는 파장, △그날 끌려간 삼촌은 돌아오지 않았다, △하늘은 날더러 바람이 되라 하고 산은 날더러 잔돌이 되라 하네, △가난하기 때문에 이 모든 것들을 버려야 한다 등이고, 계열체는 △산구석에 처박혀 발버둥, 비료값도 안나오는 농사, △이발소 앞에 서서 참외를 깎고, 목로에 앉아 막걸리를 들이키고, 호남의 가뭄 얘기 조합 빚 얘기, 약장사 기타 소리에 발장단을 치다 보면, 학교마당에들 모여 소주에 오징어를 찢다, 고무신 한 켤레 또는 조기 한 마리를 들고, △감석을 날라붓던 버력더미, 민들레가 피어도 그냥 춥던 사월, 빈 금구덩이에서는 대낮에도 귀신이 울어, △맵찬 산서리, 모진 물여울, 민물새우 끓어 넘는 토방 툇마루, 천치, 짐부리고 앉아 쉬는 떠돌이, △너와 헤어져 돌아오는 눈 쌓인 골목길, 새파란 달빛, 두 점을 치는 소리, 방범대원의 호각소리 메밀묵 사려 소리, 육중한 기계 굴러가는 소리, 새빨간 감 바람소리, 내 볼에 와 닿던 네 입술의 뜨거움, 사랑한다고 사랑한다고 속삭이던 네 숨결, 돌아서는 내 등 뒤에 터지던 네 울음 등이다.

각개의 시편들은 결합적 구조를 건축하기 위해 계열체가 상호조응하기도 하고, 모순되면서 전체로 긴박되며 하나의 텍스트를 완성한다. 계열은 전체적 구조로 가는 결합을 매개하는 것이다. 그런데 시인이 즐겨 쓰는 계열체들은 어둡고, 건강하고, 낙관적이며, 비관적인 것들이 중층적으로 겹친다. 그의 시 텍스트는 상호모순된 매개물을 투과하며 특수한 질서화 속에서 형상화를 도모한다.

4. 내면적 대자성對自性의 확대

신경림이 50대 중반에 들어 발간한 여섯 번째 시집 『길』(1990)은 열정과 겸허가 동반된, 내면에 대한 반추로 요약되는 바, 그 정조는 『쓰러진 자의 꿈』(1993년), 『어머니와 할머니의 실루엣』(1998), 『뿔』(2002)에 이른다.

시인은 세상과 현실 속에서 자아와 내면 탐구를 통해 절제와 균형을 수반하며 시의 값(참길)이 작고 하찮은 것, 못나고 힘 없는 것, 보잘 것 없는 것들을 돌보고 감싸안고, 거기에 그치지 않고 낮고 외로운 자리에 함께 서고, 나아가서 그것들 속에서 하나가 되는 것이라는 자재로운 인식에 이른다.

> 나무를 길러본 사람만이 안다/ 반듯하게 잘 자란 나무는/ 제대로 열매를 맺지 못한다는 것을/ 너무 잘나고 큰 나무는/ 제 치레 하느라 오히려/ 좋은 열매를 갖지 못한다는 것을/ 한 군데쯤 부러졌거나 가지를 친 나무에/ 또는 못나고 볼품없이 자란 나무에/ 보다 실하고/ 단단한 열매가 맺힌다는 것을

—「나무 1 – 지리산에서」(『길』) 부분

위 시편 외에도 지난 세월 고통과 인내의 현실에서 길어 올린 시적 성취는 「초봄의 짧은 생각」, 「산그림자」, 「우음」, 「도화원기」 등에서 도드라진다. 이 시집에서 그의 관심은 외적 현실보다는 내면으로 경사되고 있다. 다소 추상적, 관념적인 도식성을 안고 있긴 하지만 이전의 민요시풍에서 보여준 농촌현실의 체험으로부터 상당히 비껴난, 현실에 대한 견인과 길항에서 비롯된, 세계에 대한 내면적 자아의 확대를

표나게 접할 수 있다.

『쓰러진 자의 꿈』이 출간된 90년대 초반은 동구 사회주의권이 몰락하고 포스트모더니즘이라는 미명하에 문화의 흐름이 급격하게 변화하는 상황이었다. 여전히 시인은 쓰러지는 자들, 짓밟히는 것들의 상처와 아픔을 어루만지고 흩어지는 것들, 깨어지는 것들을 다독거리지만 너무나 많은 것들이 너무도 빨리 뒤바뀌고 쓰러지는 세태에 대한 안타까움이 크다. 이러한 일관된 의식은 이전의 민중적·토착적 기반 하에 몰입한 정서와는 달리 관념적·잠언적·우의적 기법을 통해 내면적 자기반성으로 이어진다. 「길」, 「파도」, 「초승달」, 「다리」, 「담장밖」은 이런 분위기를 소상히 드러내주는 작품이다. 은유와 환유의 방식이 내적 성찰의 기제로 동원된 것도 이 시기를 전후해서다. 신경림 후기시의 패턴을 '고통과 초월'로 규정하고 '고통―여행시(배회와 성찰)―공생의 원리―아래로의 초월'이라는 구획은 설득력이 있다.[14]

우리는 일반적으로 내면을 들여다보는 방식으로 두 가지를 떠올릴 수 있다. 하나는 '밖으로 나 있는 길'을 통해서이고, 또 다른 하나는 '안으로 나 있는 길'을 통하는 방법이다. '길'은 인생역정을 역설적 환유로 대비시킨다. '길을 만들었다'고 하는 부류와 '길을 만들지 않고 길을 따라 흘러갈 뿐'이라고 하는 부류의 양면성이 그것이다. 시적 포에지는 '보이는 길'과 '보이지 않는 길'을 교차 대비하며 내면의 길을 찾는 데 닿아 있다. 이 시는 '길의 뜻'과 '사람의 뜻'이 다르므로 자기만의 방식이 전부일 것이라는 우매함을 탈각하여 '안으로 나 있는 진정한 개아'를 찾으라는 전언으로 읽힌다. 시인 역시 외면적인 눈보다는 내면의 깊이를 반추하는 눈을 갖는 계기로 작용한다. 시란 자신과

---

14 구모룡, 「고통과 초월」, 『작가세계』, 1998. 가을.

의 싸움임을 절감한다. 시인은 지나온 이력과 현실에서 얻어진 생체험을 전달하고자 하는 의욕을 보이기도 한다. 여기에는 시적 자아의 내면탐구, 사물시의 집중적 모색, 균제된 시적 어조 등이 수반된다. 이러한 반성과 모색으로 인해 과도한 서사로 인한 서정성 약화, 미학적 거리를 일탈한 직정적 토로, 현실의 기계적 반영 등이 해소되고 있다.

> 쓰러질 것은 쓰러져야 한다/ 무너질 것은 무너지고 뽑힐 것은 뽑혀야 한다/ 그리하여 빈 들판을 어둠만이 덮을 때/ 몇 날이고 몇 밤이고 죽음만이 머무를 때/ 비로소 보게 되리라 들판 끝을 붉게 물들이는 빛을/ 절망의 끝에서 불끈 솟는 높고 큰 힘을
>
> ―「빛」(『쓰러진 자의 꿈』) 전문

위 시에서 우리는 진리에 대한 확신과 인식이 자연적 순리의 어법으로 환치되고 있음을 본다. 한편 기존의 수사와는 판이하게 다른 초월의지가 드러난다. 미래에 대한 낙관과 희망이 불가해할지라도 '가슴 속에 큰 물 하나를 묻고 살아가는' 확신이 생기고, '쓰러질 것은 쓰러지고, 무너질 것은 무너지고, 뽑힐 것은 뽑혀야 한다'는 의지가 발현된다. 이러한 확신과 의지는 「맹인」("사물이 눈으로 들어오는 것을 그는 완강히 거부한다/ 귀로 듣고 손으로 느낀 것들을 꿈으로 빚어/ 선을 긋고 색깔을 칠하여 제 안에 사물을 만든다"), 「활엽수」("당기면 끌려 나올 것이다. 나와서는 빛 속에서/ 활엽수들처럼 싱싱하게 살아날 것이다.// 나를 뒤덮고 세상을 뒤덮을 것이다.") 등에도 나타난다. 그가 일관되게 추구한 현실주의적 민중성과 배치되기보다는 오히려 이를 내면화해 확장·심화하는 과정이라 이해할 수 있다. 이러한 반증은 여덟 번째 시집 『어머니와 할머니의 실루엣』으로 이어져 내보인다.

어려서 나는 램프불 밑에서 자랐다,/ 밤중에 눈을 뜨고 내가 보는 것은/ 재
봉틀을 돌리는 젊은 어머니와/ 실을 감는 주름진 할머니뿐이었다. 나는 그것
이 세상의 전부라고 믿었다. (…중략…)// 나는 대처로 나왔다./ 이곳저곳 떠
도는 즐거움도 알았다,/ 바다를 건너 먼 세상으로 날아도 갔다,/ 많은 것을 보
고 많은 것을 들었다.

— 「어머니와 할머니의 실루엣」(『어머니와 할머니의 실루엣』) 부분

위 시집의 대체적인 분위기는 표제작에서 짐작할 수 있듯이 지난 시
절에 대한 회오와 그리움으로 전개된다. 그 추억의 여로에는 "새벽길
삼백리를 달려온 찌그러진 작업화가 보이"고, 멀리 다니고 많이 보고
들을수록 "이상하게도 내 시야는 차츰 좁아져/ 내 망막에는 마침내/
재봉틀을 돌리는 젊은 어머니와/ 실을 감는 주름진 할머니의/ 실루엣
만 남는"다. 그리고는 "다시 이것이 세상의 전부가 되었다"는 소회를
갖는다. 그의 많은 시편은 여전히 위태롭고 절박한 현실에 주목하고
있으며 농민들의 고단한 삶, 고착화된 분단현실, 한과 설움으로 얼룩
진 기억 속의 가족사 등에 전의식을 투영한다. 그러면서 그는 사물을
좀 더 근본적인 관계를 천착하며 타자에 대한 억압과 착취에서 야기된
삶의 근원적 모순과 물화된 무의식의 저변을 탐색하기에 이른다. 일련
의 시편에서는 중국 동북지역 기행을 시적 소재·제재로 활용, 민족
고난의 근대사가 형상화한다.

사나운 뿔을 갖고도 한 번도 쓴 일이 없다// 외양간에서 논밭까지 고삐에
매여서 그는// 뚜벅뚜벅 평생을 그곳만을 오고 간다// 때로 고개를 들어 먼 하
늘을 보면서도// 저쪽에 딴 세상이 있다는 것을 알지 못한다// 그는 스스로 생
각할 필요가 없다// 쟁기를 끌면서도 주인이 명령하는 대로// 이려 하면 가고
워워 하면 서면 된다// 콩깍지 여물에 배가 부르면// 큰 눈을 끔벅이며 식식
새김질을 할 뿐이다// 도살장 앞에서 죽음을 예감하고// 두어 방울 눈물을 떨

구기도 하지만 이내// 살과 가죽이 분리되어 한 쪽은 식탁에 오르고// 다른 쪽은 구두가 될 것을 그는 모른다// 사나운 뿔은 아무렇게나 쓰레기통에 버려질 것이다

—「뿔」(『뿔』) 전문

일견 행운유수에 실린 시인의 자화상으로 비쳐지는 아홉 번째 시집의 표제작 「뿔」은 한평생 자신이 아닌 남을 위해 모든 것을 바친 소[쇠뿔]를 우의적으로 활용하고 있다. 사나운 뿔에 비견된 사나운 지혜로 온갖 타자들을 훼손하고 상처 내며 급기야 세상에 흠집을 내는 세태에 대해, 이를테면 '뿔'이 있으나 악용하지 않는 소에 비해, '뿔'도 없으면서 '뿔'을 만들어 가격하는 세인들에 대해 경종을 울리고 있다. 시적 화자는 난장에 가까운 세월을 지탱해온 '풍경'과 '말'들을 실은 차를 버리기로 결심한다. 그리고 몸과 마음이 원하는 삶을 기구한다. 일상의 삶 속에 시의 뿌리가 있음을 확인, 삶과 시가 다르지 않다고 인식한다. 산이 거기에 버티고 있으므로, 강물이 여전히 흐름을 멈추지 않으므로, 사람들이 옹기종기 모여 살림살이를 꾸려 나가므로 그의 시는 고양될 수 있었던 것이다. 그의 시는 머무름과 떠남, 웃음과 눈물, 현실과 의지와 영감 사이를 교차하는 도정을 밟고 있다.

이 시기를 대표하는 작품에서 추출된 결합체에 해당하는 문장을 조합하면 △낮은 목소리 작은 몸짓으로 살갗 아래 분노를 감추고 살다 가는 일은 아름다운 일이다, △반듯하게 잘 자란 나무는 제대로 열매를 맺지 못한다, △눈부시게 아름다운 꽃만 있는 것이 아니다, △어려서 내가 본 것이 세상의 전부라고 믿었다, △사나운 뿔은 딴 세상이 있다는 것을 알지 모른다 등이다. 한편 이를 만들어낸 계열체들은 △높은 목소리, 큰 몸짓, 목소리 높을수록 빈 곳, 몸짓 클수록 거기 거짓 쉽게 섞인다는 것, △빈 들판, 어둠, 죽음, 붉게 물들이는 빛, 절망의 끝

에서 불끈 솟는 높고 큰 힘, △찢기고 할퀴어 흠집투성이인 가지, 벌레와 비바람에 썩고 잘려나간 밑둥, 새벽길 삼백리를 달려온 찌그러진 작업화, 농익어 단 열매만을 뽐내는 저 큰 나무, △램프불, 재봉틀을 돌리는 젊은 어머니, 실을 감는 주름진 할머니, △고삐에 매인 그, 쟁기를 끄는 그, 큰 눈을 끔벅이며 식식 새김질, 도살장 앞, 두어 방울 눈물, 살과 가죽, 구두 등이다. 결합체를 위해 계열체의 항목이 이전에 비해 훨씬 일상적인 소재, 제재로 환치되고 있음을 볼 수 있다. 하지만 이전의 민중적 상상력과는 변별되는 개아적 면모가 확장되고 있다.

5. 마무리

신경림 시의 미학이자 힘의 원천은 삶에 대한 정직하고 성실한 자세가 일관된 연속성으로 자리하며 시화하고 있다는 점이다. 이는 자신의 내면에 대한 엄정한 탐색과 겸허성의 결과로 유추된다. 그의 시는 많은 부분 궁벽하고 고통에 신음하는 훼손된 근대적 삶의 저류에서 구체적인 세목을 찾고 희망을 불어넣는다. 그가 시적 여정에서 마주친 초기적 관심은 관념적인 내면탐구에서 비롯되지만 중기로 접어들면서 타락한 현실사회를 목도하고 절망과 증오를 실험적 형식으로 환치한다. 전통형식, 대중형식으로 간주되는 기행 체험에 얹어진 민요류의 채록과 차용은 민족형식의 실험적 재발견이라는 점에서 전통장르의 이월가치로 평가된다.

그의 후기시는 제도적 현실변혁 의지가 민중성의 내면을 확장하고 심화하는 방향으로 진전된 모습을 보인다. 특히 중기에 보여준 계도적 차원의 자기중심적 태도를 지양하고 다원적 삶의 유기적 구조에서 시작을 모색한다. 즉 존재에 대한 섬세한 성찰과 사랑의 태도를 구현하는 방향 위에 서게 된다. 요컨대『길』이후 보여준 후기 시편들은 '가장 읽기 쉬우면서, 가장 쓰기 어려운 시'를 쓰는 '국민 시인'임을 증거한다.

여기서 한 시인이 진정한 자아를 찾으며 소망해 마지않는 시적 성취에 이르는 도정을 곽암郭庵 선사가 제사題詞한 "심우도[尋牛圖·十牛圖]" 송頌에 비견해볼 수 있다. 불도량의 정신적 용맹정진을 상징화한 "심우도" 속에서 '소를 찾아가는 과정'에 결부시켜 보자는 것이다. 신경림 시의 도정을 이해하는 한 방식으로 환유와 은유의 징표인 "심우도"를 차용할 때 그의 '시 쓰기'는 '소 찾기'에 비견할 수 있다.[15] 이런 점에 비춘다면 신경림 시의 궤적은 내면적 자의식이 당대 현실에 대해 치열하게 견인하면서, 한편으로 상상력과 실험성이 다양하게 변주되며 작동된 결과라 할 수 있다.

신경림 시의 화두는 '시란 시대에 대한 대답'이었다. 이는 아홉 권의

---

15 시인 자신이 바라마지 않는 시를 쓰고 얻게 되는 과정을 다음 일곱 단계에 비유할 수 있다. ① 심우尋牛 : 시의 방향 모색 단계[잃어버린 소를 찾아 안간힘을 쓰는 과정], ② 견적見跡 : 시의 방향을 정한 단계[소의 발자국을 보게 되는 과정], ③ 견우見牛 : 방향에 맞는 시를 쓰는 단계[소를 실제로 보게 되는 과정], ④ 득우得牛 : 자기가 바라는 자기만의 시를 쓰는 단계[소를 붙잡게 되는 과정], ⑤ 목우牧牛 : 자신이 바라는 시를 쓰려고 공을 들이는 단계[소를 길들이는 과정], ⑥ 기우귀가騎牛歸家 : 바라는 시를 쓰고 되돌아보는 단계[소를 타고 집으로 돌아가는 과정], ⑦ 망우존인忘牛存人 : 소망한 시를 완성하고 허탈해하는 단계[소는 잊어버리고 사람은 남는 단계] 등이다. 나머지 세 단계는 시인의 개성에 따라 구현방식을 달리한다. ⑧ 인우구망 : 속세와 시를 모두 잊는 단계[사람과 소를 모두 잊어버리고 초월과 평등을 실현하는 단계] ⑨ 반본환원 : 모든 것을 초월, 평등하게 보면서도 고통은 고통으로 알고 기쁨은 기쁨으로 알아 근원으로 돌아가는 단계, ⑩ 입전수수 : 다시 세상 속으로 들어가 사람과 시를 함께하는 단계[진공眞空(인우구망)과 묘유妙有(반본환원)의 세계가 조화돼 저자거리에 나가 세상 사람과 함께 하는 화광동진和光同塵함]로 구분된다.

시집을 상재하면서 가진 일관된 생각이었다. 그는 시종일관 내면적 자의식과 당대적 현실 사이의 견인을 즉각적인 현실적 대응력보다는 자기내면과의 치열하고도 부단한 대자적對自的 성찰의 자세를 기반으로 시적 형상화를 도모한 것으로 이해할 수 있다.[16] 특히 신경림 시의 전체 구조는 이른바 '등가성의 원리'인 '계열의 축에 의해 결합으로 투사된다', '결합의 축에 의해 계열과 연관한다'는 소쉬르의 분석틀에 기댈 때 그 미학적 특질이 확연해진다 하겠다. 그의 시는 축적된 경험과 일상 현실을 배면으로 통사적 사슬을 엮어내며 결합적 구조로 교직되며, 그의 시어들은 일상언어로서의 언어 규칙을 위배하며 의미를 모호하게 해 충돌과 모순을 야기하면서도 전체적인 의미 맥락을 재생산해낸다. 결합의 축에 등가의 원리가 투사되면서 온전한 시적 체계가 구성되는 것이다. 그 계열체들의 아우라는 어둡고, 건강하고, 낙관적이며, 비관적인 중층적 구조로 얽혀 있다. 요컨대 신경림 시는 조화롭거나 혹은 모순된 매개물을 투과하며 특수한 질서화 속에서 시적 고양을 모색하고 있다.

---

16 즉자卽自(en-soi)와 대자對自(pour-soi)는 독일의 관념주의 철학의 계보를 이어 불란서 구조주의자들에 의해 보편화한 개념이다. 즉자는 우리의 의식과 무관한 그 자체로 존재하는 것이다. 하지만 의식은 그 자체로 존재하지 못하고, 대상의 세계 안에 있는 즉자들에 대한 인식, 지각, 욕망, 해석, 이해 등의 방식으로만 존재한다. 이는 달리 말하자면 대상에 대한 초월성으로 자기 자신에 대한 반성의 의미를 내포한다. 인간의 의식인 '자기에 대해서 있는 존재'를 우리는 대자라 호명한다.

1960년대 중·후반기 참여론의 지형과 변모 양상

당대 평단의 3대 핵심 논쟁을 중심으로

1960년대 중·후반기 참여론의 지형과 변모 양상

당대 평단의 3대 핵심 논쟁을 중심으로

1. 머리말

이 글은 1960년대 비평론의 하위범주로서 참여논쟁이 본격·심화단계에 돌입한 중·후반기에 주목하여 당시 비평논쟁의 내적 맥락과 특징이 전후 비평사적 구도에서 어떻게 변모하고 있는지 그 양상을 살피는 것을 주된 목적으로 한다. 일반적으로 이 시기 순수·참여론에 대한 고찰은 초기 참여론의 대두 및 이에 대한 반대론을 바탕으로 그 배경 및 전사, 논의의 속성(본질)과 방향, 논전 양상 등이 다양하게 개진돼온 것으로 알려지고 있다. 주지하다시피 '앙가주론', '불온시 논쟁', '상상력과 리얼리즘 논쟁' 등이 그것이다. 이들 세 논쟁은 비슷한 시기에 다발적으로 제기돼 초기의 순수 대 참여, 참여 대 순수 일방의 논쟁을 방법적인 측면에서 고차원의 과학적인 비평 단계로 진입하는데 기여한다.[1]

60년대 순수·참여 논쟁은 50년대 일부 비평가들에게 비평론의 쟁점으로 대두되었던 전통론과 세대론의 연장선상에서 제기된다. 60년대 순수·참여 논쟁 제1기에 해당하는 '정세대처론'은 문학의 본질적 국면이 순수문학에 있느냐, 참여문학에 있느냐를 둘러싸고 있다는 점에서 문학의 본질론에 관한 규정이라 할 수 있다. 4·19 이후 자연발생적으로 이루어진 이 논쟁은 60년대 초기의 순수·참여에 관한 비평담

---

1 60년대 비평론의 하위개념으로 참여론의 문제를 새롭게 인식하고 접근한 방법적 성과는 권성우(『60년대 비평문학의 세대론적 전략과 새로운 목소리』)에 의해서였다. 그는 60년대 비평단의 변별적 자질을 50년대 비평과의 차별적 전략 일환으로서 세대론적 인정투쟁 방식의 기획에서 비롯된 것으로 파악한다. 필자는 이 성과에 힘입어 60년대 비평의 구도를 50년대부터 이어진 전통론의 이월, 새로운 비평의 목소리로서 세대론적 차별전략, 4월 혁명 이후 본격 제기된 참여론의 확장 등세 가지 구도로 조감한 바 있다. 이후 참여론에 대한 세부논의는 순수와 참여의 이분법을 탈피하려는 천착(허윤회, 「1960년대 '순수' 비평의 의미와 한계」), 근대성의 개진 및 발현과정(이상갑, 「문화주의와 역사주의의 상승작용」), 담론분석에 입각한 구명(고명철, 「1960년대 순수·참여논쟁연구」)으로 이어졌다. 60년대 비평론의 연구논점이 자료적 실증이 원만해진 시점에서 해석학을 지향하는 임영봉(『현대한국문학비평사론』, 역락, 2000)은 60년대 문학평단의 재편과정과 비평세대의 분화 및 자기정체성을 형성하는 과정을 해명하는 데 주안한다. 그는 참여론에 대해 '사회참여의 모랄과 위반의 담론'으로 정의한 후 '개인적 윤리로서 앙가주망'(이어령, 이철범), '참여의 외연과 내포로서 작가와 사회 논쟁'으로 구획하고 있다. 요컨대 김붕구의 소론 이후 참여론의 세부 지류이면서 당대 쟁점의 핵심어로 자리한 '앙가주', '정치', '상상력', '리얼리즘'의 원질과 지향점이 어떤 국면으로 변전, 상승해가는지를 살피는 일은 60년대 참여론이 민족문학으로 합류하는 도정을 살피는 데 유용한 작업이 될 것이다.

50년대 비평가를 대표하는 이어령·유종호 등이 극단적인 전통부정론을 펼치며 문협 정통파의 순수론을 비판하는 것도 이 두 가지 논의에 맥락이 맞닿아 있다. 전후비평 논의의 주요 쟁점이 전통론과 세대론에 기반하고 있다면 순수·참여 논쟁은 이러한 논의가 4·19 체험을 통해 한 단계 심화된 형태로 변모하면서 나타난 것이라 볼 수 있다. 때문에 그 내용은 기성세대·구세대들에 심각하게 제기되지 않았던 현실인식에서 출발하고 있다. 그 의문은 '문학인으로서 현실정세

론이 아직은 저차원에 있음을 대변하고 있거니와 문학의 본질에 대한 진지한 비평적 성찰이라기보다는 4 · 19 이후 분출된 다양한 사회적 이념이 비평계 내부에 여과 없이 나타나고 있음을 반증한다. 이러한 논쟁이 4 · 19의 이념성이 문학 내부로 자리하게 되는 시점인 65년을 기점으로 구체적인 모습을 드러내게 된다.

주지하다시피 문학예술의 심미성은 예술의 자율성 역사와 연동한다. 피에르 부르디외에 의하면 훌륭한 작품이란 상이한 창작주체 간의 상징적 투쟁이며 문학에 대한 경계짓기, 또는 정의 내리기 투쟁에 다름 아니다. 즉 문학예술그룹은 서로 다른 아비투스(habitus)를 가진 그룹으로, 이러한 그룹들은 문학적 정당성을 확보하기 위해 서로 공방하게 된다.[2] 60년대 중후반기 벌어진 일련의 비평논쟁에서도 비평 발화

에 대해 어떻게 대처해나가야 하는가', '구체적인 방법론은 어떻게 수립해야 하는가', '문화와 정치의 상관관계는 어떻게 규정해야 하는가' 등으로 요약된다. 그 대체적인 양상은 참여론자들의 순수문학 비판과 그에 대한 순수론자들의 반격으로 나타난다. 다시 말해 순수론에 비해 참여론이 우위를 점해가는 과정이라 할 수 있다. 참여론의 입장에 선 김우종 · 홍사중 · 최일수 · 장일우 · 신동한 · 장백일 · 김병걸 · 임중빈 · 천이두 등은 예술지상주의의 허구성을 지적, 비판한다. 이들은 현실적 부조리를 고발, 비판하는 문학의 정신을 리얼리즘과 연결시키기도 하고, 역사의식에 바탕을 둔 작가의 사회적 태도와 그 책임을 강조하기도 한다. 이와 반대편인 순수론 쪽에 가담해 문학의 본질적 순수성을 옹호하고 나선 비평가로는 이형기 · 김상일 · 원형갑 · 김양수 등을 꼽을 수 있다. 50년대 후반부터 60년대 초반에 취했던 비평적 입장과 60년대 후반에 접어들면서 그 입장이 변모한 비평가도 있었다. 대다수의 비평가들이 원래의 입장을 고수했으나 이어령이 참여주의 문학 입장에서 순수주의 문학 쪽으로 변모하고 염무웅 · 원형갑 등은 순수주의 입장에서 참여주의 쪽으로 방향을 선회하고 있다.

2 현택수 외, 『문화와 권력』, 나남출판, 1998, 7~10쪽 요약. 부르디외의 독창적인 사회학 이론은 문화연구영역에도 원용된다. 그는 아비투스(habitus), 장(champ), 상징자본(capital symbolique), 문화자본(capital culturel), 상징투쟁(lutte symbolique), 상징폭력(violence symbolique) 등 개념을 중심으로 권력지배의 메커니즘과 계급문화

주체들의 문화적 실천과정 속에는 사회계급적 성찰 이전에 일상적 의식과 무의식의 경험과 교육, 이른 바 아비투스가 내재돼 있다.

본고에서 다루게 될 60년대 중·후기, 참여 쪽에 우위를 두고 진행된 논쟁은 이전의 논쟁, 이를테면 30년대 말 처음 시작된 유진오-김동리 논쟁, 해방기 좌·우익 간에 벌어진 논쟁에 비해 문예의 본질에서 작가의 사회참여까지를 묻는 등 범문단적으로 광범위하게 걸쳐 진행된다. 한편으로 이 논쟁들은 짧은 시기에 다양하게 변주되면서, 때로는 단순논리 혹은 인신공격성 감정비평이 개입하기도 하고, 여타의 논의와 맞물리면서 복잡한 양상을 띠고 있다. 특히 단순히 비평가 개인의 이데올로기적 분파分派를 따지거나 사회상황과 대비되는 현상 추수주의적인 논쟁에 머무르는 것이 아니라 창작의 방법적 원리와 형상화에 관한 구체적인 방법을 문제 삼는 등 미학적 측면이 강하게 드러나는 점에 주목할 필요가 있다.

2. '앙가주 논쟁' - '사회적 자아'와 '창조적 자아' 우위론

김우종 대 이형기, 서정주 대 홍사중 사이에 오갔던 초기 순수·참여 논쟁은 1965년 후반기에 접어들면서 잠시 주춤하다가 1967년 10월 12일 서울 메트로 호텔에서 '작가와 사회'라는 주제로 열린 '세계문화자

재생산의 구조를 드러내는 데 기여한다. 부르디외 방법론의 목적은 개인과 사회 구조의 상호관계를 설명하는 과정에서 어느 일방에 치우친 환원론, 결정론 등 방법론적 편향을 지양하고 행위와 구조가 발생되는 과정을 변증법적으로 통합해내는 데 있다. 문학의 경우, 문학작품의 이면에 작동하는 사회적 원리를 분석하여 보여줌으로써 예술성을 탈신비화할 가능성을 열어두고 있다. 이때 탈신비화는 텍스트 읽기의 즐거움을 방해하기보다는 텍스트에 대한 객관적 이해를 통해 폭넓은 예술적 경험을 제공하게 됨을 의미한다.

유회의 한국본부 주최 원탁토론' 세미나를 계기로 2차전에 돌입한다.

김붕구가 이 세미나에서 펼친 방법론은 대체로 네 가지 논점으로 집약된다.[3] 이 논점을 전제로 핵심적으로 다루고자 하는 내용은 작가가 가진 두 가지 속성인 '사회적 자아'와 '창조적 자아' 중 '창조적 자아'가 보다 우위에 있음을 입증하는 것이었다. 그 내용은 앙가주망의 허점에 대한 요약이라 할 수 있다.[4] 그런데 이 논쟁은 순수·참여의 입장

---

3 정명환, 「文學과 思想과 體驗」, 『문학과 지성』, 일조각, 1973, 648~649쪽. 이 토론회에서는 김붕구·김승옥·남정현·박희진·선우휘·서기원·이근삼·홍사중·임중빈 제 씨 등이 참여해 열띤 토론을 벌인다. 이 세미나에서 발제를 맡은 김붕구는 참여의 개념과 유형을 총괄적으로 제시함으로써 이 시기 초미의 관심사가 되고 있는 '문학인의 현실참여'에 관한 이른바 '앙가주 논쟁'의 물꼬를 튼다. 이 세미나의 골자를 요약하면 다음과 같다. 첫째, 작가의 사회관은 필연적으로 그 인간관·대타관對他觀·사회관·외계관外界觀과 연결되어 있으므로 이 단면을 고찰하기로 한다. 둘째, 작가의 인간관과 대사회관을 가장 강력하게 이론화한 작가가 사르트르인 까닭에 그를 모든 대비對比의 기점과 척도로 삼는다. 셋째, 넓은 의미의 사회참여태도는 인게이지먼트(Engagement)와 파티시페이션(Participation)의 양극으로 갈라진다. 전자는 사르트르가, 후자는 생텍쥐페리가 대표하고 있으므로 이 양자의 대비가 필요하게 되며, 이와 아울러 이광수와 심훈에 의해서 대표되는 한국문학에 있어서의 사회참여의 두 유형을 서양의 그것과 비교한다. 넷째, 서술 방법에 있어서의 일체의 편견과 독단, 저자의 주관적인 가치관을 배제하며 그런 뜻에서 원문을 풍부하고 충실하게 인용한다. 「작가와 사회」는 이러한 방법론의 제시를 통해 참여문학 논의의 시각을 정립하려 하고 있다.
4 김붕구, 「作家와 社會」, 『세대』, 1967. 11.(「作家와 社會 再論」, 『아세아』, 1969. 2, 238~251쪽 요약). 첫째, 작가로서의 자아는 사회적 자아와 창조적 자아로 나뉘며 작가를 포함한 모든 시민은 공동체의 사업에 적극 참여해야 하지만, 예술에 관한 한 혹은 작가의 창조적 자아에 관한 한 어떠한 가치판단을 강요하는 것은 인정할 수 없다. 둘째, 작가가 이론화된 앙가주망이나 참여문학을 표방할 때 그것은 필연적으로 프롤레타리아 혁명으로 귀착된다. 셋째, 사르트르의 앙가주망론에는 허구성이 드러나는데 그의 논리는 언어적 차원의 선언적 표명에 불과하다. 이에 비해 앙드레 지드나 카뮈는 양심의 소리에 의해 자연발생적으로 현실참여를 한 경우다. 다시 말해 앙가주망에 대한 선언적 표명이 되기보다는 한 시민으로서의 양심

을 구체적으로 묻고 있다는 점에서 초기적 형태의 논쟁이 본질론, 작가의 정세대처론으로 기록된 데 비해 순수·참여에 관한 구체적인 방법논쟁이라 할 수 있다. 앙가주망론이 총체적으로 가장 잘 집약돼 있는 첫 번째 요지를 좀 더 구체적으로 살펴보자. 그는 작가를 작가이게하는 요소로 성격(기질)과 환경, 그리고 자아 등 세 가지 요소를 들며이 세 가지 요소 가운데서도 고정적인 성질이라 할 수 있는 성격과 환경에 비해 능동적인 변화를 가져올 수 있는 자아의 중요성을 강조하고있다. 즉 자아가 사회에 어떻게 대처하느냐에 따라 문학가로서의 사회참여가 결정된다고 밝히고 있다. 즉 '창조적 자아'가 작품과의 연관을긴밀히 하는 것으로 파악한다.

> 작가가 무엇보다도 '사회적 자아'를 앞세우고 강조함이 작가로서의 특권또는 그의 명예가 되는 것일까? '사회적 자아'는 한 생활인으로서 다른 모든시민과 공유하는 영역에 속하며 창조적 자아야말로 일개 생활인을 작가로 만들어주는 본질임이 자명한 일이다. (…중략…) '사회적 자아'가 얼마나 강렬하게 사회를 투시하고 또는 이와 대결하는가 하는 그 강도는 곧 '창조적 자아'를 거쳐 작품 속에 침투되지 않을 수 없다.[5]

그는 '사회적 자아'가 패배한 사례로 사르트르의 문학적 패배를 지적한다. 사르트르가 보여준 앙가주망은 필연적으로 프롤레타리아 혁

에 의한 현실참여가 중요하며 앙가주망론은 결국 창조적 자아를 구속할 뿐이다. 넷째, 작가로서 현실참여라는 측면에서 실지로 중요한 점은 정치적 참여가 아니라 시대의 윤리적 질서 및 가치관의 정립·옹호와 함께 사회·정치면의 비판자적 구실로서의 현실참여다. 다섯째, 작가는 이데올로기의 구속 없이 한 인간으로서의 전 인격적 개성과 창조적 자아에 충실함으로써 작품 속에 나를 송두리째 투입시키는 성실성이 중요하다.

5 김붕구, 위의 글, 241쪽.

명의 이데올로기로 귀착한다고 주장한다. 즉 정치적인 이데올로기 속에 들어가 '사회적 자아'의 주장만을 되풀이하기보다는 창조적인 나를 송두리째 작품 속에 투입시키는 성실성을 권유한다. 그러면서 자연스레 앙가주망에 대한 무용론으로 이어진다.

> 작가의 앙가즈망이란 마치 10대의 반항처럼 정신적 윤리적 타락에 영합하거나 또는 그것을 고의적으로 끌어들이는 무책임한 곳으로 달리는가 하면, 그 반면에는 작가의 이상주의적이며 관념적인 경향은 또한 쉽사리 인간부재의 19세기적 이데올로기(또는 그 재·삼탕)로 기울어지기 쉬운 허점을 지니고 있다. 그러나 이데올로기가 현실적인 정치세력으로 되어 갈등의 마당에 설 때 그것이 요구하는 정략과 작가의 양심과는 끝내 양립될 수 없게 마련이다.[6]

김붕구가 제시한 '창조적 자아'와 '사회적 자아'의 구분법은 문학에 관한 인식태도와 비평적 속성을 어떻게 이해할 것인가를 두고 이 세미나에 참여한 비평가는 물론 참여하지 않은 비평가에 이르기까지 관심을 가질 만큼 파장을 일으킨다. 그런데 불란서 실존주의와 참여문학론을 전파시키며 사르트르의 체취가 배인 그가 역설적이게도 사르트르에 제동을 건 것은 앙드레 지드·앙드레 말로·카뮈에 대한 연구를 진척시키면서, 이른바 '증인문학'의 본질을 천착한 시점과 이 논쟁이 맞물려 있었던 것으로 파악된다. 당시 프랑스의 현대 지성이 평단의 보편적 지성의 세계로 인지된다면 그의 대한 사르트르에 대한 시각과 관점은 본질적으로 종교적 구도행위에 근사한 절대정신을 추구한다는 점에서 보편적 추세의 특수한 이해에 해당할 것이다.[7]

---

6 위의 글, 250쪽.
7 박상준, 「보편선과 현실성의 변증법－김붕구론」, 『한국현대비평가연구』, 강, 1996, 254쪽 참조.

김붕구의 소론에 공감을 표시한 비평가는 우리 사회, 우리의 문학적 풍토에서 사르트르식의 앙가주망이란 별로 의미를 가질 수 없다는 데 초점이 모아진다. 하지만 이를 비판적으로 파악한 비평가들은 이 논의가 구체적인 방법으로서 이론적인 하자는 없으나 양자는 독립항으로 분리될 수 없는 현실태이자 역동적 실체로서 상호보완적 존재라는 점을 부각시킨다. 그들은 '사회적 자아'는 '창조적 자아'를 통해, '창조적 자아'는 '사회적 자아'와의 긴밀한 관계를 통해 변증법적 지양 과정을 거쳐 작품으로 형상화하거나 비평담론이 수립된다는 사실을 간과하고 있거니와 '창조적 자아'만 지나치게 강조하고 있다는 것이다.

이상 세 가지 논지의 핵심을 분명히 파악하기 위해서는 대표적인 견해를 살펴볼 필요가 있다. 우선 선우휘는 '비공산주의적 사회체제에 있어서라는 것과 사르트르를 추종할 때'라는 전제를 붙여 그 의견에 찬성한다며 "시 백 편의 선동성은 군중대회의 한 마디 구호를 당하지 못한다", "문학은 문학 이외의 다른 무엇에 써먹는 것이 아니다"[8]는 등

---

8 선우휘, 「文學은 써먹는 것이 아니다―社會參與 問題의 再擡頭를 계기로」, 『조선일보』, 1967. 10. 19.(홍신선, 『우리 문학의 논쟁사』, 어문각, 1985. 5, 109~111쪽). 하지만 선우휘는 이런 문제제기적인 글을 게재한 후 많은 비평가로부터 이견과 질타를 받는 등 곤혹스러움을 겪고 있다. 이러한 일단의 심정은 『아세아』지로부터 청탁 받은 소설집필을 유보하는 것으로 나타난다. 그런데 선우휘는 오히려 '상당수의 지식인이 지니고 있는 미신, 스스로가 무지하면서 남을 무지하다고 탓하는 불손, 뒤떨어진 생각을 앞지른 것으로 착각하는 고집, 겉멋의 지성을 내세워 현실을 왜곡하려는 기만' 등 잘못된 사회문화풍조를 해결하는 일이 소설을 쓰는 일보다 먼저라고 생각하고 반지성론, 반문화론, 반진보론을 전개할 것을 스스로 결의하기에 이른다. 이는 지성, 문화, 진보에 반대 역행해서가 아니라 가짜의 형태에서 진짜를 주장하고 옹호하려는 의도라며 여러 반론에 대한 체계 있는 답변이 될 것이라며 연작소설 유보의 변으로 내놓고 있다(선우휘, 「執筆保留의 辯」, 『아세아』, 1969. 5, 245쪽 참조). 그는 임중빈·이호철·임헌영 등 비판론자들의 의견에 대해 이후에도 「역시 문학은 써먹는 것이 아니다― '문학은 써먹는 것이

의 소론을 펼쳐 가장 먼저 김씨의 의견에 동감을 표시한다.

이러한 '창조적 자아' 우위론에 대해 임중빈은 「반사회 참여의 모순—김붕구 교수의 소론에 이의 있다」에서 참여는 창조 행위의 방편임을 전제로 하면서 "역사의 암담한 벽과의 필연적인 씨름이며 생존을 위한 구체적인 언어활동"이라고 반론을 제기한다.[9] 이어 「한국 문단의 현황과 그 장래」에서도 "참여의 개념이 극도로 혼란된 나머지 결국 순수문학에의 집념을 확인하는데 불과했다"며 민족성과 세계성, 집단의식과 개인의식, 사회구조적 인식과 미학적 방법의 중요성을 역설, 참여문학의 실체를 규명하고 있다.

창조적 작가라 하더라도 사회와의 유기적인 관계는 피할 수 없으므로 집단사회와의 관련을 통하여 인간실체를 증명해야 한다는 논지를 편다. 이어 예술성을 상실하지 않는 전제하에 집단의식과 자아의식의 결합작용으로써 문학의 변증법적 발전 요인을 찾아야 한다고 부연한다. 즉 임중빈은 참여문학론이 리얼리즘론으로 심화, 확대되기 위해서는 사회 구조적 방법과 함께 미학적 방법을 요구하고 있다. 그가 후일 모색한 민족문학론에 대한 지평모색도 예의 리얼리즘 논의의 구축에서 비롯된 것이라 할 수 있다.[10]

김현은 김붕구의 의견에 동조하면서도 두 자아의 구분을 가능케 하는 토양인 서구 시민사회가 과연 우리의 경우에도 똑같이 적용될 수

___

아니다' 논평에 대한 답변」, 「작가와 평론가의 대결」(『사상계』, 1968. 2.), 「현실과 지식인」(『아세아』, 1969. 2.) 등을 내놓아 일관된 입장을 보인다.

9　임중빈, 『대한일보』, 1967. 10. 17.(홍신선, 「존재인가 의미인가」, 『우리 문학의 논쟁사—순수—참여론을 중심으로』, 112쪽).

10　임중빈, 「韓國文壇의 現況과 그 將來」(홍신선, 앞의 책, 125~127쪽). 이 외에 「參與文學의 再認識」(『정경연구』, 1968. 5)도 그의 참여론을 엿볼 수 있는 글이다.

있느냐에 의문을 표시하면서도 다소 절충적 입장을 보인다. 그러면서 그는 "지금의 우리에게는 참여라는 공허한 개념보다 현 세대의 혼란상을 밝히는 고고학적 노력이 필요하다"[11]는 원론적인 입장을 내놓는다. 이른바 4·19세대를 통과한 60년대 비평가로서 김현은 예의 한국적 현실과 지적 배경이 된 불란서 구조주의 언어미학 사이에 놓인 고뇌에서 대체로 어느 일방을 편들기보다는 중간자적 입장을 취한다. 한편 정명환은 「문학과 사회참여」를 통해 참여문학을 다면성의 한 측면으로써 집단의식과 자아의식의 결합관계로 규정한다. 참여문학이란 분명히 문학의 한 경향이며, 참여의 개념 자체를 이단시할 것이 아니라, 집단의식과 자아의식의 결합관계로 규정해야 한다는 것이다. 그는 문학의 정치적 효능이란 역사적 현실 속에서 역사를 넘어서는 무엇인가를 밝혀내는 일이라 파악, 정치에 대한 문학의 무조건 항복을 빚어내는 열등감을 지양하고 정치와 대중을 가치의 세계로 끌어당겨 인류에 봉사하는 길을 모색해야 한다며 참여론과 비참여론의 대안으로 가치론적 참여론을 주장한다.[12] 김붕구의 의견에 비해 구체성을 더한, 질적 차이를 보여준다.

여기서 우리가 간과해서는 안 될 중요한 문학적 지표로 시대조류·

---

11 김현, 「參與와 文化의 考古學－김붕구 교수를 둘러싼 글을 읽고」, 『조선일보』 1967. 11. 9(홍신선, 위의 책, 122~124쪽). 이어서 그는 이듬해 참여론에 관한 반성적 성찰을 촉구하는 「다시 한번 參與論을」(『사상계』, 1968. 2)을 내놓는다. 그의 의견을 구체적으로 요약하자면 △작가의 성격형성이라는 것이 선험적으로 존재하는 성격에 의해서 강력한 지배를 받는다는 것이 사실인가 △창조적 자아와 사회적 자아의 구분을 가능케 해준 서구 시민사회가 과연 우리의 경우에도 적용될 수 있는가. △문학적 언어의 문제, 즉 언어와 표징과의 거리가 있는가 등이다. 그러면서 이철범과 마찬가지로 우리만의 특수성을 감안해야 한다는 의견을 덧붙인다.
12 정명환, 「作家의 政治參與」, 1968. 4(홍신선, 앞의 책, 511~518쪽).

시대정신이 강조될 필요가 있다. 특히 전쟁 후 허무주의를 통과하고 새로운 민주의식의 기류인 4·19라는 역사적 실체는 어떠한 방식이든 평단의 지식인에게 문학의 현실 대응력을 요구할 수밖에 없었다. 요컨대 당대적 현실에서는 '창조적 자아'보다는 '사회적 자아'가 핵심담론으로 부상한 형국이었음을 전제해야 한다.

참여론의 이론적 지평을 리얼리즘론으로 심화하는데 앞장섰던 김병걸은 참여론의 시대적 당위성을 역설한다. 그는 특히 "참여문학은 상상력이 없는 비문학이 아니라, 모든 좋은 문학이 그러하듯, 상상력을 필연적으로 지닌 문학이며, 다만 상상력의 거점을 역사적 현실에 두고 있다"고 역설한다.[13] 임헌영 역시 '창조적 자아' 우위론이 현실과는 동떨어진 허상임을 부각시키며 참여론의 현실적 당위성을 설파한다.[14]

67년 10월 이후 문학의 현실참여를 놓고 진행된 앙가주망 논쟁은 68년 2월 『사상계』에서 「작가와 평론가의 대결」이라는 표제 하에 백낙청과 선우휘의 좌담형식으로 이어진다. 이 좌담은 이미 선우휘가 제기한 참여문학의 불합리성을 해명하는 과정에서 문학을 '장난'으로 규정하고, 그러면서 현실적으로 우리 사회를 자본주의로 바라보는 등 앞뒤가

---

13 김병걸, 「참여론 백서」, 『현대문학』, 1968. 12. 이외에도 「고발문의 연발」(『현대문학』, 1969. 7) 등에서 참여론의 시대적 당위성을 역설한다. 이러한 일련의 평문은 참여론의 부당성과 폐해를 강력히 제기한 김양수의 「참여문학의 자기미망」(『현대문학』, 1971. 5~6), 「참여문학의 문학학살」(『현대문학』, 1971. 8), 「사회참여, 그 악몽의 문학」(『비평문학』, 1971. 7)에 대한 반론에서 쓰이고 있다.

14 임헌영, 「現實冬眠族」(홍신선, 앞의 책, 128~130쪽). 그는 김붕구의 의견에 대해 "작가의 현실참여란 작품으로서의 참여를 말하며, 앙가주망이 사르트르식 좌경뿐이라는 독단론은 가장 졸렬한 거짓 문학"이라 매도한다. 선우휘의 「문학은 써먹는 것이 아니다」란 의견에 대해서도 "씨의 의견은 논리적 모순은 없어 보이나 문학 그 자체를 오해하고 있다고 파악하고 문학은 써먹는 것이 아니라 쓰이도록 해야 한다"고 밝힌다.

맞지 않은 논리를 보이기도 했으나 기존의 메타비평 일변도에서 실제 작품비평을 동반하고 있다는 점에서 일신된 면모를 보인다. 이 대담은 문학의 도구성, 문학인의 보편성과 독자성, 참여와 도피의 한계 등 문학인의 현실참여문제를 폭넓게 취급해 당대 평단의 수준을 짐작할 만한 문건이라는 점에 일정한 의의가 있다.

이 논쟁은 이후 2차 단계로 진입한다. 김붕구는 「작가와 사회」의 후속 논의인 「작가와 사회 재론」을 통해 자신의 입장이 처음의 논의에서 일보도 후퇴할 뜻이 없음을 분명히 한다. 그는 "다만 뜻밖의 커다란 파문이 뒤따랐고 발표시 말해둔 의구심이 그대로 현실로 나타났기에 곳곳에 보충설명"을 보탠다며 "필자는 문학(예술에 관하는 한), 참여문학이건 무엇이건 어떤 원칙을 설정하고 그것으로 작품의 가치판단 기준으로 삼고, 남에게 강요하는 따위 주장을 인정할 수 없다. 외부권력의 압력은 두말할 것 없고 문학내부에서 스스로 구속을 촉구한다는 것은 결국 보다 철저한 외부권력의 탄압, 통제를 맞아들이는 준비작업과 마찬가지이기 때문"이라는 분명한 결론을 맺는다. 그는 여전히 참여론이 문학창작의 구속과 통제를 견인하는 장치로 못 박고 있다. 이러한 논의를 강화, 결속하려는 의도에서 '창조적 자아' 진영에 의해 심포지엄이 기획되기도 한다.[15]

이 심포지엄에는 김동리·백낙청·백철·전광용·선우휘 등이 사회참여문제에 대해 입장을 표명하고 있는데 활발한 난상토론이 개진되었다기보다는 자신의 문학관에 대한 이전의 논의를 확인하는 수준

---

15 백낙청과 선우휘의 대담에 이어 순수 측의 입장을 지지하는 문인만이 참가하고 있다는 점에서 주목할 만한 문건으로 1968년 7~8월에 『신동아』 주최로 「근대소설·전통·참여문학」 제하에 열린 연석 심포지엄이 있다.

에 머무르고 있다. 주목할 만한 문인의 견해로 백철은 '휴머니즘'을, 김동리는 '인간성 탐구', '인간성 옹호' 등을 개진, 이전의 논리를 재확인하고 있다.

이 논쟁을 종합해볼 때, 김붕구의 소론에 긍정적인 입장을 보인 비평가는 백철·조연현·선우휘·김양수·원형갑이었고, 이를 비판적으로 바라본 비평가들은 김순남·임중빈·이호철·임헌영·박태순·최일수·김병걸·장백일·백낙청 등이었다. 한편 정명환·김현은 절충적 입장을 취한다. 한편 이 논쟁의 여파는 선우휘·박태순·원형갑이 『아세아』를 통해서 '지식인의 현실참여 논란'으로, 김병걸·최일수·김양수 등이 『현대문학』을 통해서 '문학의 자율성 논쟁'으로, 그리고 선우휘와 백낙청의 대담형식으로까지 이어진다.

김붕구의 사회적 자아와 창조적 자아를 둘러싸고 그 핵심개념인 앙가주망과 관련해 벌어진 '앙가주망 논쟁'은 문학인이 취해야 할 현실참여에 관한 자세가 어떠해야 하는가를 묻는, 참여론의 하위범주 중 가장 많은 비평가가 참가한 본격적인 논쟁으로 기록된다. 김붕구의 발제 이후 70년대 초반 김양수·최일수 등에 의해 논의가 마감될 때까지 한번도 참여문학 그 자체를 부정하거나 폄하한 비평가가 없었다는 점도 주목할 만한 점이다. 당대의 대다수 비평가들은 참여론에 대한 내포와 외연을 어떻게 통일시켜 나갈 것인지에 대해 관심을 쏟고 있다. 이 논쟁이 보여준 문학과 현실에 대한 이성적이고 지성적인 태도는 논리적 질서와 체계화를 의미하는 것이어서 비평사적으로 자리매김할 만하다. 요컨대 이 논쟁은 문학인의 현실참여에 관한 구체적이고 실천적인 관심과 함께 비평의 미적 창조성 및 '문학주의'에 대한 각성을 촉구하며 이후 리얼리즘론 배양을 가속화한 계기로 작동하고 있다.

3. '불온시 논쟁' – '불온성'을 둘러싼
문학과 정치의 경계 규정

'앙가주망 논쟁'이 일어난 시기를 전후하여 김수영과 이어령 사이에 '불온시 논쟁'(1967. 12. 28~1968. 3. 26)이 벌어진다. 흔히 60년대 참여론의 대미를 장식한 논쟁으로 평가되고 있다. 특히 이 논쟁은 문학과 정치의 범위를 어디까지 규정할 것인가, 이른바 '문학과 정치의 경계境界'가 무엇인지를 해명하는 데 주안한다. 이 논쟁의 발단은 대중적 지명도가 높은 비평가 이어령이 문화계의 창조력이 극도로 위축된 이유를 문화인 스스로의 정치개입 등 의식의 타락에서 비롯된 것으로 지적하자, 참여파를 대표하는 시인 김수영이 이에 맞서는 의견을 제시함으로써 비롯된다. 이어령이 5회, 김수영이 3회로 총 여덟 차례의 공방이 오간 이 논쟁은 '불온성'을 문화의 본질로 해석해야 하는가, 아니면 정치사회적인 의미로 보아야 하는가, 그리고 문학의 자유와 정치현실의 역학관계는 어떻게 규정해야 하는가에 초점이 두어져 있다. 한편 구체적인 작품의 예시를 통해, 일과성으로 끝나지 않고 몇 차례의 화답형식으로 이루어지는 점에서 60년대 초기의 소모적인 비평논쟁과는 일정한 변별력을 가진다.

'앙가주망 논쟁'이 모든 비평가들이 동원될 만큼 광범위한 논쟁이었다면 '불온시 논쟁'은 두 비평가 간의 공방이 정점에 달했던 논쟁이다. 두 논쟁은 현대문학사에서 가장 치열한 일대일 논쟁으로 기록되는데 이후 있었던 김수영 대 전봉건의 소위 '사기詐欺 논쟁'도 크게 보아 '불온시 논쟁'의 파장권 내에 있다고 해도 무방할 것이다.[16] '불온시

---

16 이 논쟁은 전봉건이 김수영의 1964년 시 연평인 「難解의 帳幕」을 읽고, 시인의

논쟁'의 발단은 이어령이 신문의 문화시평文化時評란을 통해「'에비'가 支配하는 文化—韓國文化의 反文化性」(『조선일보』, 1967. 12. 28)을 발표하자, 김수영이「知識人의 社會參與—일간신문의 사설을 중심으로」(『사상계』, 1968. 1)로 응수하는 형태로 나타난다.[17]

오늘날의 정치권력이 점차 문화의 독자적 기능을 침해하고 있다고 할지라도 그 '문화의 침묵' 원인은 문화인 자신들의 소심증에서 기인하는 것이라고 이어령이 진단한 데 대해 김수영이 반론을 내놓으면서 논쟁은 시작된다. 이어령은 당시의 문화계를 두고 예언자적 기능으로서의 창조력이 극도로 위축되거나 퇴행된 시기라고 진단하고 "치졸한 유아 언어의 '에비'라는 상상적 강박관념에서 벗어나 다시 성인의 냉철한 언어로 예언의 소리를 전달할 것"을 주장한다.[18] 이에 김수영은「지식인의 사회참여」에서 어린애들처럼 존재하지도 않는 막연한 '에비'를 멋대로 상상하고 스스로 창조의 자유를 제한한다고 전제하고 언론의 애매성·안이·무기력성과 보수적이며 방관적인 타성을 비난한다. 김수영은 이것을 정치의 기상지수氣象指數에 순응하는 언론의 무골성無骨性이

참여란 말과 행위가 일치하지 않는 한 사이비일 수밖에 없다는 언명에서 발단돼 양씨가 공방을 벌이는 형태였다.

17 논쟁의 순서는 다음과 같다. △이어령,「서랍 속에 든 '不穩詩'를 분석한다—知識人의 社會參與를 읽고」(『사상계』, 1968. 3)와「누가 그 弔鐘을 울리는가?—오늘의 韓國文化를 위협하는 것」(『조선일보』, 1968. 2. 20), △김수영,「實驗的인 文學과 政治的 自由—文藝時評 '오늘의 韓國文化를 威脅하는 것'을 읽고」(『조선일보』, 1968. 2. 27), △이어령,「文學은 權力이나 政治理念의 侍女가 아니다—'오늘의 韓國文化를 威脅하는 것'의 解明」(『조선일보』, 1968. 3.10), △김수영,「不穩性에 대한 非科學的인 臆測」(『조선일보』, 1968. 3. 26), △이어령,「不穩性 與否로 文學을 評價할 수는 없다」(『조선일보』, 1968. 3. 26).

18 이어령,「'에비'가 支配하는 文化—韓國文化의 反文化性」,『조선일보』, 1967. 12. 28, 5쪽.

라 비꼰다. 그러면서 문화와 예술분야에서는 자유의 원칙이 인정돼야 한다고 주장한다.

그는 이어령의 '에비론'을 문학인의 양면주의로 파악, "창조의 자유가 억압되는 원인을 지나치게 문화인 자신의 책임으로만 돌리는 것 같은 감을 주는 것이 불쾌하다"고 반격, "오늘날의 문화의 침묵은 문화인의 소심증과 무능에서보다도 유상무상의 정치권력의 탄압에 더 큰 원인이 있다고 본다. 그리고 그 怪獸 앞에서는 개개인의 문화인은커녕 매스미디어의 거대한 집단들도 감히 대항하지 못하고 있는 것이 현 실정"이라고 선을 긋는다. 요컨대 써놓기만 하고 발표를 못하고 있는 작품이나 신춘문예 응모작품 속에 끼어 있는 '불온한' 시들이 거리낌 없이 방출될 수 있는 사회가 되어야 한다고 역설한다.[19]

이 논전은 '사회적 자아'와 '창조적 자아' 개념을 들고 나온 이전의 '작가와 사회' 논쟁이 방법론적으로 보다 심화되고, 한편으로 문화론의 영역으로 확대된 면모를 보이기 시작한다.

김수영의 반론에 이어령은 「서랍 속에 든 不穩詩를 分析한다」에서 "참여론자들은 영광된 사회가 와서 서랍 속에 보류된 자신의 불온한 시를 해방시켜 줄 것을 원하고 있는 예술이 아니라, 거꾸로 그 '불온한 시가 영광된 사회'를 이루도록 행사시키는 데서 그 의의를 발견하는

---

19 김수영, 「知識人의 社會參與—日刊新聞의 最近 論說을 중심으로」, 『사상계』, 1968. 1(『김수영 전집 2—산문』, 민음사, 1981). 선우휘는 김수영이 죽은 후 김수영과의 생전 대담을 회고하며 이때 김수영이 말한 '불온'은 정치적인 뜻이 아니라 '전위'라는 사실과 함께 당시 "지식인이 사회 참여한다고 할 때 그것을 좁혀서 현실에 반항한다고 할 때 우리 지식인이 설정하는 현실을 휴전선 이남에 국한하고 있다"고 밝혀 김수영도 남한 지식인으로서의 어쩔 수 없는 한계를 가질 수밖에 없었다고 평가한다. 선우휘, 「現實과 知識人」, 『아세아』, 1969. 2, 참조.

일종의 전사戰士인 것이다. 그러므로 영광된 사회가 왔을 때는 이미 그러한 불온시는 발표되지 않아도 좋을 것이다. 발표가 허락된 순간 이미 발표할 만한 가치를 상실해 버리는 것이 바로 ‘참여시의 운명’이기도 하다”며 문학의 실천행위는 무용한 것이라는 일관된 입장을 취한다. 이와 함께 ‘불온시＝명시’의 공식에 의문을 제기하고 참여시나 어용시는 같은 핏줄의 쌍둥이이며, 시가 아무리 독립운동에 참여한다 하더라도 시는 시의 한계를 가진다며 경직된 도구주의로서의 참여시를 경계한다. 심지어는 “참여시인이라고 부르기보다는 역사의 전리품을 가로채는 동물원의 사냥꾼이라고 부르는 편이 정확할 것 같다”는 독설을 동원하면서 “오늘날의 문학인은 관의 검열자와 문학을 정치도구로 착각하여 문학자체를 부정하는 사이비 시인과 비평가들의 협공을 당하고 있다”고 공세의 고삐를 늦추지 않는다.[20] 그는 이러한 논리를 보다 구체화한 「누가 그 弔鐘을 울리는가—오늘의 韓國文化를 위협하는 것」은 참여문학이 대중에 영합하는 시류문학이나, 또는 곧 정치주의 문학이라는 주장으로 요약된다. 그 마지막 구절에 의하면 결국 문화란 정치권력에 의해 타살되는 경우보다는 8·15 직후나 4·19 직후처럼 자살하는 경우에 심각한 위기에 봉착하는 것으로 무한한 자유 속에서는 문화창조의 깃발이 아니라 정치의 깃발이 판을 친다는 것이다.[21]

---

20 이어령, 「서랍 속에 든 불온시를 분석한다」, 『사상계』, 1968. 3(홍신선, 앞의 책, 256쪽).

21 이어령, 「누가 弔鐘을 울리는가」, 『조선일보』, 1968. 2. 20(위의 책, 240～245쪽). 특히 이 대목은 60년대 초 ‘화전민 지역’으로 이전의 평단풍토에 일대 각성을 제기한 사실을 상기하면 아이러니컬하다. 적어도 60년대 초까지는 50년대 등단 비평가이면서 4·19의 자장권 내에서 활동한 60년대 비평가로서의 자긍심을 가진 바 있다.

이어령은 문학예술이 사회적 현실의 효용성을 추구하려다 이데올로기에 매도되는 일을 경계해야 하고, 정치사회의 이데올로기와 동일시해서는 안 된다는 점을 부각한다. 즉 문화인 자신의 문예관이 부당한 정치권력으로부터 받고 있는 문화의 위협보다 위험하다고 경고한다. 이어령은 50년대 중·후반, 60년대 초반의 이전세대를 부정하고 그들과의 차별성을 부각시키며 저항과 반항, 부정과 도전의 목소리를 외치며 스스로 화전민임을 자처하던 때와는 사뭇 다르게 문학의 현실 참여성을 정치적 구속으로 폄하한다. 그가 '새로운 회의'를 품은 연유는 혁명 직후부터 제기되기 시작한 '참여' 일변도에서 자신이 견지한 저항의 언어가 폭력의 언어로 타락하고 있다는 나름의 위기의식의 결과인 것으로 보인다.[22]

이어 발표된 김수영의 「實驗的인 文學과 政治的 自由—오늘의 韓國文化를 威脅하는 것을 읽고」는 이어령의 「누가 그 弔鐘을 울리는가—오늘의 韓國文化를 威脅하는 것」에 대한 반론으로 문학의 전위성前衛性과 문학인의 정치적 자유에 대한 해명의 성격을 담고 있다. 특히 그는 이 글에서 "모든 전위문학은 불온하다. 그리고 모든 살아 있는 문화는 본질적으로 불온하다"는 유명한 시적 에피그램을 남겼다. 이 반론은 현실적·정치적인 금제를 깨고 꿈이나 불가능을 이상적으로 추구하는 것이 문학의 본질적 속성임을 재확인한다. 그 골자는 문화를 이데올로기와 결부시키는 것이 아니라 단 하나의 이데올로기로 동일시하려는 것이다. 때문에 '질서는 위대한 예술'이라는 것은 정치권력의 시정구호로서는 적격이지만 문학 백년대계를 세워야 할 전형적인 평

---

22 이어령·이상갑 대담, 「1950년대와 전후문학」, 『작가연구』 제4호, 1997. 10, 173
　　쪽 참조.

론가가 내세울 만한 기발한 아이디어는 되지 못한다고 이어령의 논의에 일갈한다.[23] 이에 다시 이어령은 관의 문화검열자들에게 나쁜 작품이란 그들의 정치권력에 해로운 것들을 뜻하며 좋은 작품이란 정치권력에 도움이 되는 것을 의미한다고 역공한다.

> "문학작품을 문학작품으로 읽으려 하지 않는 태도 그것이 바로 문학을 가장 직접적으로 위협하고 있는 현상이다. (…중략…) 문학을 정치 이데올로기로 저울질하고 있는 오늘의 오도된 〈사회참여론자들〉이 그런 것이다. 문학작품을 문학자품 자체로 감상하려 않는다는 점에서 그들은 관官의 문화 검열자와 조금도 다를 것이 없다."[24]

이에 덧붙여 그는 결론적으로 진보=불온이고, 불온=전위이며, 전위=훌륭한 예술이라는 등식은 산술적인 이데올로기만을 강요하는 행위라고 재확인한다.[25]

이 두 사람의 논쟁은 「參與論爭의 決算」이라는 제목 하에 김수영의 「不穩性에 대한 非科學的인 臆測」과 이어령의 「不穩性 與否로 文學을

---

23 김수영, 「實驗的인 文學과 政治的 自由」, 『조선일보』, 1968. 2. 27(홍신선, 위의 책, 264~266쪽).

24 이어령, 앞의 글(위의 책, 240~245쪽).

25 이어령, 「文學은 權力이나 政治理念의 侍女가 아니다」, 『조선일보』, 1968. 10(위의 책, 267~271쪽). 이 글에서 그는 참여론자들에 대해 공세의 수위를 늦추지 않는다. 참여론자들은 "자기 이데올로기의 자尺에 맞으면 삐라 같은 글도 명작이라고 추켜세우고 그 경향에서 조금이라도 이탈되면 어떤 작품이라도 반동의 낙인을 찍고 있다"면서 "오늘의 과제와 우리의 사명은 문학의 순수성을 파괴시키는 것이 아니라, 그 순수성을 여하히 이 역사에 참여시키는가에 있다"며 "정치화되고 공리화된 사회에서 꽃을 꽃으로 볼 줄 아는 유일한, 그리고 최초의 증인들이 바로 예술가이다. 그 순수성이 있으니 비로소 그 왜곡된 역사를 향한 발언과 참여의 길이 값이 있는 것"이라고 말해 자기의 논점이 순수에 있음을 분명히 하며, 참여 또한 순수가 있을 때 가능한 것이라는 논리를 편다.

評價할 수는 없다」가 동시에 『조선일보』(1968. 3. 26)에 실리는 것으로 마감된다. 두 평문 역시 당시의 진보적인 의미를 내포하는 문학 · 문화에 대한 실질적인 억압이 있었느냐 하는 정치권력과 문학적 자유의 함수관계에 대한 것으로 불온성과 오독 시비의 연장으로 이어진다.

김수영은 자신이 주장한 불온성이 정치적 의미로 제한되는 한 이 논쟁은 무의미한 것이라고 선언한다. 이에 이어령은 바로 불온성을 문화의 차원이 아닌 정치의 차원으로만 이해하는 문화인들이 있으며 이들이 결국 창조의 자유를 위축시킨다고 결론 내린다.[26] 결국 이 논쟁은 문학의 공리성과 참여성에 대한 폭과 깊이가 불온성에 대한 제한적 해석으로 끝나버린 한계를 나타냈다.

이러한 의미에서 "김수영이 설파한 '불온', '전위문학'도 넌센스이며, 이어령의 '순수한 참여'도 '어불성설'로 '집단관계 속에서의 사실의 추구방법이며 위험을 무릅쓴 이성의 표현이 되어야 하는데 방법론적 진척도 없고 한국문학 발전의 실질적 계기도 만들지 못했다"는 지적은 일견 타당해 보인다.[27] 즉 논쟁 · 논전 성격으로 마감한 측면이 강하다는 것이다.[28]

---

26 위의 책, 559쪽 참조.

27 위의 책, 559쪽 참조.

28 백낙청, 「抒情의 成長과 克服」, 『한국일보』, 1968. 6. 25. 논쟁이 일단락된 듯하면서 김수영은 급작스런 교통사고로 죽음을 맞게 된다. 그의 죽음 역시 좀 더 생산적인 논의로 발전하지 못한 이유이기도 하다. 백낙청은 애도문인 「抒情의 成長과 克服」에서 비평가로서의 김수영의 태도에 대해 "그는 좁은 의미의 참여시를 위해 싸웠다기보다 정직하고 책임 있는 문학의 자세를 옹호하고 양심과 이성을 지닌 지식인으로서의 그의 진면목은 이른바 존재의 탐구와 연구와 사회참여, 그리고 그에 대응하는 언어와 형식의 쇄신을 하나의 통일된 작업으로 파악 · 추구한 데 있었고, 그렇기 때문에 그는 한국 시단의 가장 예민하고 온당한 비평가

'불온시 논쟁'은 구체적인 문화적 상황에 대한 인식의 차이에서 출발하여, 특히 김수영의 시 작품과 시 비평에 대한 태도를 문제시함으로써 단순히 논쟁 자체의 발전적 지평만이 아닌 작품론을 수반한 비평론으로의 가능성을 기대할 수 있었지만 결국 시의 불온성을 가지고 문화의 정치적 입장을 확인하는 메타비평적 수준에서 마감해야 했다. 이는 이 논쟁이 애초부터 안고 있는 난점이자 한계로 지적된다.

여느 논쟁에 비해 작품을 근거로 한 논쟁이 되고 있다는 점에서 본격논쟁으로서의 가능성이 높았지만 더 이상 논의를 확대할 수 없었던 정치적 상황에서 기인한다. 김수영은 문화에 대한 정치적 해석의 범위를 민족적 차원으로 확대하지 못하고 남한 현실 속에서만 찾으려 했다. 한편 문화론·정치론에 가려 작품을 근거로 설정하고는 있지만 실제 대상으로 하는 평문은 이어령의 「서랍 속에 든 不穩詩를 分析한다」 정도로 미미하다. 이러한 점이 본격논쟁으로서의 입지를 약화시킬 수밖에 없었던 한계로 지적된다. 하지만 우리는 김수영과 이어령의 논쟁을 통해 50년대 전후의 폐허의식과 실존의 카오스를 넘어서려는 이성적 주체의 내면적 주체성을 확보해가는 도정을 발견할 수 있었다. 60년대 비평의 자기정체성이라 규정할 수 있는 세계에 대한 비판적 시선은 '외부에서 내부를 혁파하는 계몽적 근대'의 파산을 의미하는 것이기도 하다. 반성적 주체로서 비판적 지성의 힘을 발견할 수 있는 대목이다.[29]

였으며 문학에 국한되지만도 않는 훌륭한 평론가였다"라고 긍정적으로 평가하고 있다.

29 최문규, 「역사철학적 현대성과 그 이념적 맥락」, 『세계의 문학』, 1993. 가을, 199쪽 참조. 테오도르 아도르노에 의하면 주체의 형성은 세계에 대한 부정과 비판, 내면을 행한 반성적 시선이 긴장하는 지점에서 마련된다. 이때 주체는 고정된 실체

4. '상상력과 리얼리즘 논쟁' – 문학주의와 현실주의의 견인

'상상력과 리얼리즘' 논쟁은 70년대 리얼리즘 논쟁의 계기를 촉발한 논쟁이다.[30] 이 좌담회에서 리얼리즘 논쟁의 계기를 마련한 것은 김현과 구중서의 의견대립에서였다. 이를 요약하면 다음과 같다.

우선 김현은 리얼리즘 발생의 가능성을 사회계층의 형성 여부와 관련시키면서 4·19 이후의 리얼리스트들이 최소한의 자기계층(그것이 봉건보수적 쁘띠부르주아였다 할지라도)을 가졌다는 점에서 사회계층이 학생측에 의해 유도된 4·19 이후 리얼리스트들이 리얼리즘이란 자기계층의 부재라는 쓰디쓴 확인을 의미한다고 평가하고 있다.[31] 이에 구중서는 리얼리즘과 자연주의의 차이를 사회나 인간생활에 대한 '객관적 묘사' 이상의 역사의식이라든가 미래에 대한 전망제시 유무를 두

가 아니라 대상세계에 대한 경험을 통해서 역동적 존재로 드러난다. 즉 세계에 대한 비판적 인식과 내면적 반성의 역동성에 의해 세계의 존재양상을 읽어내고 이를 텍스트화할 수 있는 힘이 주체에게 요구되는 것으로 이해할 수 있다.

30 1970년 4월 『사상계』가 주최한 「4·19와 한국문학」 좌담회에서 김현이 리얼리즘 문제를 '상상력'과 결부시켜 구중서와 의견이 대립되면서 순수-참여론은 심화된 국면으로 반전되기에 이른다. 한편 백하현은 구중서(「한국문학의 반성과 재출발」, 『대한일보』, 1967. 8. 9), 백낙청(「한국소설에서의 리얼리즘 전망」, 『한국일보』, 1967. 8. 12), 조동일(「리얼리즘 재고」, 『현대문학』, 1967. 10) 등이 리얼리즘에 관한 평문을 제출하고 있는 것과 함께 소시민 문학론과 시민문학론을 주장하는 『68문학』 동인과 『창작과비평』 그룹 간의 문학에 대한 첨예한 대립의식에서 리얼리즘 논쟁의 불씨를 찾고 있다. 그는 60년대 후반에 보여주는 이러한 논쟁의 주된 대립적 양상을 첫째, 서구문학사에서의 리얼리즘과 내추럴리즘을 어떻게 규정·인식할 것이며, 그 잣대로 한국문학의 전통을 어떻게 평가할 것인가, 둘째, 리얼리즘의 한국적 수용이란 면에서 시대상황과 문학적 방법의 관계에 대한 문제 등 크게 두 가지 관점으로 분류하고 있다. 백하현, 「1970년대 리얼리즘 문학논쟁의 연구」, 136~137쪽 참조.

31 유종호·염무웅 편, 『한국문학의 쟁점』, 전예원, 1977, 170쪽.

고 김현이 리얼스트라 평가한 현진건·염상섭 문학에 대해 "사회 또는 인간생활의 현상을 객관적으로 묘사하는 데 그쳤고, 또 어떤 역사의식의 지향이라든가, 또는 이상주의적 요소를 작품 속에 담아서, 또 창조해나가는 그런 의식작업을 못했기 때문"에 19세기 프랑스의 왕당파이면서 보수주의자인 발자크 류의 리얼리즘 소설과 구별되는 자연주의 문학이라 규정, 반론을 제기한다.[32] 이에 김현은 염상섭의 「삼대」나 채만식의 「탁류」는 투철한 분석력과 저항정신을 가진 좋은 리얼리즘 작품에 해당한다며 발자크가 위대한 리얼리스트가 된 것은 신흥계급에 대한 지독한 혐오에서 기인하는 것이라고 밝히고 "그것은 현실을 냉정하게 직시한 데서 얻어진 것이라기보다는 '망할 놈의 현실' 하는 조소에서 얻어진 것"이라고 반박한다.[33]

이후 구중서는 좌담회에서 밝혔던 견해를 보완하여 「한국 리얼리즘 문학의 형성」에서 리얼리즘의 시작을 발자크의 「인간희극」 서문에 두고 이후 엥겔스·루카치를 거쳐 30년대 소련의 사회주의 리얼리즘에 이르기까지 폭넓게 개괄한 다음, 이미 좌담회에서 언급한 염상섭·현진건·채만식 등에 대해 또다시 "그들은 인간과 자연과 사회를 있는 그대로 묘사하고 재현했다. 그들이 사회적 부조리의 문제에 갈등을 느끼고 비판을 했지만, 그것이 사회의 전모에 대한 충실한 객관적 묘사를 거친 창조적 결실로 발전하지 못했다"[34]며 이전의 태도를 재확인한다. 이에 덧붙여 30년대 자연주의 문학은 한국 리얼리즘 문학의 예비적 수련修鍊의 성격을 띨 뿐이며 한국사회의 시민의식과 역사의식을

---

32 위의 책, 169쪽.
33 위의 책, 169쪽.
34 구중서, 「한국 리얼리즘 문학의 형성」, 『창작과비평』, 1970. 여름, 345쪽.

성숙시킨 4·19 혁명에 이르러서야 리얼리즘 경향이 촉진되었다고 설파한다. 그는 결론으로 한국문학이 근대적인 체질과 능력을 갖추려면 한국적 리얼리즘의 형성이 원만히 성취되어야 한다며, 이러한 것이 한국 현대문학의 창조적 실재와 문학사의 전진에 토대가 될 것이라 주장한다.[35]

김현도 좌담회를 보완하여 「한국소설의 가능성—리얼리즘론 별견」[36]을 내놓아 우리 소설이 리얼리즘과는 무관한 방향에 있다는 이전과 같은 입장을 밝힌다. 『문학과지성』 창간호에 실린 이 글에서 김현은 "리얼리즘의 승리라는 도식적인 요청이 현재의 한국문학에 주어지고 있는 것은 새로운 각도에서 새것 콤플렉스의 발로"로 "조금이라도 민중을 선동하는 기색이 있으면 그것은 리얼리즘이며, 그렇지 못하면 내추럴리즘"이라고 정의한다며 자신의 견해와 문학적 입장을 달리하고 있는 일부 리얼리즘 논자들을 공박한다.[37] 이어 김현은 우리의 사회주의 리얼리즘과 1920~30년대 카프의 김기진의 프롤레타리아 문학이론을 검토하고 우리의 경우, 현실의 예술에 대한 우위성을 지나치게 강조한 나머지 예술을 말살해 일제하 카프가 단 한 편의 우수한 작품도 내놓지 못했다고 강변한다. 이러한 리얼리즘의 도식주의는 상상력을 통해서만 극복할 수 있다는 첨언도 내놓는다. 그나마 몇몇 작품이 성공적이었던 것도 도식성이 짙은 리얼리즘과는 다른 문학에 대한 작가 자신의 직관에 의한 투시력과 상상력의 산물 때문이라는 견해를 곁들인다.[38]

---

35 구중서, 앞의 책, 347쪽.
36 김현, 「한국소설의 가능성—리얼리즘론 별견」, 『문학과지성』 창간호, 1970. 가을 (『김현문학전집 2』, 문학과지성사, 1991, 70~94쪽).
37 위의 책, 70쪽.
38 위의 책, 86쪽.

김현과 구중서의 『사상계』 좌담은 비평론 자체의 발전적 모습을 기대하기보다는 자기 나름의 문학적 입장을 확인하는 수준이다. 하지만 이 논의는 1970년대로 이월되면서 리얼리즘 논의를 본격화하는 촉매 역할을 한다. 김현의 소론에 대한 반론은 염무웅에 의해 제기되는데, 염무웅은 일견 리얼리즘의 전도사 역할을 자임한다.[39]

그는 구중서와 김현이 프랑스 작가 발자크를 두고 이해를 달리했던 부분에 대해서는 '의도된 왜곡'이라고 파악하면서, 정치적으로 왕당파로 보수적이며 반동적 세계관을 가졌던 발자크가 예술적 진보성을 이룩해낸 모순적인 현상에 대해 해명한다. 즉 발자크의 정치적 반동성과 예술적 진보성 사이의 모순에 대해 이른바 세계관(의식 또는 상상력)이란 고정불변의 실체가 아닌 현실과의 관계 속에서 부단히 변화하면서 발전해나가는 것으로 규정한다. 염무웅은 리얼리즘과 상상력은 별개항이 아니라고 생각하거니와, 그가 설정한 상상력이란 예술가가 현실을 관찰하고 분석하여 그것을 형상적으로 재구성하는 감성적 능력이다. 때문에 상상력은 현실 초월적인 것이 아니라, 그 자체가 현실 규정적인 것으로 인지되며 현실과의 상호관계 속에서 형성된 것으로 간

---

39 염무웅, 「리얼리즘의 역사성과 현실성」(홍신선, 앞의 책, 444쪽). 그는 "문학의 탁월성은 한 작품에 참된 정직성과 철저성이 결여되어 있거나 손상되어 있을 때 필연적으로 그것이 예술적 결함으로 나타나고야 만다는 데 있다"고 전제하고 리얼리즘의 발생학적 속성을 특정한 시대의 예술 이데올로기로 국한되는 것이 아닌 통시적인 보편성에서 찾아지는 것이라 주장한다. 김현이 「한국소설의 가능성」에서 밝힌 '상상력의 구조는 無'라는 점에 대해 "시대적 현실에 의해 규정되는 상상력의 구조가 단순히 無라고 보는 것은 바로 그 상상력이나 시대적 현실이 경험과 문화의 오랜 축적이라는 사실을 도외시한 것이며, 마치 작가의 상상력이 유아적 백지상태에서 현실을 조명하는 것처럼 생각하는 것은 논리적 오류"라고 반박한다. 그는 리얼리즘은 본질적으로 반도식적인 성격을 지닌다고 보면서 리얼리즘의 당위적 성격에 대해 정의하기도 한다.

주한다.

염무웅의 이러한 리얼리즘에 대한 인식은 방법론적으로 리얼리즘이라는 기법과 이념적으로 민족문학이라는 정신이 합일된 개념이라 볼 수 있다. 방법적인 측면에서 보면 그의 리얼리즘론은 '전형적 상황에서의 전형적 인물의 재현'이란 예술적 통일의 원리에서 출발한다. 이 논의는 예술의 일반적 원리로 리얼리즘을 상정하면서도 발자크의 리얼리즘을 전범으로 내세워 당대 부정적 현실에 대한 개혁적 세계관으로서의 리얼리즘을 부각시키는 사회주의 리얼리즘론의 초기 단계에 해당한다.

임헌영은 김현의 소론에 대해 작가의 자세가 아닌 기법에 의존하는 판단으로 자연주의와 혼동할 우려가 있다고 의문을 표시한다. 그는 "리얼리즘에서 가장 주요한 인식론을 잊고 존재론을 운운하는 것은 리얼리즘의 초보도 모르는 소리다. 이처럼 참된 미학으로서의 리얼리즘을 체계적으로 모르는 사람들이 저지르는 예술적 죄악은 무척 크다. 리얼리즘 하면 소셜(social)리얼리즘만을 상기하거나 아니면 기법상의 문제를 생각하기 쉽다"[40]고 지적한다. 우리 풍토에서의 리얼리즘은 도식주의를 면할 수 없다는 지적과 그 대안으로 상정한 상상력에 대한 임헌영의 비판은 단정적인 어투임에도 당대적 상황에서는 설득력을 얻는 편이다.

최일수는 리얼리즘의 방향이 "오늘의 민족적 현실은 분단이며, 또한 이를 극복하고 통일로 지향하는 의지와 행동의 추구"에 있다며 민족적 리얼리즘에 근사하다. 즉 그의 리얼리즘론은 분단극복과 통일지향론

---

40 임헌영, 「한국문학의 과제—민족적 리얼리즘에의 길」, 『현대문학』, 1971. 3, 336쪽(임헌영, 앞의 책, 324쪽).

으로 요약된다.[41] 결국 구중서 – 염무웅 – 임헌영 – 최일수의 논의는 사
회현실의 연관을 기초로 한 리얼리즘론을 배경으로 분단극복을 향한
민족문학론의 도정에 이어지고 있다.

한편 김양수 · 최일운과 같이 당시 반리얼리즘론의 편에 섰던 논자
들은 리얼리즘 논의가 기법이나 정신의 문제 등 그 자체의 본질을 구
명하는데 있다기보다는 안이한 상황논리로 빠지고 있다는 점을 지적
한다. 남쪽의 불합리한 현실적 모순만 들춰내지 말고 북쪽도 함께 비
판하라는 이러한 논리는 반공일변도의 시대적 상황과 지적 폐쇄성에
서 기인한 탓이 크다.

1970년대 초기 리얼리즘 논쟁은 1972년 12월 『문학사상』에 실린 염
무웅(「리얼리즘의 역사성과 현실성」)과 김병익(「리얼리즘의 기법과 정
신」)에 이르러 절정을 이루며 마감된다. 김병익의 답변은 리얼리즘과
상상력에 대한 답변항목을 제외하면 대체로 김현이 『사상계』에서 밝힌
소론과 궤를 같이한다. 그는 리얼리즘의 범위를 지나치게 확장하여 현
실 자체를 추상화시키거나 자연주의내지 소극적 의미의 리얼리즘을
리얼리즘의 전체 모습으로 그 의미를 축소하고 있다.[42] 특히 '상상력'
에 대해서는 김현의 논리를 보완하는 수준에 머무르고 있다. '현실과
재현 역시 상상력이 작동된 결과로서, "창작은 순수한 주관만으로, 또

---

41 최일수, 「민족적 리얼리즘」, 『현대문학』, 1971. 4, 373쪽.

42 김병익, 「리얼리즘의 기법과 정신」(홍신선, 앞의 책 434~438쪽 요약). 그는 "'현
   실과 재현'이라 하지만 그것이 묘사가 아니고 창조라면 그 재현은 상상력의 작
   용이지 문자로 옮겨진 현실일 수는 없다. 아무리 객관적인 사회묘사라 할지라도
   거기에는 작가의 선택과 직관 및 구성력이 작용하며 극도의 의식의 흐름의 작품
   이라 할지라도 거기에는 현실에 대한 체험과 관찰의 결과가 포함되게 마련"이라
   고 적시한다.

는 인식이 결여된 객체만으로 구성되는 것이 아니라 상상력 자체의 논리적인 힘과 생명력 있는 흐름을 갖고 전개 된다”는 것이다.[43]

60년대 말부터 70년대 초반의 리얼리즘 논쟁은 앞서 개괄한 바와 같이 주로 ‘상상력’이라는 관계항을 둘러싸고 초기에 관심축이 된 개념 확정 문제와 중·후기를 통해 그것의 한국적 적용문제가 논쟁의 핵심을 이루고 있다. 특히 이 논쟁은 60년대 순수·참여 논쟁이 비평적 돌파구를 찾지 못하고 소모적인 논쟁만을 되풀이 하고 있다는 비난에서 벗어나 당대 현실에 부응하는 미학적 입장과 창작방법론을 감안한 문예미학적 방법론으로 70년대로 이월하면서 민족문학론의 계기를 마련하고 있다는 점에 의의가 있다. 그러나 리얼리즘이라는 개념이 워낙 다양하고 복잡해 지나치게 개념확정이라는 부분에 관심이 편중되어 있고, 서구식 잣대의 리얼리즘을 한국적 상황에 그대로 대입하려는 한계가 노정되고 있다.

하지만 문학과 현실의 관계를 문제 삼으면서 순수·참여 논쟁의 연장으로 60년대 중후반에 제기돼 70년대 내내 진행된 ‘상상력과 리얼리즘 논쟁’은 민족문학론 수립이라는 새로운 단계로의 진입을 의미하는 것이기도 하다. 요컨대 이 논쟁은 4·19의 현실변혁 욕구에 대한 내적 필연성이 계기적으로 작용해 당대 현실의 문학적(비평적) 역학관계를 구체화한 비평담론으로 70년대 중·후반에 본격화하는 민족문학론의 전사前史가 되고 있다. 한편으로 문학의 현실연관성을 방법적 차원에

---

43 김병익, 위의 글(위의 책, 439쪽). 이 글에서 그는 상상력을 동원하여 소박한 현실의 재현을 포기하는 대신, 현실의 근원을 포착하고 그것의 핵심을 탐구하는 근대 리얼리즘의 정신을 실현하고 있는 우리 작가로 최인훈·이청준·서기원을 거명한다. 이들 작가가 서민의 삶, 농촌의 현실을 중시하는 소재주의는 사회주의 리얼리즘과는 다르다는 것이다.

서 공고히 하면서 향후 진보적 문학이 약진하는 계기를 마련했다는 점
에 일정한 의의가 있다.

5. 마무리

1960년대 순수 · 참여 논쟁은 문학과 예술 일반의 본질에 대해 작가
의 입장을 묻는 초기적 형태의 논쟁에서 시작하여 창조적 자아와 사회
적 자아 중 어느 것을 우위에 두느냐의 구체적 방법론으로서의 '앙가
주론', 문학과 정치의 경계를 규정하는데 초점이 모아진 '불온시 논
쟁', 민족문학의 방법적 원리를 찾는데 주안한 70년대 초의 '상상력과
리얼리즘 논쟁'으로 이어지고 있다. 문학인의 사회적인 입장을 묻는
참여론에 관한 중 · 후기 3대 핵심논쟁은 4 · 19 이후 본격화된 개인 및
사회의지가 문학 내부에 일정하게 투영됐다는 점과 70년대 비평의 계
기를 마련하고 있다는 점에서 이 시기 문예비평사에 값한다.

순수 · 참여 논쟁이 소모적인 공방에서 벗어나 자체 내의 논리를 갖
기 시작한 것은 김붕구의 사르트르 류의 앙가주망의 이념적 편향에 대
한 비판적 문제제기에서였다. 그 반론은 창조적 자아의 우위성에 대해
사회적 자아의 시대적 당위성, 혹은 상충되는 '두 자아'의 절충적 입장
으로 나타난다. 이 논쟁은 김수영과 이어령간에 벌어진 '불온시' 논쟁
으로 비화, 지류화한다. 김수영이 문학의 전위적 실험성이 억압당하고
있는 현실을 개탄하자, 이어령은 그 책임을 참여론의 입장에서 문학활
동을 하고 있는 문인에게 전가한다. 그는 문학의 위기를 문화 자체의
응전력과 창조력의 고갈에서 찾아야 한다고 주장하면서 시대적 변화
에 추수하는 문학인들의 자세를 비판한다. 본격적인 심화단계는 민족
문학의 방법적 원리로 작동되는 리얼리즘론이 현실 참여주의와 문학

적 순수주의 척도로 자리하면서부터다. 이의 구체적 발현은 구중서와 김현의 좌담에서 비롯된다. 이른 바 '상상력과 리얼리즘 논쟁'은 문학과 현실의 유기적인 관련을 놓고 문학적 진실을 문제 삼는 방법론으로 문학의 대사회적 관심을 환기시키는 등 민족문학론의 태반으로 자리한다.

핵심논쟁을 둘러싸고 참여론의 반대편에 선 이형기·서정주·이어령·김현의 경우, 문학적 원질이나 방법적 차용이라는 측면에서 인식적 유사성을 발견할 수 있다. 이는 문학주의라 천명할 절대정신의 강조와 문학의 본질적 영역이 시 본위에 정립한다는 일종의 문학적 신념에서 배태한 것이라는 진단이 있다.[44] 이들이 전후 실존주의 문학의 자장 내에서 즉자적 현실과 거리를 두려 했던 것은 시정신의 영역을 위주로 한 절대정신의 추구를 문학의 핵심부문으로 파악했기 때문으로 분석된다.

순수·참여 논쟁의 진상을 살피고자 할 경우, 어느 일방의 공격내용을 중심으로 문제에 접근하거나 정합성을 부여하는 것은 비평논의의 객관성에 위배된다. 순수·참여 논쟁은 이분법으로 문학의 범주를 규정하고 있기 때문에, 문학이 본질적으로 지니고 있는 복합적·포괄적인 의미와 다양성을 간취하지 못하는 한계를 지닌다. 이러한 이분법은 순수·참여 어느 한 쪽의 문학적 가치 판단에 매달림으로써 실제 작품을 분석·해석하는 데도 편향을 드러낼 우려가 있다. 남한의 문학사에서 분단이 빚은 가장 심각한 문제로 제도권 문학과 비제도권 문학이라는 이분법적 도식이 굳어진 것처럼 순수·참여 논쟁은 현실 참여

---

44 허윤회, 「1960년대 '순수' 비평의 의미와 한계」, 『1960년대 문학연구』, 깊은샘, 1998, 248쪽.

의지와 미학적 완성도를 비평론의 잣대로 들이대는 도식화된 이분법 논리라는 혐의로부터 자유롭지 못하기 때문이다. 그 결과 이 논쟁은 순수·참여라는 이분법적 도식으로 문학의 범주를 규정, 개연성과 다양성을 폭넓게 천착하지 못하고 제한적 가치판단에 머무르는 난점을 안고 있다. 이와 더불어 비평가 개인의 문단 내의 분파적 입장에 의한 추수비평이나 단선 논리의 동어반복이라는 역기능도 안고 있다. 하지만 순수·참여 논쟁은 근본적으로 가질 수밖에 없었던 몇몇 한계에도 불구하고 1930년대 식민지 시대 이후 한동안 단절되었던 문학논쟁이 복원되었다는 점과 함께 비평사의 내적 발전에 새로운 계기를 마련했다는 점에 의의가 있다.

주지하다시피 순수·참여 논쟁의 발생은 문인 개인의 문단 내부적 입지와 제도권 밖의 역학 관계, 그리고 외부적 강제 등 여러 요인에서 작용한 측면이 있으나 기본적으로는 4·19 이후 다양화한 문학적 관심 속에서 비평에 대한 반성과 성찰을 포함한 문학적 입지를 묻는 것으로 나타난다. 즉 1950년 이후 순수문학 쪽으로 기울어지다시피 한 문단에 문학의 사회성에 대한 관심을 고조시켜 비평의 다른 한 축을 형성하고 있다. 한편으로 전후문학 이후 절망과 불안, 무기력에 빠져 있던 문단 풍토에 자신감과 극복의지를 불어넣으며, 비평론의 틀을 새롭게 구축하는 과정이라 할 수 있다.

즉 60년대 중·후기 벌어진 참여론은 "1950년대의 강압적 냉전논리와 이념적 맹목상태로부터 벗어나기 위해 치러야 할 일종의 이론 훈련 과정"이었으며 사르트르 같은 서구 사상가를 매개로 전개되기는 하였으나 민족의 현실에 본격적으로 눈을 돌리게 만든 단초를 제공하였다. 그런 점에서 순수·참여 논쟁은 비록 담론이 형성돼 유통과 분배가 원활히 이뤄지는 '담론의 내부적 요건'을 충족시키지는 못하고 있지만,[45] "잘못 설정된 쟁점을 둘러싼 무의미한 말싸움이 결코 아니고 1970년대 리얼리즘론과 민족문학론의 구성을 위해 반드시 거쳐야 했던 이론적으로 성숙할 수 있는 밑거름 발전의 불가결한 직전 단계"로서, '비평담론의 개방성'에 질적으로 상승하는 데 기여하며[46] 리얼리즘론과 민족문학론이 이론적으로 성숙할 수 있는 밑거름이 되었다.

요컨대 참여 논쟁은 기본적으로 4·19의 성과를 문학내부의 논의로 끌어들이며 문학의 현실연관성과 함께 리얼리즘의 개념을 도출, 그 방법적 원리로 작용케 하는 등 새로운 민족문학의 이념 수립을 위한 전사前史적 역할을 한 것으로 평가될 수 있다. 특히 이 논쟁의 와중에서 그것의 극복과 새로운 모색을 도모하는 백낙청의 시민문학론을 중심으로 탄생한 『창작과비평』그룹이나 또 다른 한 축으로 후일 『문학과지성』을 산생한 『산문시대』, 『사계』, 『68문학』 그룹 등 젊은 비평가들

---

45 홍성민, 「부르디외와 푸코의 권력개념 비교 : 새로운 주체화의 전략」, 『문화와 권력』, 나남출판, 1998, 223쪽. 푸코(M. Foucault)의 『담화의 질서』(1971)에 의하면 담론은 '담론-공간-권력'의 삼각형을 이루며 담화생산에 필요한 네 가지 요건인 '발화의 의식들', '담론의 사회적 성격', '담화를 구성하는 원칙들', '담론을 구성하는 사회적 과정들'을 전제로 한다고 밝혀놓고 있다. 필자는 이를 부르디외의 '상징폭력기제'라는 문제의식과 일맥상통한다고 파악하고 있다.

46 염무웅, 「50~60년대 남한문학의 민족문학적 위치」, 『창작과 비평』, 1992. 겨울, 62쪽. 이는 푸코와 하버마스의 담론에 대한 개념규정이 상이한 관점과 시각에 있다기보다는 추구하는 방향의 차별성, 즉 선후관계에서 찾을 수 있을 것이다. 즉 그 개념을 푸코는 '사회 제 세력 간의 역학관계 속에서 실행되는 구체적인 언어권력'으로 이해한 반면, 하버마스는 '서로 억압하지 않고 합리적이며 공평한 대화조건을 전제로 하는 대화 당사자들 사이의 열려 있는 이상적 논쟁'을 염두에 두고 있다. 요컨대 60년대 중후반기, 문학의 대사회적 실천적 관심 표명인 '참여'를 둘러싼 비평가 상호간의 논쟁은 30년대 김동리를 필두로 한 순수논의가 방법적인 측면에서 '언어권력'에서 '대화조건을 갖춘 논쟁'으로 질적 성장하는 데 결정적인 계기로 작용하고 있다.

의 등장은 우리 현대문학비평의 이론의 질적 전환과 도약을 가져올 수 있었다.

특히 60년대 중·후기 순수·참여에 관한 3대 본격 논쟁은 문학과 현실의 상관관계를 단순히 수단이나 기능적인 측면에서 이론적으로 문제 삼은 것이 아니라 목적적이고 구조적인 현실인식을 바탕으로 문예미학의 방향까지 문제 삼고 있다는 점에서 같은 시기 여타 논쟁에 비해 가장 문학적인 논쟁으로 기록된다.

근대문학의 태동과 발전

기점론 시비是非와 문학 담당층의 동향動向을 중심으로

근대문학의 태동과 발전

기점론 시비是非와 문학 담당층의 동향動向을 중심으로

1. 머리말

우리 문학사에서 '근대'는 일반적으로 '개화기'로 통칭되는 19세기 말부터 20세기 초에 이르는 시기를 가리킨다.[1] 이 시기는 내부적으로 이른 바 '사농공상士農工商', '반상양천班常良賤'의 봉건적 구체제가 급격하게 해체를 맞이하고 서구의 제국주의와 자본주의가 동점해오면서

---

1 '개화기 문학'이란 용어는 조연현의 「개화기문학 형성과정고」(1966)에서 처음 사용되었다. 이를 김태준은 '시민문학', 안자산은 '봉건시대의 평민문학을 토대로 새로운 시민문학으로 전환되는 시기의 문학'으로 규정하고 있다. 그러면서 1894~1910년을 계몽운동시대, 1910~1919년을 발아기로 명명한다. 사학계의 경우, 이광린은 1단계 : 1870년대(개화, 개국, 개항의 시기), 2단계 : 1880년대(국가부흥건설기), 3단계 : 1880~1900(국가의 독립과 권리주장기)로, 강재언은 1단계 : 1870~1884, 2단계 : 1896~1898, 3단계 : 1906~1911로 다소간 편차를 보인다. 한편 '개화기', '한일합방', '을사보호조약' 등은 일제의 식민사관에서 배태된 잘못된 용어라는 인식이 지배적이다.

개화와 척사, 보수와 진보, 주체와 타율이라는 상반된 이데올로기가 첨예하게 대립한다.[2]

'근대성'이란 개념은 '운동 지향성'이란 어의가 내포된 개념이다. 즉 '근대'란 자아의 발견과 자율성의 산물이며, 사회정치적으로는 합리주의의 도정을 밟으며 공론화와 계몽을 통한 국민주권 국가 건설과정으로 파악할 수 있다. 근대의 개념적 가치는 기존 질서에서는 타자와 외부로 여겨졌던 항목들이 다른 주체와의 길항과 견인에 의해 새로운 것을 추구하는 인식적 변모에서 찾을 수 있다.[3] 이때 말하는 근대성은 '서구화'(westernization)와 근접한 값을 가진다.

이 시기 문학에 대한 탐구는 구문학이 신문학으로 이전하는 과도기적 양상에 대한 해명의 성격이 짙거니와 문학 내부의 장르 규명에 주목하면서 글쓰기 주체인 문인 담당층의 근대성을 밝히는 담론 연구에 이르고 있다. 이를테면 당시를 풍미했던 제도와 문명의 패러다임, 이데올로기와 생산양식, 합리적 이성과 계몽의식 등이 어떠한 행태로 문학의 내용을 구성하는가에 주목하고 있다.[4]

이 시기를 일컫는 일반적인 명칭으로 개화기, 전환기, 과도기, 이행기, 계몽기 등이 있다. 역사적인 용어로는 구한말, 대한제국시대, 개항

---

2 근대의 이입 환경이 비슷한 동북아시아 3국은 한결같이 자국의 정신과 혼을 주체로 한 후 서구의 문명을 받아들이자는 캐치프레이즈를 내건 바 있다. 한국은 동도서기東道西器, 중국은 중체서용中體西用, 일본은 화혼양재和魂洋才를 내세우고 있다.

3 남기택, 「근대문학사상의 형성과 효용」, 『한국언어문학』 제46집, 한국언어문학회, 2001. 5, 참조.

4 임환모, 「한국소설의 근대성 실현에 관한 연구」, 『현대문학이론연구』 23집, 현대문학이론학회, 2004. 12, 317쪽. 최초로 신문학사를 기술한 임화는 근대성의 경험이 제도적 장치의 이식, 즉 서구적인 기준으로부터 모방이란 관점에서 이해하고 있다.

기, '개화기'란 명칭이 시용되고 있다. 한편 문학사에서 주체적이고 자생적인 신념을 불어넣는 입장이라면 근대, 근대계몽기, 근대전환기, 애국계몽기라 칭한다. 근래 역사학계 일반에서도 광의의 개념으로 일제강점기를 포함하여 애국계몽시대, 구국계몽시대라고 칭하고, 특히 일제의 침략을 막고자 국권투쟁이 가장 치열하게 전개된 1905~1910년에 대해서는 '구국계몽기', '애국계몽기'라 통칭하고 있다.

80년대 후반 들어 동북아 3국의 근대와 근대문학을 서구적 잣대의 근대문학 설정모델에서 파악하고자 하는 기존 입론을 재조정하려는 동아시아론이 근대의 핵심 기제로 부상한 바 있다. 이는 90년대 이후 급격한 세계사적 변환과 문명 패러다임의 전환이라는 문제의식에서 기인한 것이다.

2. 근대문학기점론 시비

근대문학 형성기의 제반 문제 중 이식론과 내재적 발전론으로 대립되는 기점론 시비가 소모적인 논쟁에서 벗어나기 위해서는 담론과 담론 주체의 근대성 규명에 초점이 모아져야 할 것이다.[5]

우리 문학에서 추출되는 근대성은 때로 전근대성과 대립하면서 공존하는 양상을 띠고 있다. 문학사에서 기점론을 문제시하는 이유는 근대는 곧 서구라는 등식을 청산, 극복하고자 하는 기획과 전략에서 출발한다. 바꿔 말하자면 근대의 동인을 민족 내부의 문학적 역량에서 찾으려는 인식이 짙게 깔려 있다. 즉 기존의 일방적인 신문학사적 관점과 이

---

5 박수연, 「근대문학 연구의 한 관점」, 『한국언어문학』 제46집, 한국언어문학회, 2001. 5, 303쪽 참조.

해 풍토에서 벗어나 민족문학사적 관점을 지향하자는 발상에서 나온 것이다.

이에 대한 논의는 대체로 세 가지 정도로 요약된다. 가장 주체적인 관점으로 '18세기 영·정조설'을 들 수 있다. 이 가설은 자생적인 면을 표나게 강조하다 보니 그 시기를 지나치게 앞당겨 논의의 본질을 희석화한 감이 있다. 과연 실학파 문학이 서구에서 나온 경제체제가 도입된 근대를 표방하는지 의문시된다. 이 견해는 타율적 이식문학론을 극복하면서 자생적 연속성에 강한 신념을 부여하려는 노력은 높이 평가할 수 있지만 당위적 구호론으로 그칠 공산이 크다. 이 주장의 근저에는 '연암체' 소설, 다산의 '조선시' 등 이른 바 실학파 문학과 함께 판소리계 소설, 가면극 등 서민문학의 발흥이 자리하고 있다.

두 번째는 서학西學인 천주교의 전래에 반해 아래로부터의 혁명인 동학이 창도된 1860년대 초입을 근대적 맹아로 보자는 견해다. 동학농민전쟁이 가진 봉건적 구습에 대한 민초들의 거센 도전의지를 민족역량으로 평가하자는 견해다. 이는 기존의 가부장적이고 권위적인 유교적 관습에 대해 근대정신의 중핵인 자아의 각성을 주목한 결과다. 근대라는 어의가 자본주의 실물경제를 제일의로 한 점을 감안하면 산업자본 형성과 함께 대량생산 체제에 돌입한 이 시기를 '근대'의 본격적 이입으로 보는 데 무리가 없을 듯하다. 미국과 프랑스 함대의 침략과 더불어 진주민란 등 민중들의 반봉건운동이 삼남 각지에서 전개, 확산되기도 했다. 진보적인 사학계에서도 이 시기를 정치적인 면과 사회경제적인 양면에 부합하는 근대의 태동기라 인식하고 있다. 관련 학제 간에 통용될 뿐더러 국문학계에서도 통념적 인식으로 굳어져 있다. 문학 내적으로는 방각본 소설이 민간에 유포되고, 신재효에 의해 단가 「괘씸한 서양되놈」이 만들어졌으며 판소리 다섯 마당 등이 정리된 시기다.

세 번째는 엄연한 역사적 사실인 1894년의 갑오경장을 근대의 기점으로 파악해야 한다는 의견이다. 즉 이전이나 이후에도 근대의 기미와 문명성이 세찬 파고를 일으켰지만 그 본격화는 일제가 공식적으로 대한제국에 발을 들여놓는 시점부터 기산돼야 한다는 의견이다. 이 견해는 기왕에 식민사관인 타율성론과 정체성론에 의거해 민족의 주체적인 생존 의지를 외면한 견해라는 지적을 받아왔다. 이 견해는 임화의 근대문학에 대한 인식적 오류와 맞물려 있다. 우리 근대문학을 '모방과 이식의 이입사'로 파악한 것은 반봉건은 인지했으나, 그 안티테제로서 우리의 특수한 현실인 반제 부분을 인식하지 못한 측면이 강하다. 즉 서구의 이해방식을 추수하고 있다는 혐의가 짙다.

이 외에 8·15직후로 보자는 설, 우리 근대문학사에 동인지 문학의 백화제방이 시작되었던 1919년 설, 근대무의미설 등이 있다. 북한의 경우에는 짐작하다시피 19세기 후반에서 1925년(카프 성립)까지를 근대, 카프가 본격화한 1926년부터 현대로 기산하고 있다.

3. 근대문학의 태동과 형성 과정

1) 내용 및 형식의 변화

근대문학의 성격은 작품외적 사실과 텍스트 내부의 두 국면에서 이해할 수 있다. 먼저 작품 외적 사실로는 중세문학이 지향했던 표현 언어의 측면에서 보편적 문어체인 한문투가 폐기되고 구어체와 언문일치체가 혼효된 양상을 보인다. 유럽이 라틴어 중심에서 자국어 중심으로 서서히 옮겨지면서 근대가 형성되었듯이 우리의 경우도 20세기 접어들어 구지식인은 한문에서 국문으로, 일반서민은 국문에서 한문으로 교체하는 이중의 기획이 만난 지점에서 국한문체가 요청되고 있다.[6]

문학 담당층에서는 귀족층과 서민층의 이원적 문학행태에서 새로운 시민계층이 형성되며, 이들이 주도적으로 문학 활동에 참여한다. 이들은 새로운 시 형태의 계발과 산문적 장르인 서사장르를 개신, 중세적 세계관에서 탈피하여 새로운 시대의식과 문학적 지향을 모색한다.

새로운 문학적 형태는 의식적 측면에서 자아 각성을, 형식적 측면에서 문장의 산문성과 소재의 현실성을, 방법적 측면에서 심리묘사와 성격창조를 시도하고 있다. 즉 사실에 입각한 취재와 새로운 인간형을 제시하며 대중적 기호에 영합하고 있다. 특히 이러한 입장은 신문과 잡지 등 대중매체의 발달에서 영향 받은 바 크다. 서북학회, 서우, 대한흥학회, 대한학회, 대한자강회, 대한유학생회, 기호학회 등 각 지역을 기반으로 한 잡지운동이 활발하게 전개된 것도 이 시기를 전후해서다. 호남의 경우, 호남학회가 그 중심이 되고 있다. 이러한 문예적 기운은 1910년을 전후해 발간된 『소년』, 『학지광』, 『청춘』 등 문예지로 이어지고 있다. 이들 잡지의 편집 흐름은 일상적 생활강조와 주체적 자아인식, 내면적 심경의 진솔한 고백과 토로, 풍속의 사실적 재현에 초점이 맞춰지고 있다.

2) 근대시의 형성과 문학사적 의의

근대 시가 형태의 양상과 변이에 대한 개념적 정의는 논자에 따라 약간의 시각차를 노정하고 있다. 창가-신체시(신시)의 흐름으로 파악

---

6 권보드래, 『한국 근대소설의 기원』, 소명출판, 2000, 142쪽.

한 의견은 신체시 이전의 시가를 창가로 묶어 총칭하는 개념이고, 개화가사－창가－신체시라는 순서로 인식한 것은 전통가사 형식을 답습한 개화가사와 다른 면모를 보인 창가를 구분하려는 시도로 보인다. 그리고 개화가사를 다시 개화시와 개화가사로 구분하여 개화시－개화가사－창가－신체시 순의 견해도 있다.[7]

이 시기 시가의 초기 형태는 '독립가', '애국가' 형태를 띠고 있다. 특히 독립신문과 대한매일신보에 '개화가사'라는 제하에 수백 편의 가사체 시가가 게재되고 있다. 이들 시 형태는 전통적 리듬인 4·4조라는 익숙한 율조에 개화의지를 강조하거나 일제에 침탈돼 가는 시대적 형국에서 국권수호 및 독립의식을 고취하고 있다. 특히 독립신문에 비해 대한매일신보는 '사회등' 가사란을 통해 일제와 그 추종세력에 대한 강렬한 저항정신을 표출하고 있다. 이에 비해 창가는 7·5조, 8·5조, 6·5조 등으로 서양식 악곡에 얹힌 시가로 애국가 류의 개화가사와는 다른 면모를 보인다. 최남선의 「경부철도노래」, 「세계일주가」 등을 들 수 있다.

개화기 시가 장르에서 가장 두드러진 특징을 보인 형태가 신체시다. 주지하다시피 신체시란 명치시대 동경대학에서 편찬한 『신체시초新體詩抄』에서 빌려온 개념이다. 최남선의 「해에게서 소년에게」를 필두로 김억, 황석우, 주요한 등의 작품을 거명할 수 있다. 신체시가 이전 시형과 다른 점은 파격적이라 할 수 있는 형식적 자율성에 있다. 이전의 개화가사, 창가가 가창을 전제로 이루어지고 있는 데 반해 상당히 자유로운 시형을 보여준다. 요컨대 신체시는 근대시로 발돋움하기 위한

---

7 첫 번째는 임화·백철·조연현·조윤제·김동욱·문덕수, 둘째는 조지훈, 셋째는 송민호의 견해다.

계몽적 서정시로 볼 수 있다.

근대 시가는 텍스트를 이루는 내적 체계 면에서 여러 가지 문학적 한계를 보이고 있다. 많은 시편들이 개인의 정서적 반응을 통해 감응을 불러일으키는 미학적 장치보다는 시대를 개척하고자 하는 민족역량을 전달하는 데 주안하고 있다. 즉 이 시기 일련의 시가 형태는 비민족적 항목을 배제하고 민족적 항목으로 통합하는 애국계몽적 민족주의 수립에 있으므로 개인성의 주체적 발견이 배제된 채 집단적 이념 속에 민족주의를 발양하는 방향에서 개인의 정체성을 동일시하는 형태로 진행되었다. 이러한 태도는 형식적·정서적 규율화로 이어지는데, 주로 정형시나 노래 지향의 시가를 창조하는 것으로 나타난다.[8]

하지만 신구 문화의 갈등 속에 어떻게든 새 부대에 새 술을 담아보려는 실험정신과 함께 다양한 계층이 참여하는 통로를 개설하며 근대문학 이행기로서의 면모를 보여주고 있다.

3) 근대 서사문학 및 신소설 형성과 문학사적 의의

근대에 나타난 서사 형태는 대체로 네 가지 유형으로 분류할 수 있다.[9] 즉 이 시기 서사형태는 1) 역사적 서사체로서 역사·전기물, 2) 희

---

8 정우택, 「한국 근대시 형성과정에서 '개인'의 위상과 의미」, 『국제어문』 27집, 국제어문학회, 2003. 6. 30, 143쪽.

9 대표적으로 홍일식, 송민호, 유양선의 분류법이 있다. 홍일식은 비판과 극복과정―역사·전기소설―신소설로, 송민호는 조선말기 구소설의 잔재―변용과 전환의 과정―신소설의 대두로, 유양선은 민족사론과 전기물―신문·잡지논설과 단형서사―토론·연설과 우화로 분류하고 있다. 한편 최근 성과로 김영민(「한국문학사의 근대와 근대성」, 『20세기 한국문학의 반성과 쟁점』, 소명출판, 1999, 119~121쪽)은 애국계몽기 전후 서사양식의 교섭과 구현과정을 양식명칭과 언술

화·우의적 기법의 단형서사체, 3) 허구적 서사체로서 '신소설', 4) 연설, 혹은 논설의 우화화 등으로 구획할 수 있다.

① **역사·전기소설** : 역사·전기소설은 △민족사론을 소설화한 경우, △외국작품의 번역물, △외국작품의 번안물 등으로 외래문화의 수용으로 인한 지식전달을 목적으로 하거나 반식민주의적 자주독립 사상이나 민족주의 의식을 우의적으로 전달하고 있다. 이는 역사서도, 문학작품도 아닌 중간형태, 이를테면 역사문맥의 소설화, 서사적 틀 거리의 역사 계몽교육 의지로 이해할 수 있다.[10] 이러한 일련의 서사물들은 외적으로 민족항쟁이 불가피하고, 내적으로 계몽자강의식이 필요한 시기, 애국적 의지를 설득력 있게 제시하려는 데 초점을 두고 있다.

② **단형서사單型敍事** : 구한말 사회사상을 집약적으로 표출하는 말길은 신문, 잡지를 중심으로 전개된 논설이었다. 신문논설이 담론생산의 주역임을 간파하고 이를 서사와 결부시킨 형태다.[11] 즉 단형서사는 신문, 잡지의 논설형태로 대중계몽 및 자강독립 사상과 관련한 독특한 문학형태다. 이는 사회사상이 소설화하는 과정에서 나타난 중간단계

방식에 따라 ① 논설적 서사(논설과 서사공유), ② 문답, 대화, 연설, 토론 형식의 단형서사, ③ 회장체 형식의 역사전기류 소설, ④ 서사적 줄거리를 갖춘 신소설 등으로 구분하고 있다.

10 서구 정통 리얼리스트로 분류되는 게오르기 루카치는 '소설과 역사의 혼성' (vermischung von roman und historie)이라는 개념을 빌려, 역사·전기적 문학이라 명명하고 있다. 이 견해에 따르면 이러한 양식의 출현은 위기와 혼란이 요동치는 사회에서 나오는 과도기적 장르로서 당대가 극복해야 할 의지를 서사물 속에 담아내는 것으로 이해된다.

11 정선태, 『개화기 신문 논설의 서사 수용 양상』, 소명출판사, 1999, 참조.

의 산물로, 이를테면 논설의 형식적 변이태로 파악할 수 있다.[12] 단형
서사는 대체로 소설의 틀거리를 유지하며, 서두―중간부―결미부로
나뉜다. 특히 중간 부분에 해당하는 작중인물의 대화 형식은 희극적
요소라기보다는 작품 전체가 하나의 스토리텔링을 만드는 데 기여하
는 방식으로 전개된다. 대한매일신보에 실린 「소경과 안즘방이 문답」,
「거부오해」 등이 대표적으로 꼽힌다.

③ **논설의 우화寓話화** : 우화는 대중 계몽적인 성격과 사회비판적인
성격을 동시에 지니고 있는 토론·연설이 문자로 기록되면서 배태된
서사양식이다. 우화와 서사의 상관성은 우화가 토론과 연설의 형식을
그대로 옮겨 놓은 점, 당시의 시국 전반에 걸친 사회사상과 깊이 연관
돼 있다는 점, 저술 의도가 계몽적·비판적 성격을 강하게 견지한다는
점에서 확인된다. 대체로 이들 소설은 토론과 연설의 형식을 빌려 전
개되고 있다. 그 의도는 당시의 광범위한 사회사상과 관련된 문제들을
현재적 관심으로 환기시키는 데 있다. 즉 이 작품들은 대부분 풍자적
비판을 통해서 사회와 인간 세계에 대해 도덕적 타락과 부정부패한 사
회현상을 고발하고 경종을 울리는 방식으로 전개된다.

④ **신소설** : 신소설의 특징적 면모는 새로운 가치질서와 시대의식을
주제화하려고 했으며, 구어체를 바탕으로 한 산문화 경향, 현실적 소
재와 제재의 차용 등을 들 수 있다. 하지만 주제를 형상화하거나 인물
의 성격 창조에는 미숙한 점이 드러나기도 한다. 신소설 역시 시가 형
태와 마찬가지로 시대적 요청에 부응하는 다양한 이야기적 장치를 도

---

12 단형서사에 대한 장르 규정에서 서사적 논설과 논설적 서사로 이분화하거나(김
   영민), 서사성에 가치를 부여해 논설 위주의 단형서사로 파악하거나(정선태), 논
   설 위주의 단형서사와 서사중심의 단형서사(황정현) 등으로 규정하고 있다.

입하고 있으나 지나친 계몽적 목적의식 때문에 미학적 차원을 확보하지 못한 것으로 평가되고 있다. 문명개화에 매달리다 보니 비판의식이 결여되고, 근대적 인간형을 제시하지 못하고 있으며, 구소설을 답습하고 있다는 지적을 외면하기 힘들다. 이런 연유로 해서 현대소설에 이어지는 과도기적 소설이라 평가되기도 한다.

하지만 신소설은 역사적 전환기의 삶의 행태를 작품으로 형상화하려는 노력이 출판문화의 상업적 의도와 맞물리며 현대문학으로의 성숙되는 발판을 마련하는 데 적지 않게 기여했다. 요컨대 종래의 '이야기책'으로 불리어지던 고대소설의 퇴진과 함께 새로운 시대적 전환기에 등장한 근대적 형식이었다. 문명개화를 선양하며 친일에 이르는 대표적인 작가로 이인직을, 이와는 구분되는 작가로 이해조의 「자유종」과 안국선의 「금수회의록」을 들 수 있다.[13]

근대가 보여준 네 가지 서사형태는 장르적 견고성을 담보하지 못한 불안정하고 유동적이었다. 소설미학의 측면에서 완결된 형식을 만들지 못하고 있다. 요컨대 시대의지를 구현하는 데 초점이 모아지며, 신소설과 근대소설로의 이행을 모색하는 과도기적 형태를 보이고 있다.

4. 근대문학 담당층의 유형과 특징

근대는 한학을 기반으로 한 구지식인에 대해 신지식인 층이 새롭게 형성된 시기다. 문학 담당층의 입장에서 볼 때 구질서를 고집하는 자, 신문명을 능사로 받아들여야 한다는 일군의 유학파, 양자 사이를 합리

---

13 채진홍, 「근대 전환기 소설에 나타난 반제국주의 사상과 정치이념 연구」, 『현대소설연구』 제18호, 한국현대소설학회, 2003. 6. 이 논문은 이인직의 「혈의 누」에서 제국주의의 경제적·정치적 침탈에 대해 분석하고 있다.

적으로 조정하려는 형태로 나타난다. 구지식인 계층이 유교적 세계
관·가치관을 몸에 익힌 전통적 지식인(유생)이라면 신지식층은 국어
해득 능력을 기반으로 국한문혼용체를 주된 표기로 삼은 개화된 지식
인들이다. 신지식인층이 형성된 계기는 과거제 폐지에 따른 관리 임용
방식 변경, 외국 유학, 신지식의 보급과 근대식 학제, 교사·성직자·
문필가·언론인 등 신직업군 형성을 들 수 있다.[14]

근대를 기획한 인물들은 대체로 전통적인 유학의 사상적 기반 위에
서 새로운 역사의식을 체득한 개신改新 유학자들이며, 일부는 서구적
교육의 토양을 배경으로 하고 있다. 이들은 공통적으로 근대적 의미의
분화된 지식인이기보다는 문·사·철을 기반으로 하고 있다. 이 시기
에 관한 기왕의 문인유형에 관한 분류는 출신 성분을 기준으로 사림출
신 문인, 중인·서리출신 문인, 일반 평민 가운데 개화 세례를 받은 문
인 등으로 분류한 의견[15]과, 지적 세례를 기준으로 개신유학 계층, 의
병운동 계층, 해외유학 계층, 개화서민 계층, 저널리스트 계층으로 분
류한 의견[16]이 있다. 두 의견은 공통적으로 개신유학 계층이 당대를 주
도하고 있다고 파악하고 있다. 좀 더 세부적으로 살펴보면 다섯 가지

---

14 임경석, 「19세기말 20세기초 국제질서 재편과 한국 신지식층의 대응, 국제질서
     의 재편과 근대로의 이동」, 대동문화연구원 중점과제 학술발표회, 성균관대학교
     동아시아학술원 대동문화연구원, 2003. 6. 20, 127쪽.

15 김용직, 「개화기 문인의 의식 유형」, 『한국문학연구입문』, 지식산업사, 1982. 일
     반적으로 학계에서 통용되는 이 견해를 좀 더 구체적으로 살펴보면 보수사림과
     개화주의자는 반제와 반봉건의식이 상반되게 나타나고, 사림과 개혁파는 반제와
     반봉건의식을 공유한 것으로 파악하고 있다.

16 문성숙, 「개화기의 문학담당계층」, 『국어국문학』 94집, 국어국문학회, 1985. 담
     당 계층에 대한 관심은 위 성과에 힘입어 김영철이 '개화기 시가의 창작계층'에
     의해 계층별 이념지향, 문학성향, 장르선택과 의식문제 등을 고려하여 보다 구체
     적으로 검토하고 있다.

유형으로 구분할 수 있다.

첫째는 민씨 세도 정권 하의 이완용 내각 및 수구관료층 등 매국적 집권층이 있다. 이른 바, '을사오적'으로 간주된 이들은 정치적 성향이 농후하게 보일 뿐 문학적 내용이 거의 존재하지 않는다.

둘째는 위정척사론자다. 이들은 존주양이尊周攘夷를 주장하는 정통적인 사림유학자, 의병, 농민운동을 한 인물들이다. 대표적인 문인으로 수당 이남규, 영재 이건창, 추금 강위, 매천 황현, 면암 최익현, 민영환, 신돌석, 이항로 등을 들 수 있다. 이들은 처음엔 문명개화 자체를 반대하는 입장이었으나 후엔 점진론자로 변화를 꾀한다. 이 부류 중 일부는 을사조약 이전엔 나라가 기운 욕된 모습을 볼 수 없다며 '혈죽시'를 쓰는 등 자결한다. 매천 황현의 경우도 이런 사례에 속한다.

셋째는 당대의 주류 문인 담당층이라 할 수 있는 급진론적 개화론자이다. 이들은 갑신정변과 갑오경장의 주체세력으로 어떻게 해서든지 문명개화만 이루면 된다는 문명지상주의를 내세우고 있다. 주지하다시피 미·일 해외유학파로서 독립신문, 독립협회를 구성한 주역인 서재필을 비롯해, 고균 김옥균, 박영효, 홍영식 등을 들 수 있다. 현실적으로 계몽주의자임을 전면에 내세웠지만, 개량주의자로 변신을 꾀한 부류다. 문학 내적으로 본다면 '신' 자류 소설을 창도한 이인직, 신체시를 주도한 최남선, 신파극 등을 서구에서 직간접적으로 수입한 자들이다. 특히 개량주의적 성격은 교육 만능론을 통해 관철되며, 구체적 실천 방법을 외국유학에서 찾고 있다. 이 논리의 핵심은 준비론으로 나타나며, 여기에는 무장투쟁론의 무위성이 동반되는 것으로 파악되고 있다.[17]

---

17 양문규, 「개화기 문학 담당층의 사회·역사적 성격─신소설 작가를 중심으로」, 『국제어문』 제25집, 국제어문학회, 2002. 7. 30, 166~167쪽. 그는 안국선의 「금수

넷째는 근대문학이 민족문학의 단초라는 등식을 마련한 점진론적 개화론자이다. 이들은 급진적 문명개화가 능사가 아니라 애국계몽 및 개화자강 이후에 서구 메커니즘이 이입돼야 마땅함을 역설한다. 급진론이 독립신문이 주축이 되었다면, 점진론은 대한매일신보를 중심으로 역사전기소설, 시사 토론체 소설, 개화가사, 사회 등 가사를 집필한 양기탁·신채호·박은식·장지연 등을 들 수 있다. 이들은 시 장르보다는 소설 장르(단형서사)에서 자신들의 입지를 펼치는 데 주력한다. 마지막으로 근대식 교육을 받으며 신분상승 욕구를 키운 부녀자, 학생, 근로자, 상인, 공무원, 기독교 신자 등 개화서민 계층이 있다. 엄격하게 말하자면 이 계층은 근대라는 역사적 변환점에서 생겨난 계층이다.

5. 마무리

우리에게 전근대에서 근대로의 이행은 생산양식의 변화이자 문화예술을 포함한 상부구조의 질적 변화를 의미한다. 사회경제적으로 서구의 자본주의가 이입되었고, 정치적으로 국민주권주의에 입각한 입헌적 제도가 자리 잡게 되었다. 문학사도 이러한 급격한 변화에 재빨리 몸을 바꿔 내적 형식과 내용을 변모시키는 고민에 찬 모색의 과정을 거치게 된다.

구문학에 대하여 새로운 문학의 기류가 형성된 것이다. 여기에는 민족 내부의 변혁운동에서 근대를 모색해야 한다는 당위와 강박관념이

회의록」, 김필수의 「경세종」, 반야의 「몽조」, 백악춘사의 「다정다한」을 분석, 등장인물의 대부분이 갑오경장 이후 수구파에 대항하여 정치개혁에 가담했던 개화파들로 좌절된 정치가라고 파악하고 있다. 요컨대 일군의 신소설에서 보여주는 주인공들의 행각은 민족이 처한 역사 현실을 외면하고 있는 것으로 밝히고 있다.

개입되고 있다. 『용담유사』, 『동경대전』을 근거로 동학이 창도되고, 신재효의 「괘씸한 서양되놈」의 근저에는 기존 사대부 일변도의 권위를 털어내고 백성이 주인공이 되는 민족역량이 틈입하고 있었다. 그러다 보니 시가와 서사 모두 문예미학적 측면보다는 애국과 계몽이라는 시대의지를 관류하는 목적의식이 강하게 드러나고 있다. 게다가 근대성의 한 지표인 저널리즘적 성향이 짙다보니 문학의 하위범주로 취급돼 이 시기 문학사가 진공지대로 남는 빌미를 제공한 원인이 되기도 했다. 하지만 점진론적 개화론자 일군이 내세운 서구 자본주의 및 제국주의 세력의 동점에 대한 대항 에네르기는 이 시기 이후 좀 더 체계적인 근대문학을 준비하면서, 한편으로 민족문학을 온양하는 동력이 될 수 있었다.

애국계몽기 문인 지식인의 동향과 서사문학의 양상

애국계몽기 문인 지식인의 동향과 서사문학의 양상

1. 머리말

일반적으로 '개화기'란 우리의 근대로 간주되는 19세기 말부터 20세기 초에 이르는 특정한 시기를 가리킨다.[1] 이 시기는 내부적으로 봉건사회인 구체제가 급격하게 해체를 맞이하게 되며 서구의 주류 세력인 자본주의가 동점해 오면서 개화와 척사, 보수와 진보, 주체와 타율

---

[1] '개화기문학'이란 용어는 조연현의 『개화기문학 형성과정고』(1966)에서 처음 사용되었다. 이를 김태준은 '시민문학', 안자산은 '봉건시대의 평민문학을 토대로 새로운 시민문학으로 전환되는 시기의 문학'으로, 규정하고 있다. 그러면서 1894~1910년을 계몽운동시대, 1910~1919년을 발아기로 명명한다. 이 시기를 역사적인 문맥에 비춰보면 이광린은 1단계 : 1870년대(개화, 개국, 개항의 시기), 2단계 : 1880년대(국가부흥건설기), 3단계 : 1880~1900(국가의 독립과 권리주장기)로, 강재언은 1단계 : 1870~1884, 2단계 : 1896~1898, 3단계 : 1906~1911로 다소 편차를 드러낸다. 한편 '개화기'는 많은 문학사가들에 의해 그 시대적 역동성을 대변하듯 이행기, 과도기, 격동기 등 다양한 개념으로 불린다.

이라는 상반된 이데올로기가 첨예하게 대립하고 있다.[2] 하지만 강압적인 외부적 주문에 의한 개항이 곧 '개화', 혹은 '근대'로의 길을 열어준 만능열쇠일 수는 없다. 기실 개화의지의 각성은 겨레 역사의 자생적인 산물로서 이해해야 마땅한 바, 겨레의 주체적인 삶을 당대 사회의 구체적 상황 안에서 주목해야 할 당위적 과제다.

이미 한 세기 이상을 간극, 이월한 '개화기'는 '순수한 과거의 것이 아니라 절실한 현재의 것'임을 전제한다면 이 시기는 민족문학 건설의 지평을 모색하는 단초로서 상정할 수 있다. 따라서 근대적 문예인식을 단순히 서양문화의 이식사, 모방사 일변도로 파악하는 것은 역사인식을 타율사관에 위임하는 결과론적 해석이며, 이는 일본 제국주의 식민지 지배논리를 정당화시키는 빌미가 될 소지가 크다.

요컨대 '개화사상'은 세계사적인 면에 비춰 서양근대 부르주아 사상의 동점 과정에서 나타난 한국적 적용형태로서 민권사상(민주주의), 국권사상(자주독립), 기술개발사상(자본주의)으로 요약된다. 특히 개화사상은 내부적으로 그 연원을 실학사상에 두고 있는 것으로 통념화하고 있다.[3] 한편 개화사상은 실천적인 면에서 운동의 성격을 띠고 있거니와 이 시기를 전후해 펼쳐진 민중종교운동, 위정척사운동, 의병운동, 애국계몽운동 등이 그것이다. 특히 근대문학사에서 이미 시민권을

---

2 이 시기 문사 지식인의 의식적 편차를 두고 정순목은 기존의 가치규범 안에서 점진적으로 이를 개혁하려는 참여엘리트인 온건파와 유교적인 기존의 가치체계를 전면적으로 부정하는 반항엘리트인 급진개혁파로 구분한다. 한편 홍일식은 근대를 동학혁명의 태동기인 1960년대로 기산하고, 개화기를 1890년대로 상정하고 있다. 이러한 연장선상에서 개화에 대한 함의를 독립신문을 중심으로 한 급진개화파와 대한매일신보를 주축으로 한 애국계몽론자들의 점진개화파로 구획하고 있다.

3 김영호, 신용하를 필두로 소장 역사학자에 이르는 학계의 통설로 자리하고 있는 의견이다.

확보한 개념인, 1905년부터 1910년 일제 강점[倂呑]에 이르는 '애국계몽기'는 이 시기 중에서도 가장 치열하게 민중운동이 사회문화 전역에 파급, 전개되고 있다.

본고는 이 시기 대한매일신보大韓每日申報를 필두로 한 언론 일반, 각종 학회지 등에 게재되고 있는[4] 서사양식이 문학사적 사실로서 당대 의지를 충분히 담아내고 있다고 판단돼 이를 준별하는 데 주안한다. 즉 이 시기에 등장한 서사양식 일반을 사실적 기록에 의거해 범박하게나마 범주화하고, 이를 주도한 문인지식인의 성향을 일별하고자 한다. 주지하다시피 이 시기의 문학, 문학인은 근대 이후의 분화된 의미의 직업적 성격이라기보다는 특정 분야에 종사하면서 교양적 문사로서 애국계몽에 기여하는 문화담당자라 할 수 있다. 아직 문ㆍ사ㆍ철로서의 뚜렷한 구분이 없기 때문에 전문적인 문학가, 문인이라 호명할 수 없는 한계를 안고 있다.

이러한 연유에서 이 시기 문학은 애국계몽만을 위한 생경한 목적문학이라는 혐의를 갖고 있다. 그럼에도 불구하고 목적문학으로 매도하기에는 만만찮은 문학적 함의가 내포돼 있다. 이행기마다 되풀이 돼 나타나는 복잡다기한 장르 혼효 현상이 실재하고 있기도 하다. 때문에 당대에 엄존한 문학현상을 단순한 목적문학으로 폄하하는 행위는 당대 문예활동에 관한 의미망 모색을 외면하며 옥석을 구분俱焚하는 것에 다름 아니다.

이러한 점을 감안해볼 때 과연 개화사상의 실체가 어떤 문인 지식인

---

4 이 시기 우후죽순격으로 난립하고 있는 각종 학회지인 『대한자강회보』, 『대한협회보』, 『서우』, 『서북학회보』, 『기호흥학회보』, 『태극학회보』, 『호남학회보』 등과 『대한매일신보』, 『독립신문』, 『한성순보』 등을 꼽을 수 있다.

계층에 의해 이뤄졌는지, 어떠한 양식으로 구현되고 있는지, 얼마만큼 문예미학적 성취를 이뤄내고 있는지, 문학사적으로 볼 때 그 의미와 한계는 무엇인지를 가늠해보는 것은 요긴하면서도 유용한 작업이라 하겠다.

2. 애국계몽기 문인과 서사[소설] 인식

애국계몽권운동은 국권회복과 그 자주적인 수호를 궁극의 목표로 설정하고 있으며 실천적인 과제로써 민족의식과 자주독립 정신의 계발, 교육을 통한 민족 역량의 배양, 외래문화의 주체적 수용과 민족문학의 육성, 민족산업의 장려와 발전, 독립운동의 지지와 국권 수호운동 등의 방향을 설정하고 있다. 이 운동의 내용은 언론계몽운동, 신교육운동, 민족산업진흥운동, 국채보상운동, 국학운동, 신문화운동, 해외독립기지창건운동 등으로 다양하게 전개됐으며 많은 사회단체와 언론기관에 의해 주도되면서 사회적 기반을 확대해나간 것으로 이해된다.

이러한 일련의 운동을 주도한 인물들은 대체로 전통적인 유학의 사상적 기반 위에서 새로운 역사의식을 체득한 개신改新 유학자들이며, 일부는 서구적 교육의 토양을 배경으로 한 자들도 있다.[5] 기존의 가장 일반적인 문인유형에 관한 분류는 두 가지가 있다. 출신 성분을 기준으로 사림출신 문인, 중인·서리출신 문인, 일반 평민 가운데 개화 세

---

5 이 시기 문·사·철에 걸쳐 활동하고 있는 대표적인 인물로 장지연, 양기탁, 박은식, 신채호, 안창호, 남궁석, 이상재, 이동녕, 이동휘, 윤효정, 주시경, 김광제, 서상돈 등을 거명할 수 있다.

례를 받은 문인 등으로 분류한 의견[6]과, 지적 세례를 기준으로 개신유
학 계층, 의병운동 계층, 해외유학 계층, 개화서민 계층, 저널리스트
계층으로 나눈 의견[7]이 설득력을 얻고 있는 형편이다. 후자의 의견 역
시 세목을 늘렸을 뿐, 유사한 의견으로 이해된다. 두 의견은 모두 당대
를 주도하는 주된 계층으로 개신유학 계층을 들고 있다. 구체적으로
활동 문인을 꼽자면 흔히 개화자강론자로 일컬어지고 있는 신채호, 박
은식, 장지연 등이 여기에 속한다. 이들은 시 장르보다는 소설 장르에
대한 인식이 남달랐던 것으로 방증된다. 이들의 소설에 대한 인식태
도는 중국 변법유신운동의 선성先聖이라 불리었던 양계초와, 그의 문
집『飮氷室文集』에서 영향받은 바 크다. 이를테면 다음과 같은 구절을
떠올릴 수 있다. 우리의 경우, 박은식이 집필한『瑞士建國誌』서문을
떠올릴 수 있다. 박은식은 여기에서 자신의 소설관을 구체적으로 피력
한다.

> "한 나라의 백성을 혁신하자면 한 나라의 소설을 먼저 혁신하지 않으면 안
> 된다. 그러므로 도덕을 혁신하고자 한다면 반드시 소설을 혁신해야 하고, 종
> 교을 혁신하고자 한다면 반드시 소설을 혁신해야 하고, 정치를 혁신하고자
> 한다면 반드시 소설을 혁신해야 하고, 풍속을 혁신하고자 한다면 반드시 소
> 설을 혁신해야 하고, 학예를 혁신하고자 한다면 반드시 소설을 혁신해야 한

---

6 김용직, 「개화기 문인의 의식 유형」, 『한국문학연구입문』, 지식산업사, 1982. 일
  반적으로 학계에서 통용되는 이 견해를 좀 더 구체적으로 살펴보면 보수사림과
  개화주의자는 반제와 반봉건의식이 상반되게 나타나고, 사림과 개혁파는 반제와
  반봉건의식을 공유한 것으로 파악하고 있다.
7 문성숙, 「개화기의 문학담당계층」, 『국어국문학』 94집, 국어국문학회, 1985. 담당
  계층에 대한 관심은 위 성과에 힘입어 김영철이 '개화기 시가의 창작계층'에 의
  해 계층별 이념지향, 문학성향, 장르선택과 의식문제 등을 고려하여 보다 구체적
  으로 검토하고 있다.

다. 심지어 인심을 새롭게 하고자 하거나 인격을 새롭게 하고자 하는 것까지
도 반드시 소설을 혁신해야만 한다. 무슨 까닭인가? 소설에는 불가사의한 힘
이 있어서 人道를 지배하기 때문이다."[8]

夫小說者는 感人이 最易하고 入人이 最深하야 風俗階級과 敎化程度에 關
係가 其距한지라 故로 泰西哲學家가 有言하되 其國에 入하야 其小說의 何種
이 盛行하는 것을 問하면 可히 其國의 人心風俗과 政治思想이 如何한 것을
觀하리라 하엿으니 善哉라 言乎여 (…중략…) 我韓은 由來小說의 善本이 無
하야 國人所著는 九雲夢과 南征記 數種에 不過하고 自支那而來者는 西廂記
와 玉麟夢과 剪燈新話와 水滸誌등이오 國文小說은 所謂 蕭大成傳이니 蘇學
士傳이니 張風雲傳이니 淑英娘子傳이니 하는 種類가 閭巷之間에 盛行하야
匹夫匹婦의 菽粟茶飯을 供하니 是는 皆荒誕無稽하고 惝慌不俓하야 適足히
人心을 蕩了하고 風習을 壞了하야 政敎와 世道에 關하야 危害不淺한지라 若
使世之胡國者로 我邦의 現行하는 小說種類를 問하면 其風俗과 政敎가 何如
타 謂하겠는가.[9]

양계초는 사회 모든 부문, 혁신의 전제를 소설에서 찾고 있다. 박은식
역시 당대 민족의 희망을 소설에서 발견한다. 그는 소설은 '民智의 啓
導'와 '國性의 培養'에 있음을 분명히 밝히고 있으며, 국문소설은 대부
분이 荒唐無稽하여 '政敎世道'에 도움을 주지 못하고 있다고 개탄하고
있다.

한편 신채호는 「소설가의 자세」, 「근금 국문소설 저자의 주의」라는
글을 통해 소설은 '국민의 나침반'이라고 파악하고 있는 데, 그 근거를
소설의 내용과 표현의 기능면에서 찾고 있다. 그는 소설이 가져야 할

---

8 梁啓超, 金學主 譯, 「論小說與群治之關係」, 『飮氷室文集』(上), 新小說 創刊號.
9 박은식, 「瑞士建國誌」 序文, 『대한매일신보』, 1907. ' ﹅ (아래 아)'를 포함, 현재 없
　어진 글자는 이후 현대어로 표기함.

필요충분조건으로 '說, 筆, 悝, 巧'를 꼽고 있다.

> 嗚呼라, 小說은 國民의 羅針盤이라. 其 說이 悝하고 其 筆이 巧하여 目不
> 識丁의 勞動者라도 小說을 能讀치 못할 者가 無하며 又 嗜讀치 아니할 者가
> 無하므로, 小說이 國民을 强한 데로 導하면 국민이 强하며, 小說이 국민을 弱
> 한 데로 導하면 國民이 弱하며, 正한 데로 導하면 正하며, 邪한 데로 導하면
> 邪하나니, 小說家된 者가 마땅히 自愼할 바이어늘, 近日 小說家들은 誨淫으
> 로 主旨를 삼으니 이 社會가 將次 어찌 되리오[10]

국민의 강함과 약함, 바름과 그름이 소설에서 연유한다고 파악하고
당시 소설계의 흐름에 경종을 울리고 있다. 양계초와 신채호 등 당시
국가 위난의 시대, 애국자강 이 요구되던 시기의 문사적 글쓰기, 특히
서사의지는 당연히 목적론적 성격을 담지할 수밖에 없는 토양이었고,
그러한 방향 위에서 수행되었다.

3. 애국계몽기 서사양식의 형태

애국계몽기에 나타난 서사형태는 기존 연구성과에 기대보면 대체로
네 가지 유형의 양식으로 분류할 수 있다.[11] 즉 이 시기 서사형태는 1)
역사적 서사체로서 역사 · 전기물, 2) 희화 · 우의적 기법의 단형서사

---

10 신채호, 「小說家의 姿勢」, 『大韓每日申報』, 1909. 12. 2.
11 대표적으로 홍일식, 송민호, 유양선의 분류법이 있다. 이 세 견해는 용어를 다소
　달리하고 있는, 유사한 의견으로 이해된다. 즉 홍일식은 비판과 극복과정 − 역
　사 · 전기소설 − 신소설로, 송민호는 조선 말기 구소설의 잔재 − 변용과 전환의 과
　정 − 신소설의 대두로, 유양선은 민족사론과 전기물 − 신문 · 잡지논설과 단형서
　사 − 토론 · 연설과 우화로 분류하고 있다.

체, 3) 허구적 서사체로서 '신소설', 4) 연설, 혹은 논설의 우화화 등으로 구획할 수 있다. 본 고에서는 신소설 일반에 대해서는 이미 문학사에서 어엿하게 한 자리를 차지하며 연구성과가 누적되고 있으므로 그간 영성했던 1)~3)에 관해 그 특징적 면모를 소략하기로 한다.

1) 역사 · 전기소설

역사 · 전기소설은 △민족사론을 소설화한 경우, △외국작품의 번역물, △외국작품의 번안물 등으로 구분된다. 그 대표적인 작품을 열거하자면 「서사건국지」, 「애국부인전」, 「을지문덕전」, 「월남망국사」, 「미국독립사」, 「라란부인전」, 「이태리건국삼걸전」, 「워싱턴전」, 「비스마르크전」, 「연개소문전」, 「최도통전」 등을 꼽을 수 있다. 이들 소설은 현실개혁의 준거를 역사적 사실 속에서 찾고자 하고 있다. 이와 함께 외래문화의 수용으로 인한 지식전달을 목적으로 하거나 반식민주의적 자주독립사상이나 민족주의 의식을 우의적으로 전달하고 있다. 이런 의미에서 본다면 역사서도, 문학작품도 아닌 중간형태, 이를테면 역사문맥의 소설화, 서사적 틀거리의 역사 계몽교육 의지로 이해할 수 있다.[12]

일례로 '정치소설'이라는 표제 하에 박은식에 의해 번안된 『서사건국지』는 오스트리아의 압제에 항거, 구국투쟁을 벌인 스위스의 전설적

---

12 서구 정통 리얼리스트로 분류되는 게오르기 루카치는 '소설과 역사의 혼성'(vermischung von roman und historie)이라는 개념을 빌려, 역사 · 전기적 (historisch0biographischen belletristik) 문학이라 명명하고 있다. 이 견해에 따르면 이러한 양식의 출현은 위기와 혼란이 요동치는 사회에서 나오는 과도기적 장르로서 당대가 극복해야 할 의지를 서사물 속에 담아내는 것으로 이해된다.

인 영웅 빌헬름 텔의 일대기를 그린 소설이다. 이 이야기는 표면적으로는 빌헬름 텔의 구국투쟁을 서술하고 있지만, 그 행간의 의미를 짚어보면 당시 우리 민족에 항일정신과 민족의식을 고취시키려는 정치적 계몽소설에 해당한다 하겠다.[13] 다음으로 '신소설'이라는 명칭이 붙은 장지연의 『애국부인전』은 프랑스 100년전쟁 때 활약한 잔 다르크를 등장시켜 구국의지를 그린 전기체 소설이다. 이 '잔다르크전'도 여타의 전기소설과 마찬가지로 강압적인 외세에 대항할 사상적 무기로서 민족주의적인 저항의지가 담겨 있다.[14] 역시 신채호가 번안한 『을지문덕전』도 앞의 경우와 크게 다르지 않다. 민족사적 영웅인 을지문덕은 문학작품이라기보다는 논설에 가까운 전기체 형식이다.[15] 요컨대 이러한 일련의 서사물들은 외적으로 민족항쟁이 불가피하고, 내적으로 계몽자강의식이 필요한 시기, 애국적 의지를 설득력 있게 제시하려는 데 초점을 두고 있다.

2) 단형서사單型敍事

구한말 사회사상을 집약적으로 표출하는 말길은 신문, 잡지를 중심으로 전개된 논설이었다. 즉 단형서사는 신문, 잡지의 논설형태로 대중계몽 및 자강독립 사상과 관련한 독특한 문학형태다. 이는 사회사상

---

13 박은식, 「瑞士建國誌」序文, 『대한매일신보』, 1907, 참조.

14 이 소설에서는 '슬프다 우리나라도 잔다르크 같은 영웅호걸과 애국 충의의 여자가 혹 있는가'로 결말을 짓고 있다. 현대어 개사는 필자분, 이후도 같음.

15 신채호가 집필한 『을지문덕전』의 서문에는 '과거의 영웅을 모사하여 미래의 영웅을 부르노라'고 시작하고 있고, 도산 안창호가 쓴 서문에는 2천 년 후 제2을지문덕을 환기함이니 무릇 나와 독자는 항상 이러한 뜻으로 이 책을 읽을 지어다'로 결말 짓고 있다.

이 소설화하는 과정에서 나타난 중간단계의 산물로, 이를테면 논설의 형식적 변이태로 파악할 수 있다.[16] 단형서사는 대체로 소설의 틀거리를 유지하고 있거니와, 서두-중간부-결미부로 나뉜다. 특히 중간 부분에 해당하는 작중인물의 대화 형식은 희극적 요소라기보다는 작품 전체가 하나의 스토리텔링을 만드는 데 직접적으로 기여한다. 지금까지 대한매일신보를 필두로 신문, 잡지에 게재된 단형서사물은 10여 편 정도 조사된 것으로 알려지고 있다. 여기서는 대표작이라 파악되는 두 작품을 들어 특징적 면모를 살펴보기로 한다.

(1)「소경과 안즘방이 問答」

이 작품은 광무光武 9년 11월 17일부터 12월 31일까지 대한매일신보에 게재된 대화체 풍자소설이다. 순국문으로 표기되었으며 무서명無署名으로 돼 있다. 대화형식으로 구성돼 있는 만큼 장면의 부연적 서술이나 묘사로서 이뤄진 어떤 구성이 없고, 다만 복술卜術을 하는 장님과 망건網巾일을 하는 앉은뱅이가 대화하는 형식으로 구성된다. 이 작품은 동 신문이 보여주는 사시社是, 논조와 부합하고 있다.

> 두 눈이 발근 놈도 학문이 없고 보면 나와 갓흔 소경이오 사지백체가 멀정허다하나 자유활동 못하고 보면 자네와 갓흔 병신이라…… 소위 완고라 슈구라 허는 분네들은 문명세계의 말하게 드면 언필칭 예전에는 그런 것 져런 것 다 업셔도 국태민안 허엿다 하야 죠흔말 듯지도 안코 죠흔 것 보려고도 아니하니 귀와 눈이 잇다한들 무어시 유죠한가 귀먹어리 소경이라 할 만하고 소위 학자니 산림이니 허는 분네들은 공자왈 맹자왈 허초당을 지어노코 두무릅흘 꾸러안져 자칭왈 도학군자라 사문제자라 하야 벌노 백리밧글

---

16 유양선, 「구한말 사회사상의 소설화 양상」, 『진단학보』 59, 1985.

나가보지 못허고 무정세월을 허송하니 가위 써근 선비라 할 만하야 안즘방
이나 다름이 무엇인가[17]

이 작품에서는 학문이 없거나 부족한 사람을 일러 진짜 소경이라 하
며, 사지백체가 멀쩡하지만 자유롭게 활동하지 못한 사람을 앉은뱅이
라 명명한다. 게다가 새로운 세계를 알려고도, 보려고도 하지 않는 수
구파, 완고파를 소경과 귀머거리에 비유한다. 한편 공자와 맹자를 찾
으며 자칭 도학군자라 하는 부류에 대해서도 앉은뱅이라 풍자하고 있
다. 이 소설은 이러한 형식적 장치, 수사적 기법으로 인해, 이미 '정치
류 소설의 한 전형', '소설적 구성보다는 민속극 형태의 소박한 구성',
'대화만의 연속극', '시국희담時局戲談' 등으로 다양하게 조명받은 바
있다.[18]

(2) 「車夫誤解」

이 작품은 「靑樓義女傳」이 끝난 이틀 후인 1906년 2월 20일부터 3월
7일까지 위 신문에 연재됐다. 역시 대화체로 구성돼 있다. 이들 작품에
서는 공통적으로 높은 수준의 풍자성이 엿보이는 바, 신문사 차원의
계획적인 읽을 거리였던 것으로 사료된다.

내가 인력거로 생애하는 고로 남북촌재상가도 만이 가서 보고, 각쳐 연회
의나 연설허는 곳에도 더러 가서 들은 즉, 정부 죠직 정부 죠—집허니 죠—집
은 허여 무엇에 쓰려는지 정부란 말은 각 대신네들 모혀 나라일 의론허는 쳐

---

17 「소경과 안즘방이 문답」, 『대한매일신보』, 1905. 12. 10.~1905. 12. 12.
18 한강희, 「애국계몽기 신문연재소설 연구」, 성균관대 대학원 석사학위논문, 1986,
   참조.

소로 짐작허거니와, 그 죠－집은 무삼 죠－집인지 알 수 없데.[19]

　　일간에 일본셔 통감이 건너온다 하니 아지 못게라. 정부관리들이 글을 더 배오려 함인가 우리나라에도 통감이 업술것시 아니여던 하필 일본셔 가져올 것 무어신가 우리나라에 만일 통감이 업게드면 사략이라도 무방하고 소학, 대학, 맹자, 중용이 허다한데 그것 져것 불계하고 일본 통감이 젹당하단 말인가 우리나라 사람들의 성질이 아모리 내것슨 흉하다 하고 남의 것은 죠타 하야 일용 범백이 모다 외국 것이오. 심지어 집고 단이는 집행이까지도 외국 것을 사거니와 건너왓다네 그 통감의 직권을 말하자면 대단이 훌륭한가 보데.[20]

이 작품의 서사성에 관한 논의로는 소설로 보자는 의견과 소설에 미흡하다는 견해로 나뉜다. 소설로 보자는 의견은 대화를 통한 서술성에 주안하고 있고, 그렇지 못하다는 쪽은 동 신문의 고정란에 시사문답을 연재하고 있는 데 이와 유사하며, 소설이란 표지가 없다는 점을 꼽는다. 게다가 당대의 문제의식을 심각하게 표방하고 있다고 하더라도 형식과 구성으로 보아 소설양식에는 미흡해, '풍자적 단막극이나 막간을 이용해 연출되는 희학戱謔의 각본과 흡사한 것'[21]으로 평가하고 있다.

위 제시문에서 볼 수 있듯이 이 작품이 노리는 효과는 풍자정신의 구현에 있다. 인력거꾼은 '정부조직'을 '정부죠집'으로, '시정개선'을 '시정개산'으로, '統監'을 '通鑑'으로 고의적으로 오해하여 고상하고 엄숙한 존재에 풍자와 희화정신으로 일격을 가한다. 언어적 풍자는 패러디의 한 방식으로 고상한 대상을 비하시켜 조롱한다. 우리에게 잘 알려진 이 기법은 대상의 성격, 행동, 언어를 역설적으로 전도시키는

19 「車夫誤解」, 『대한매일신보』, 1906. 2. 22.
20 「車夫誤解」, 『대한매일신보』, 1906. 2. 28.
21 송민호, 『개화기 소설의 사적 연구』, 일지사, 1975.

우의적, 풍자적 기법이다.[22] 분명한 사실은 서사라는 일정한 틀거리에 얹혀, 소설의 묘사 정신과 수사적 기법이 동원되고 있다는 점이다.

3) 우화寓話

우화는 대중 계몽적인 성격과 사회비판적인 성격을 동시에 지니고 있는 토론·연설이 문자로 기록되면서 배태된 서사양식이다. 우화와 서사의 상관성은 우화가 토론과 연설의 형식을 그대로 옮겨 놓은 점, 당시의 시국 전반에 걸친 사회사상과 깊이 연관돼 있다는 점, 저술 의도가 계몽적·비판적 성격을 강하게 견지한다는 점에서 확인된다. 이러한 형태는 본격적인 신소설로 가는 과도기적, 전사적 단계로 파악된다. 그 대표적인 작품으로는 안국선의 「금수회의록」, 이해조의 「자유종」, 김필수의 「경세종」을 들 수 있다.

> 지금 세상 사람들은 당당한 하나님의 위엄을 빌어야 할 터인데 외국의 세력을 빌어 의뢰하야 몸을 보젼하고 벼살을 엇어 하려하며 타국 사람을 부동하야 제나라를 망하고 제 동포를 압박하니 그거시 우리 여호보다 나흔일이오 결단코 우리 여호만 못한 물건들이라 하옵니다(손벽소리 턴디진동) 또 나라로 말할지라도 대포와 총의 힘을 빌어서 남의 나라를 위협하야 속국도 만들고 보호국도 만드니 불안당이 칼이나 륙혈포를 가지고 남의 집에 들어가셔 재물을 탈츄ㅣ하고 부녀를 겁탈하는 거시나 다를 거시 무엇 잇소.[23]

> 우리나라 남자들이 아모리 정치가 밝다하나 여자의게는 대단히 젹악하얏고 법률리 밝다하나 여자의게는 대단히 득죠ㅣ하얏슴닌다. 우리는 긔왕이라

---

22 송낙헌, 『Satire』, 서울대학교 출판부, 1980.
23 안국선, 『禽獸會議錄』, 아세아문화사, 1978, 464~465쪽.

말할 것 업거니와 후생이나 불가불 교육을 잘 하여야 할 터인데 권리잇는 남
자들은 꿈도 깨지 못하니 답답하오 남자들 마음에는 아달만 귀하고 딸은 귀
치 안이한지 일분자라도 귀한 생각이 잇스면 사지오관이 구비한 자식을 엇지
차마 통감으로 제일등 교과서를 삼으니 자국정신은 간듸업고 즁국혼만 길너
셔 언필칭 좌젼이라 강목이라 하야 남의 나라 긔쳔년 흥망셩쇠만 의론하고
내나라 빈부강약은 꿈도 안이 꾸다가 오늘 이 디경을 하얏소.[24]

　　우리들의 삭기 사랑하는 마음이 대강 이러한 즘생이올세다. 슯흐다 사람
이야 엇지 자식 사랑하는 마음이 금슈곤츙만 못하오릿가마는 인간 풍셜을 드
른즉 길가에나 수풀 속이나 셩 모통이 후미진 곳이나 남의 집 개구멍에 어린
아회를 버리는 악습이 종종 잇다하니 (…중략…) 엇지 우리 금슈곤츙 보기가
도로혀 붓그럽지 아니 하오릿가.[25]

　　첫 번째 소설은 우리 민족과 강토를 강탈한 일본 제국주의에 대한
항거를 각종 짐승에 빗대 이야기화한 것이며, 두 번째 이야기는 기존
남자들 위주의 권위주의와 봉건주의만으로는 문명개화와 부국강국으
로 거듭날 수 없다는 경세적인 내용이 연설체 형식으로 구성돼 있다.
세 번째 이야기 역시 「금수회의록」과 유사한 방식으로 전개되는 바, 인
간과 짐승[금수]을 대비시켜 인간풍설을 계도하는 데 논의가 모아지고
있다.

　　대체로 이들 소설은 토론과 연설의 형식을 빌려 전개되고 있다. 그
의도는 당시의 광범위한 사회사상과 관련된 문제들을 현재적 관심으
로 환기시키는 데 있다. 즉 이 작품들은 대부분 풍자적 비판을 통해서
사회와 인간 세계에 대해 도덕적 타락과 부정부패한 사회현상을 고발

24 이해조, 『自由鐘』, 아세아문화사, 1984, 11쪽.
25 김필수, 『警世鐘』, 아세아문화사, 1978, 554~557쪽.

하고 경종을 울리는 방식으로 전개된다.

4. 마무리

이상으로 19세기 말부터 20세기 초 우리 문학사에 자리한 서사형식 및 서사 양상에 관해 범박하게 살펴보았다. 대체적으로 당시 서사 양상은 문예미학적인 측면에서 성공적으로 정착하고 있지는 못하다. 하지만 신소설 이전의 전사적 성격이라는 점, 진술태도가 역사적 사실을 주된 제재로 삼아 아이러니와 희화 등 문학적 기법과 장치를 적극적으로 활용하고 있다는 점은 평가할 만하다. 그 형태는 대체로 세 가지로 요약할 수 있다.

우선 역사·전기물의 경우는 외국의 많은 전쟁과 실록에서 보여진 난세 영웅들의 이야기를 단골 메뉴로 삼아 단순한 서구 역사 지식의 전달을 넘어 반제·반일에 대한 저항 에네르기를 사실적으로 담아내고 있다. 이러한 형태는 이미 '귀족적 영웅소설'이라는 우리 고전소설의 경험을 바탕으로 신소설, 근대소설로의 이행과 무관치 않은 것으로 보인다. 그런데 당대 소설은 서구일변도의 모방사, 이식사에서 벗어나 자생적이고 주체적인 자강의지를 담아내고 있다. 소설이 사회 현실의 모사와 반영이 입증되고 있다.

둘째로 희화·우의적 기법의 단형서사는 풍자와 해학이라는 전통적인 수사전략에 의해 문학적 효과가 배가되고 있다. 「소경과 안즘방이 문답」의 초점은 상호 화해와 부조가 나라를 구하는 유일한 방략임을 깨우치고 있으며, 「거부오해」는 의도된 비틀기를 통해 역사적 진실에 대한 진정한 이해를 고양하는 데 목표하고 있다. 이 서사물은 문답식 희문의 형태로, 종개념과 유개념을 대입해 과학적인 장르규명이 절실하다. 필자는 장르에 대한 상위개념으로 '양식'을 차용해 완결된 의미의 소설장르, 혹은 연극적 장르라기보다는 범박하게 '단형서사' 양식으로 파악하는 것이 합리적이라고 판단한다. 토론과 연설의 우화적 성격을 담지한 일부 양식은 풍자적 비판의 효과 및 윤리적 교훈성을 문학성으로 연결시키는 경우에 해당한다. 여기서는 인간과 짐승의 위치를 전도시키고 도덕적 각성과 종교적 회개를 역설함으로써 우화체 소설로 형상화하고 있다.

하지만 위 세 가지 양식은 모두 장르적 견고성을 담보하지 못한 불안정하고 유동적인 상태에 머무르고 있다. 소설미학의 측면에서 완결된 형식을 만들지 못하고 있다. 때문에 후대 문학에 직접적으로 기여하지 못하고 간접적인 영향을 주는 정도다. 다만 시대의지를 구현하는 데 초점이 모아진 당대의 서사형태로 어엿하게 문학사에 자리하고 있으며, 신소설과 근대소설로의 이행을 모색하는 과도기적 단계의 서사기법을 보여주고 있다.

∥ 참고문헌 ∥

「거부오해」, 『대한매일신보』 영인본, 한국신문연구소, 1976.
「글로벌 리더 기르자-세계로, 세계로」, 『중앙일보』, 2006. 11. 3.
「소경과 안즘방이 문답」, 『대한매일신보』 영인본, 한국신문연구소, 1976.
강만길, 『한국근대사』, 창작과비평사, 1984.
강심호, 『디지털에듀테인먼트 스토리텔링』, 살림, 2005.
강영란, 「해설 프로그램 기획 및 해설기법 실무와 평가」, 전남도립대학 문
　　　화관광정보센터 편, 『전라남도문화관광해설사 양성교육』, 전라남도,
　　　2008.
강영주, 「애국계몽기의 전기문학」, 『전환기 동아시아의 문학』, 창작과비평
　　　사, 1985.
강윤주, 「매체 전환으로 변화된 정치성」, 『문학, 문화, 그리고 콘텐츠』, 국제
　　　어문학회 학술대회자료집, 2006. 5.
강인한, 「전라도여 전라도여」, 『전라도여 전라도여』, 오늘의 시인, 1985. 5.
고　욱·이인화, 『디지털스토리텔링』, 황금가지, 2003.
고봉준, 「한국 모더니즘 문학의 미적 근대성 연구-이상과 김수영의 문학을
　　　중심으로」, 경희대 대학원 박사학위논문, 2005. 2.
고석규, 「지역문화콘텐츠개발 사례」, 인문콘텐츠학회 한국학중앙연구원 발
　　　표대회, 2006. 11.
고재종, 「앞강도 야위는 이 그리움」, 『앞강도 야위는 이 그리움』, 문학동네,
　　　1997. 12.
관광경영연구회, 「관광과 문화」, 『관광의 이해』, 학문사, 2002. 2.

광주전남발전연구원, 『전남 발전 권역별 프로젝트 개발 프리젠테이션 자료집』, 2006. 11.

구모룡, 「고통과 초월」, 『작가세계』, 1998. 가을.

구중서, 「한국문학의 반성과 재출발」, 『대한일보』, 1967. 8. 9.

______, 「신경림의 시세계」, 『소설문학』, 1982. 2.

______, 「한국 리얼리즘 문학의 형성」, 『창작과비평』, 1970. 여름.

구중서·백낙청·염무웅 엮음, 『신경림 문학의 세계』, 창작과비평사, 1995.

권성우, 「매혹과 비판 사이―김현론」, 『한국현대비평가연구』, 강, 1996.

권영민, 「소설개혁론과 애국계몽소설」, 『개화기문학의 재인식』, 지학사, 1987.

______, 『서사양식과 담론의 근대성』, 서울대 출판부, 1999.

권혁웅, 「말의 정신―신경림의 『뿔』」, 『현대시학』, 2002. 9.

금동철, 「1950~60년대 한국 모더니즘시의 수사학적 연구」, 서울대 대학원 박사학위논문, 1999.

김　현, 「參與와 文化의 考古學―김붕구 교수를 둘러싼 글을 읽고」, 『조선일보』, 1967. 11. 9.

______, 「한국소설의 가능성―리얼리즘론 별견」, 『문학과지성』 창간호, 1970.

김규동, 『나비와 광장』, 위성문화사, 1955.

______, 『현대의 신화』, 덕련문고, 1958.

______, 『새로운 시론』, 산호장, 1959.

______, 『현대시의 연구』, 한일출판사, 1972.

______, 『죽음 속의 영웅』, 근역서재, 1977.

______, 『깨끗한 희망』, 창작과비평사, 1985.

______, 『오늘밤 기러기떼는』, 동광출판사, 1989.

______, 『생명의 노래』, 한길사, 1991.

______, 『느릅나무에게』, 창작과비평사, 2005.

______, 「김규동 주요 문학 연보」, 『시와사람』 40호, 시와사람사, 2006. 5.

김기덕, 「콘텐츠의 개념과 인문 콘텐츠」, 『인문콘텐츠』 창간호, 인문콘텐츠학회, 2003. 6.

김대행, 『시와 문학의 탐구』, 역락, 1999. 12.

김동식, 「한국의 근대적 문학개념의 형성 과정 연구」, 서울대 박사학위논문, 1999.

김동환, 「1950년대 문학의 방법적 대상으로서의 외국문학이론」, 『문학과 논리』 3호, 1993.

김붕구, 「作家와 社會」, 『세대』, 1967. 11.

＿＿＿, 「作家와 社會 再論」, 『아세아』, 1969. 2.

김상일, 「純粹文學論議」, 『현대문학』, 1958. 5.

김세천 외, 「문화관광의 개념과 영향」, 『문화로 보는 관광학』, 소화, 2002. 10.

김수영, 「知識人의 社會參與 – 日刊新聞의 最近 論說을 중심으로」, 『사상계』, 1968. 1.

＿＿＿, 「實驗的인 文學과 政治的 自由 – 文藝時評 '오늘의 韓國文化를 威脅하는 것'을 읽고」, 『조선일보』, 1968. 2. 27.

＿＿＿, 「不穩性에 대한 非科學的인 臆測」, 『조선일보』, 1968. 3. 26.

김수이, 「「미련없이 버리기」에 대하여 – 신경림 시집 『뿔』」, 『시사저널』, 2002. 7.

김순남, 「한국평단의 반성」, 『한양』, 1964. 6.

김양수, 「生命第一主義의 文學」, 『현대문학』, 1958. 4.

김영민, 「근대계몽기 단형서사문학 자료연구」, 『현대소설연구』 제17호, 한국현대소설학회, 2002. 12.

김왕노, 「당대의 강가에서」, 『시와생명』, 2000. 5.

김용권, 「교체하는 비평계 – 1962년의 평론」, 『자유문학』, 1962. 12.

김용락, 『민족문학논쟁사연구』, 실천문학, 1997. 3.

김용상 외, 「관광문화와 시간·공간」, 『관광학』, 백산출판사, 2003. 1.

김용직, 「개화기 문인의 의식유형」, 『한국문학연구입문』, 지식산업사, 1982.

김용택, 『섬진강』, 창작과비평사, 1984.

김우종, 「逃避와 參與의 倒錯」, 『현대문학』, 1961. 6.

김욱동, 『모더니즘과 포스트모더니즘』, 현암사, 1992.

김윤식, 「뉴우크리티즘에 대하여」, 『근대한국문학연구』, 일지사, 1973.

______, 『김윤식 선집－비평사』 3, 솔출판사, 1996. 4.

김익현, 『인터넷 신문과 온라인 스토리텔링』, 커뮤니케이션북스, 2003.

김인환, 「경험의 지혜」, 『작가세계』, 1998. 가을.

김준오, 『시론』, 삼지사, 1982.

김지연, 「1950년대 김규동 시의 시정신」, 『가톨릭대학교논문집』, 2000. 1.

김진량, 『디지털 텍스트와 문화읽기』, 한양대학교 출판부, 2005.

김찬기, 「근대계몽기 '역사위인전' 연구－양식과 서술특성」, 『국제어문』 제
     30집, 국제어문학회, 2004. 4. 30.

김창완, 『전라도여 전라도여』, 오늘의시인, 1985. 5.

김　철, 『구체성의 시학』, 실천문학사, 1993.

김필수, 『경세종』 영인본, 1978.

김　현 외, 「문학과지성 창간사」, 『문학과지성』 창간호, 1970.

김형근, 「영산강 뱃길 살리자」, 『영산강 시대의 지역발전 방향과 과제 심포
     지엄』, 나주시청, 2004. 12.

김호기 외, 『지식의 최전선』, 한길사, 2002.

나해철, 『무등에 올라』, 창작과비평사, 1984. 7.

남기택, 「근대문학사상의 형성과 효용」, 『한국언어문학』 제46집, 한국언어문
     학회, 2001. 5.

남기혁, 「1950년대 시의 전통지향성 연구」, 서울대 대학원 박사학위논문,
     1998.

남진우, 『미적 근대성과 순간의 시학』, 소명출판, 2001. 12.

노트롭 프라이 저, 임철규 역, 『비평의 해부』, 한길사, 1982.

롤랑 바르트, 김명복 역, 『텍스트의 즐거움』, 연세대학교 출판부, 1990.

롤프 옌센, 『드림 소사이어티』, 한국능률협회, 2000.

류순태, 『한국 전후시의 미적 모더니티 연구』, 도서출판 월인, 2002. 2.

문성숙, 「개화기의 문학담당계층」, 『국어국문학』 94집, 국어국문학회, 1985.

문학사와 비평연구회 편, 『1960년대 문학연구』, 예하, 1993. 2

문학이론연구회, 『담론분석의 이론과 실제』, 문학과지성사, 2002.

문혜원, 「전후 주지주의 시론 연구－김규동, 문덕수, 송욱의 시론을 중심으로」, 『한국문화』 33집, 2004. 6.

문화콘텐츠진흥원, 『문화콘텐츠 기술 로드맵 연구보고서』, 2004.

문화콘텐츠진흥원, 『CT 비전 및 로드맵』, 2005.

미디어문화교육연구회, 『문화콘텐츠학의 탄생』, 다할미디어, 2005.

미셸 푸코, 이정우 역, 『담론의 질서』, 새길, 1993.

민병욱, 「신경림의 「남한강」 혹은 삶과 세계의 서사적 탐색」, 『시와시학』, 1993. 봄.

민족문학사 현대문학분과, 『1960년대 문학연구』, 깊은샘, 1998.

박기수, 「문화콘텐츠 교육의 현황과 전망」, 『문학, 문화, 그리고 콘텐츠』, 국제어문학회 봄 학술대회자료집, 2006. 5.

박상준, 「보편성과 현실성의 변증법－김붕구론」, 한국현대비평가연구, 강, 1996.

박석희, 『나도 관광자원 해설가가 될 수 있다』, 백산출판사, 1999. 10.

박수연, 「근대문학 연구의 한 관점」, 『한국언어문학』 제46집, 한국언어문학회, 2001. 5.

박시교, 『우리 현대시조 100인선－낙화』, 태학사, 2001. 1.

______, 『독작』, 작가출판사, 2004. 10.

박영호, 「절을 찾아서」, 『답사, 이것만은 들고 갑시다』, 영한, 1999. 8.

박윤우, 「민중적 상상력의 양식화와 리얼리즘의 탐구」, 『시와시학』, 1993. 봄.

______, 「1950년대 한국모더니즘시 연구」. 서울대 대학원 박사학위논문, 1998.

박은식, 「서사건국지」, 『박은식 전집』, 형설출판사, 1975.

박인철, 『파리학파의 기호학』, 민음사, 2003.

박창규, 「외국어 관광해설기법 및 전남 관광상품 개발」, 『전라남도 외국어 관광해설사 양성교육』, 전남도립대학 산학협력단, 2008.

박태순, 「모국어의 자음과 모음」, 『느릅나무에게』, 창작과비평사, 2005. 4.

배개화, 「1930년대 후반 전통담론의 탈식민성 연구」, 서울대 대학원 박사학위논문, 2004. 2.

배연형·서희원, 『한국의 소리, 세상을 깨우다』, 한국관광공사, 랜덤하우스
　　　코리아, 2007. 7.

배주영, 『디지털 애니메이션 스토리텔링』, 살림, 2005.

백낙청, 「抒情의 成長과 克服」, 『한국일보』, 1968. 6. 25.

______, 「한국소설에서의 리얼리즘 전망」, 『한국일보』, 1967. 8. 12.

백승국, 『문화기호학과 문화콘텐츠』, 다할미디어, 2004.

______, 「문화콘텐츠 기획을 위한 문화기호학적 방법론」, 『문학, 문화, 그리
　　　고 콘텐츠』, 국제어문학회 봄 학술대회자료집, 2006. 5.

______, 『게임콘텐츠 기획을 위한 스토리텔링 방법』, 한국프랑스학논집, 2007.

______, 「스토리텔링 기호학의 이론과 방법론 연구」, 『문학 언어 연구의 지
　　　평－문학적 문법에서 소통까지』, 현대문학이론학회 제47차 전국학술
　　　대회, 현대문학이론학회, 2009. 12.

백승국·김영순, 「문화콘텐츠 기획을 위한 문화기호학적 방법론」, 『문학, 문
　　　화, 그리고 콘텐츠』, 국제어문학회, 2006.

백　철, 「하나의 돌은 던져지다－최인훈 작 ‘광장’의 파문」, 『서울신문』,
　　　1960. 11. 27.

______, 「뉴크리티시즘의 행방」, 『세대』, 1966. 2.

백하현, 「1970년대 리얼리즘 문학논쟁의 연구」, 『문학과 지성 비판』, 1995.

볼프강 이저, 이유선 역, 『독서행위』, 을유문화사, 1987.

서철현 외, 「관광자원 해설 기법의 분류, 관광자원의 특성과 가치결정 요인」,
　　　『관광자원해설론』, 대왕사, 2002.

선우휘, 「文學은 써먹는 것이 아니다－社會參與 問題의 再擡頭를 계기로」,
　　　『조선일보』, 1967.

______, 「現實과 知識人」, 『아세아』, 1969. 2.

______, 「執筆保留의 辯」, 『아세아』, 1969. 5.

손대현, 「문화관광의 개안, 관광상징주의와 기호의 계층구조」, 『관광론－관
　　　광학 어떻게 볼 것인가』, 백산출판사, 2000. 3.

손진은, 「삶의 근원으로서의 허무」, 『우리 현대시조 100인선-낙화』, 태학사, 2001. 1.

송건호, 「민족지성의 회고와 전망」, 『해방 40년 : 민족지성의 회고와 전망』, 문학과지성사, 1985.

송문석, 「시 텍스트의 창작과 수용방법에 관한 연구」, 제주대 대학원 박사학위논문, 2003. 12.

송민호, 『개화기 소설의 사적 연구』, 일지사, 1975.

송정란, 『스토리텔링의 이해와 실제』, 문학아카데미, 2006. 6.

송화섭, 「지역 문화콘텐츠의 발굴과 활용」, 인문콘텐츠학회 한국학중앙연구원 발표대회, 2006. 11.

스티븐 데닝, 안진환 역, 『스토리텔링으로 성공하라』, 을유문화사, 2006. 9.

시·도 지방공무원교육원 자료집, 『기획실무』, 전라남도지방공무원교육원, 2006.

신경림, 『농무』(증보판), 창작과비평사, 1975.

______, 『새재』, 창작과비평사, 1979.

______, 『달 넘세』, 창작과비평사, 1985.

______, 『남한강』, 창작과비평사, 1987.

______, 『씻김굿』, 나남, 1987.

______, 『가난한 사랑노래』, 실천문학사, 1988.

______, 『우리들의 북』, 문학세계사, 1988.

______, 『길』, 창작과비평사, 1990.

______, 『여름날』, 미래사, 1991.

______, 『신경림 문학앨범』, 웅진출판, 1992.

______, 『쓰러진 자의 꿈』, 창작과비평사, 1993.

______, 『갈대』, 솔출판사, 1996.

______, 『어머니와 할머니의 실루엣』, 창작과비평사, 1998.

______, 『목계장터』, 찾을모, 1999.

______, 『뿔』, 창작과비평사, 2002.

______, 『신경림 시전집 1·2』, 창작과비평사, 2004. 4.

신경림 외, 『우리 문학이 가지 않은 길』, 자우출판사, 2001. 9.

신경림·이은봉 대담, 「신경림 시인을 찾아서」, 『시와시학』, 1993. 봄.

신광철, 「문화콘텐츠 교육의 현재와 미래」, 『문학, 문화, 그리고 콘텐츠』, 국
　　제어문학회 봄 학술대회자료집, 2006. 5.

______, 「인문학과 문화콘텐츠」, 『국어국문학』 143집, 2006. 9.

신동욱, 「신소설에 반영된 신문화의 수용태도」, 『동서문화』 4호, 계명대학교
　　동서문화연구소, 1969.

신동한, 「확대해석에의 이의 백철 씨의 '광장' 평을 박함'」, 『서울신문』,
　　1960. 12. 4.

신동흔, 「민속과 문화원형, 그리고 콘텐츠-문화산업시대, 민속학자의 자
　　리」, 『2005 한국민속학자대회 : 한국민속과 문화콘텐츠』, 2005. 10. 20.

신용하, 『한국 근대 민족주의의 형성과 전개』, 서울대학교 출판부, 1987.

신채호, 「근금 국문소설 저자의 주의」, 『대한매일신보』, 1906.

______, 「소설가의 자세」, 『대한매일신보』, 1906.

______, 『신채호 전집』, 형설출판사, 1972.

심상민, 『미디어는 콘텐츠다』, 김영사, 2001. 12.

심재휘, 「대상과 의미와 시」, 『현대시학』, 1998. 11.

안국선, 『금수회의록』 영인본, 1978.

안희자, 「문화 관광 해설지 프로그램의 평가척도개발」, 한양대 대학원 석사
　　학위논문, 2004. 2.

양문규, 「개화기 문학 담당층의 사회·역사적 성격」, 『국제어문』 제25집, 국
　　제어문학회, 2002. 7. 30

엄서호, 「외국어 관광해설사의 의미와 역할」, 『전라남도 외국어 관광해설사
　　양성교육』, 전남도립대학 산학협력단, 2008.

Eystensson, A., 임옥희 역, 『모더니즘문학론』, 현대미학사, 1996.

염무웅, 「서사시의 새로운 가능성」, 『한국문학의 현단계』 1, 창작과비평사,
　　1982.

______, 「50~60년대 남한문학의 민족문학적 위치」, 『창작과비평』, 1992. 겨울.

엽건곤, 『양계초와 구한말 문학』, 법전출판사, 1980.

오규원, 『95 올해의 좋은시』, 현대문학, 1995. 10.

오세영 외, 『시창작 이론과 실제』, 시와시학사, 1998. 8.

오화섭, 「논쟁과 장유유서의 논리」, 『현대문학』, 1964. 9.

원형갑, 「앙가즈망과 文學의 神秘的 體驗」, 『현대문학』, 1959. 3.

______, 「現實과 文學의 構造」, 『자유문학』, 1960. 11.

유성호, 「신경림론－서사시적 상상력의 서정적 수용」, 『한국현대시의 형상과 논리』, 국학자료원, 1997.

유양선, 「구한말 사회사상의 소설화 양상」, 『진단학보』 59, 1985.

유종호, 「쓸쓸한 삶과 시적 상상력－『농무』 작가 신경림 시세계」, 『정경문화』, 1982. 3.

______, 「서경 혹은 풍물 서정」, 『작가세계』, 1998. 가을.

유종호 · 염무웅 편, 『한국문학의 쟁점』, 전예원, 1977.

윤명구, 「개화기의 문학장르」, 『한국사학』 2, 한국정신문화연구원, 1980.

윤여탁, 「1950년대 한국 시단의 형성과 참여시의 전개」, 『한국 전후문학의 형성과 전개』, 태학사, 1993.

______, 「1950년대 모더니티의 자기 모색－김규동의 경우」, 『선청어문』 제25집, 1998.

______, 「1970년대 민중시 실험의 의미과 한계－신경림론」, 『작가연구』, 1999. 10.

윤호병, 「치열한 민중의식과 준열한 서사의 힘」, 『시와시학』, 1993. 봄.

______, 『한국현대시의 구조와 의미』, 시와시학사, 1995. 11.

윤홍로, 「개화기 진화론과 문학사상」, 『서양문화와 전통문화』, 성균관대학교 인문과학연구소 편, 1987.

이건청, 「민중의식의 실천과 시적 형성화－신경림 시세계」, 『현대문학』, 2002. 5.

이광린, 『한국개화사상연구』, 일조각, 1979.

이광호, 「『농무』의 세 가지 목소리」, 『문학과비평』, 1988. 여름.

이기서, 「한국 현대시의 구조와 심상」, 고려대학교 한국학연구소, 2003. 7.

이동하, 「영광의 길, 고독의 길-이어령론」, 한국현대비평가연구, 강, 1996.

이마무라 히토시(今村仁司), 이수정 역, 『근대성의 구조』, 민음사, 1999.

이성부, 「전라도 7」, 『깨끗한 나라』, 미래사, 1991. 10.

이소영, 「1950년대 모더니즘시 연구-박인환, 전봉건, 김수영의 시를 중심으로」, 명지대 대학원 박사학위논문, 2003. 12.

이수행, 『영산강』, 모아드림, 2000. 4.

이승훈, 『시론』, 고려원, 1979.

______, 『한국 현대시의 이해』, 집문당, 1999.

이시영, 「고은과 신경림」, 『창작과비평』, 1988. 가을.

______, 「1970년대의 시-신경림과 김지하 시를 중심으로」, 『동서문학』, 1990. 11.

______, 「'목계장터'의 음악적구조」, 『곧 수풀은 베어지리라』, 한양출판, 1995.

이어령, 「화전민지대-신세대의 문학을 위한 각서」, 『경향신문』, 1957. 1. 11.

______, 「오해와 모순의 여울목」, 『사상계』, 1963. 3.

______, 「'에비'가 支配하는 文化-韓國文化의 反文化性」, 『조선일보』, 1967. 12. 28.

______, 「누가 그 弔鐘을 울리는가?―오늘의 韓國文化를 위협하는 것」, 『조선일보』, 1968. 2. 20.

______, 「文學은 權力이나 政治理念의 侍女가 아니다-'오늘의 韓國文化를 威脅하는 것'의 解明」, 『조선일보』, 1968. 3. 10.

______, 「不穩性 與否로 文學을 評價할 수는 없다」, 『조선일보』, 1968. 3. 26.

______, 「서랍 속에 든 '不穩詩'를 분석한다-知識人의 社會參與를 읽고」, 『사상계』, 1968. 3.

______, 『디지로그』, 생각의 나무, 2006.

이어령·이상갑 대담, 「1950년대와 전후문학」, 『작가연구』 제4호, 1997.
　　　10. 17.

이영섭, 「쓰러진 자의 꿈과 길」, 『한국문예비평연구』, 1998.

이용욱, 「디지털시대, 문학연구 방법론의 새로운 모색」, 『국어국문학』 143
　　　집, 2006. 9.

이인석, 「혁명현실과 문학」, 『자유문학』, 1961. 8.

이재선, 『한국 개화기소설연구』, 일조각, 1972.

이지엽, 「영산벌」, 『한국 현대문학의 사적 이해』, 시와사람사, 1994. 9.

이철범, 「1960년대의 문단 보고-어내크로니즘의 미학」, 『새벽』, 1960. 12.

이해조, 『자유종』 영인본, 1978.

이현식, 「문학의 자율성, 주체의 발견, 근대라는 미망」, 『문학과사회』, 1998.
　　　가을.

이형기, 「장님의 榮光」, 『현대문학』, 1963. 2.

이희중, 「문학적 연대기-시, 사람과 세상을 사랑한 기록」, 『작가세계』,
　　　1998. 가을.

_____, 『현대시의 방법 연구』, 월인, 2001. 11.

인문콘텐츠학회, 『문화콘텐츠 입문』, 북코리아, 2006.

임경석, 「19세기말 20세기초 국제질서 재편과 한국 신지식층의 대응」, 대동
　　　문화연구원, 중점과제 학술발표회, 성균관대학교 동아시아학술원 대
　　　동문화연구원, 2003. 6. 20.

임동헌, 『한국의 길, 가슴을 흔들다』, 한국관광공사, 랜덤하우스코리아,
　　　2007. 7.

임영봉, 『한국현대문학비평사론』, 역락, 2000.5.

임중빈, 「韓國文壇의 現況과 그 將來, 參與文學의 再認識」, 『정경연구』,
　　　1968. 5.

임헌영, 「한국문학의 과제-민족적 리얼리즘에의 길」, 『현대문학』, 1971. 3.

_____ 편, 『문학논쟁집』, 태극출판사, 1976.

임형택, 「동국시계혁명과 그 역사적 의의」, 『한국문학사의 시각』, 창작과비

평사, 1984.

임환모, 「한국소설의 근대성 실현에 관한 연구」, 『현대문학이론연구』, 23집, 현대문학이론학회, 2004. 12.

자넷 머레이, 한용환 외 공역, 『사이버 서사의 미래-인터액티브 스토리텔링』, 안그라픽스, 2002.

장 폴 사르트르 저, 윤정임 역, 『방법의 탐구』, 현대미학사, 1995.

장병권, 「한국관광, 현안과 과제」, 『한국관광, 재도약과 대안 모색-한국관광정책토론회자료집』, 한국문화관광정책연구원, 2006. 10.

장일우, 「한국적인 것과 전통적인 것」, 『자유문학』, 1963. 6.

______, 「시대정신과 한국문학」, 『한양』, 1965. 4.

장지연, 『장지연 전집』, 형설출판사, 1978.

조명환, 「문화관광해설사의 의미와 역할」, 전남도립대학 문화관광정보센터 편, 『전라남도문화관광해설사 양성교육』, 전라남도, 2008.

정규웅, 「문단 1960년대-문단측면사」, 『문예중앙』, 1982. 봄~1984. 봄.

정명환, 「평론가는 이방인인가」, 『사상계』 114, 1962. 11 문예증간호.

______, 「文學과 思想과 體驗」, 『문학과지성』, 일조각, 1973. 가을.

정우택, 「한국 근대시 형성과정에서 '개인'의 위상과 의미」, 『국제어문』 제27집, 국제어문학회, 2003. 6. 30.

______, 『한국 근대시의 영혼과 형식』, 깊은샘, 2004. 6.

정창범, 「現代와 叛逆精神」, 『자유문학』, 1960. 11.

정태용, 「한국적인 것과 문학-백, 유 양씨 소론에 대하여」, 『현대문학』, 1963. 2.

조남현, 「구한말 신문소설의 양식화 방법」, 『학술지』 24집, 건국대학교 학술연구원, 1980.

______, 「『농무』의 시사적 의미」, 『문학과비평』, 1988. 여름.

조달곤, 「새롭다는 것의 의미-김규동 『새로운 시론』 비판」, 『동악어문논집』 제9집, 1999.

조동일, 「리얼리즘 재고」, 『현대문학』, 1967. 10.

______, 『한국문학사상사 시론』, 지식산업사, 1982.

조셉 칠더스 · 게리 헨치 엮음, 황종연 옮김, 『현대문학, 문화비평 용어사전』, 문학동네, 1999.

조연현, 「문학은 암호 이상의 것이다」, 『현대문학』, 1963. 1.

조창희, 「지역 문화콘텐츠와 지역산업 개발」, 인문콘텐츠학회 한국학중앙연구원 발표대회, 2006. 11.

진순애, 『한국 현대시와 모더니티』, 태학사, 1999.

채진홍, 「근대 전환기 소설에 나타난 반제국주의 사상과 정치이념 연구」, 『현대소설연구』 제18호, 한국현대소설학회, 2003. 6.

천이두, 「60년대-문학사적 위치」, 『월간문학』, 1969. 12.

최규창, 『영산강 비가』, 영언문화사, 1993. 4.

최문규, 「역사철학적 현대성과 그 이념적 맥락」, 『세계의문학』, 1993. 가을.

최민성, 「문학의 상징적 상상력과 영상 콘텐츠」, 『문학, 문화, 그리고 콘텐츠』, 국제어문학회 봄 학술대회자료집, 2006. 5.

최연구, 『문화콘텐츠란 무엇인가』, 살림, 2006.

최예정 · 김성룡 공저, 『스토리텔링과 내러티브』, 글누림, 2005. 11.

최원식, 「개화기소설연구사의 검토」, 『신문학과 시대의식』, 새문사, 1981.

______, 「한국 계몽주의 문학의 세 단계, 근대계몽기 문예운동의 시각」, 민족문학사연구소, 심포지엄 자료집, 1998.

최일수, 「민족적 리얼리즘」, 『현대문학』, 1971 .4.

최태광, 『관광가이드실무론』, 백산출판사, 2003. 2.

최혜실, 『디지털 시대의 문화 읽기』, 소명출판사, 2001.

______, 『문화콘텐츠, 스토리텔링을 만나다』, 삼성경제연구소, 2006. 10.

Calinescu, M., 이영욱 외 역, 『모더니티의 다섯 얼굴』, 시각과언어, 1993.

편무영, 「민속 · 원형 · 콘텐츠」, 『2005 한국민속학자대회-한국민속과 문화콘텐츠』, 2005. 10. 20.

풀키에 저, 김원옥 역, 『실존주의』, 탐구당, 1990.

피에르 부르디외 저, 최종철 역, 『구별짓기 : 문화와 취향의 사회학』, 새물결, 1995.

한강희, 『소통과 성찰의 상상력』, 시와사람사, 2003. 3.

______, 「애국계몽기 신문연재소설 연구 - 대한매일신보 게재 토론체 소설을 중심으로」, 성균관대 대학원 석사학위논문, 1986.

______, 『한국 현대비평의 인식과 논리』, 태학사, 1998. 12.

______, 『우리 근현대문학의 맥락과 쟁점』, 태학사, 2001. 10.

______, 「신한류의 거점, 문화중심도시 광주」, 『남도일보 - 남도시론』, 2006. 4. 21.

______, 「신한류의 방향과 문화수도의 가능성」, 『남도일보 - 남도시론』, 2006. 4. 28.

______, 「지역축제는 어떻게 성공하는가」, 『남도일보 - 남도시론』, 2006. 5. 12.

______, 「언제나 문제는 스토리텔링이다」, 『남도일보 - 남도시론』, 2006. 6. 2.

______, 「글로벌경쟁력과 한국적 가치」, 『남도일보 - 남도시론』, 2006. 6. 16.

______, 「관광컨텐츠, 결국 스토리텔링에 있다」, 『남도일보 - 남도시론』, 2006. 11. 10.

______, 『푸르름을 보려거든 담양으로 오라』, 대동문화재단, 2008. 10.

______, 「문화관광콘텐츠와 스토리보드 작성」, 전남도립대학 문화관광정보센터 편, 『전라남도문화관광해설사 양성교육』, 전라남도, 2008.

한국관광공사 전략상품개발팀, 『2006 관광 스토리텔링 공모전 개최 경위 및 당선 작품 자료집』, 2006. 10.

한국관광공사 한류연구팀, 『왜, 관광스토리텔링인가』, 한국관광공사, 2005.

한국기호학회, 『은유와 환유』, 문학과지성사, 1999.

한국문화콘텐츠진흥원, 『교육프로그램운영자료집』, 2006.

한만수, 「신경림, 왜 널리 오래 읽히나」, 『창작과비평』, 1990. 가을.

한영우, 『한국학 발전방안에 관한 연구』, 교육인적자원부, 2002.

한혜원, 『디지털 게임 스토리텔링』, 살림, 2005.

허윤회, 1960년대 '순수' 비평의 의미와 한계, 『1960년대 문학연구』, 깊은샘, 1998.

허형만, 「영산강 그 이름은 - 땅詩 · 55」, 『풀무치는 무기가 없다』, 책만드는 집, 1995. 3.

현택수 외, 『문화와 권력−부르디외 사회학의 이해』, 나남출판, 1998.

호이징가, 최홍숙 역, 『중세의 가을』, 문학과지성사, 2002. 6.

홍신선, 『우리 문학의 논쟁사』, 어문각, 1985. 5.

홍일식, 『한국 개화기의 문학사상 연구』, 열화당, 1980.

황정산, 「민중성, 현실성, 그리고 서정시」, 『작가세계』, 1998. 가을.

황정현, 「『매일신문』에 수록된 단형서사문학 연구」, 『현대소설연구』 제24호, 한국현대소설학회, 2004.

히야마 하사오(檜山久雄), 정선태 역, 『동양적 근대의 창출』, 소명출판, 2000.

A. J. Greimas, J. Courtes, Dictionnaire de la semiotique, Seuil, 1989.

Bradley, Francis Herbert, Appearance and Reality, Oxford : Clarendon, 1930.

Chatmanm, Seymour, Story and Discourse, Cornell University Press, 1978.

Chris Cooper, John Fletcher, The Future of Tourism, Tourism Principles and Practice, Longman, 1998.

Emig, Rainer, Modernism in Poetry : Motivations, Structures, and Limits, Longman Publishing, 1995.

Frank J., The Idea of Modernism, Cornell Univ, 1991.

Joseph D. Fridgen, Ph. D., "Psychological Dimensions ; Perceptions and Attitudes, Psychological Dimensions : Motivation, Personality, Values, and Learning", Dimensions of Tourism, Educational Inst of the Amer Hotel, 2007.

Plamenatz, John, Ideology, London Pall Mall Press, 1970.

Richards. I. A., Principles of Literary Criticism, London : Routledge, 1967.

Scholes, Robert & Kellog, Robert, The Nature of the Narrative, Oxford university Press, 1966.

‖ 찾아보기 ‖

ㄱ

스토리, 스토리텔링, 스토리디자인

인쇄 2010년 9월 20일 | 발행 2010년 9월 30일
지은이 · 한강희
펴낸이 · 한봉숙
펴낸곳 · 푸른사상사
등록 제2-2876호
주소 서울시 중구 을지로3가 296-10 장양B/D 7층
대표전화 02) 2268-8706(7) | **팩시밀리** 02) 2268-8708
메일 prun21c@yahoo.co.kr / prun21c@hanmail.net
홈페이지 www.prun21c.com

@ 2010, 한강희

ISBN 978-89-5640-774-6 93810

값 18,000원

☞ 21세기 출판문화를 창조하는 푸른사상에서는 좋은 책을 만들기 위해 노력하고 있습니다.
저자와의 합의에 의해 인지는 생략합니다.